文学遗产

刊庆七十周年纪念文集

中国社会科学院文学研究所
《文学遗产》编辑部 编

1954

社会科学文献出版社
SOCIAL SCIENCES ACADEMIC PRESS (CHINA)

學刊已達古稀年不斷
前修讓後賢回首幾人同
輩在從心所欲順天然

文學遺產創刊七十周年紀念

程毅中午方九十四

（程毅中手書）

七律十一首，感怀为
《文学遗产》撰稿的师友
·陶文鹏·

青春永恒

——纪念林庚先生百年诞辰

先生本色是诗人，　　不老青春不染尘。
妙悟盛唐潮气象，　　高扬寒士火精神。
空间驰想天蓝路，　　梦里倾谈李白魂。
常忆南园篁竹畔，　　朗吟高唱最纯真！

怀念张中行公

燕京曙色凤初鸣，　　声漾清华水木亭。
诗迸珍珠含佛慧，　　文如橄榄有甘清。
呕心绛帐头先白，　　缀笥沙滩眼愈明。
九旬飘然乘鹤去，　　慈颜笑蔼梦中萦。

中国社会科学院《文学遗产》编辑部

地址：北京市建国门内大街5号　　电话：(010) 85195453

邮编：100732　　网址：http://wxyc.literature.org.cn

（陶文鹏手书［节选］）

敬贺霍松林先生九十大寿

林表南山傲雪松，根深叶茂郁葱葱。
九州学苑夸高足，一代骚坛唱大风。
驱寇燃烽歌浩荡，雕龙吸海气恢宏。
我来喜上唐音阁，祝寿童心老放翁。

（附霍松林先生大札与次韵诗原件）

敬贺吴小如师九秩华诞

恩师授课吐珠玑，弟子聆听乐不疲。
弱冠文章真博雅，中年戏曲更精奇。
春风化雨浇桃李，锐笔生风扫稗稊。
九旬丰神如赤子，优游绿野庆期颐。

春日怀蔡厚示先生

玉雪轩公何处寻？榕城双柳郁森森。
武夷幽境邀诗兴，书苑兰亭诵慧音。
坦荡胸怀真学者，豪淳性格老童心。
青峰合影红衫耀，追想同游泪湿襟。

中国社会科学院《文学遗产》编辑部
地址：北京市建国门内大街5号　　电话：(010) 85195453
邮编：100732　　　　网址：http://wxyc.literature.org.cn

（陶文鹏手书［节选］）

冬日寄赠邓绍基老师

老来岁月似飞蛾，　　冷雨狂风也赶时。
蛱蝶纷飘银杏泪，　　浮图静立雪松姿。
欲燃残烛开红蕊，　　欣爱奇峰映碧池。
读书卧游曾有味，　　人间不乏晚晴诗。

附：文鹏学兄来书问病并赠《冬日》诗，
　　　步韵奉和　　　　　　·邓绍基·

瑶章华句媲飞蛾，　　展读正逢飘雪时。
皓雪一如鸥鹭色，　　水仙恰似蕙兰姿。
消寒闭户听昆曲，　　曝背扶藜绕范池。
衰病蒙君来问讯，　　依然同好念唐诗。

中国社会科学院《文学遗产》编辑部
地址：北京市建国门内大街5号　　电话：(010) 85195453
邮编：100732　　　　　　　　　网址：http://wxyc.literature.org.cn

（陶文鹏手书［节选］）

自趋东风改革飞书坛，妙笔涛心泉而今共仰，风姿掷海沿代文遗七十年

贺诗一首壬辰书 曹旭

（曹旭手书）

長安三萬里明月清
風雨文膽詩魂在絃
廣榆諸賢

文遺創刊七十毒秋謹此
表達敬意

陳洪撰 晓暉書於癸卯重陽

（陈洪撰，王晓晖书）

解读科学遗产，

服务人员佳话。

贺科学遗产创刊
七十周年

弘扬先辈精神

遂马研究新的念面

学习李昌集释士
公元二〇二三年

（李昌集手书）

傳統的魅力在於不斷能從古老的東西中發現新的與現代相合的東西萬古常新既是萬古又是常新

右先師 程千帆先生論傳統語最為辯證謹錄之以為文學遺產創刊七十周年之慶 鞏本棟於癸卯冬

（鞏本棟手书）

恭賀文學遺產創刊七十周年

長余兩歲初識即良師益友至今仍激吮甘液

贄文九梓皆力為薦藻獻芹靖志于游泳氣和

關愛和撰 王劉純書 癸卯夏月

（关爱和撰，王刘纯书）

文學遺產創刊七十周年

平理若衡照辭如鏡
懷珠蘊玉川媚山輝

吳承學敬書

（吳承學手書）

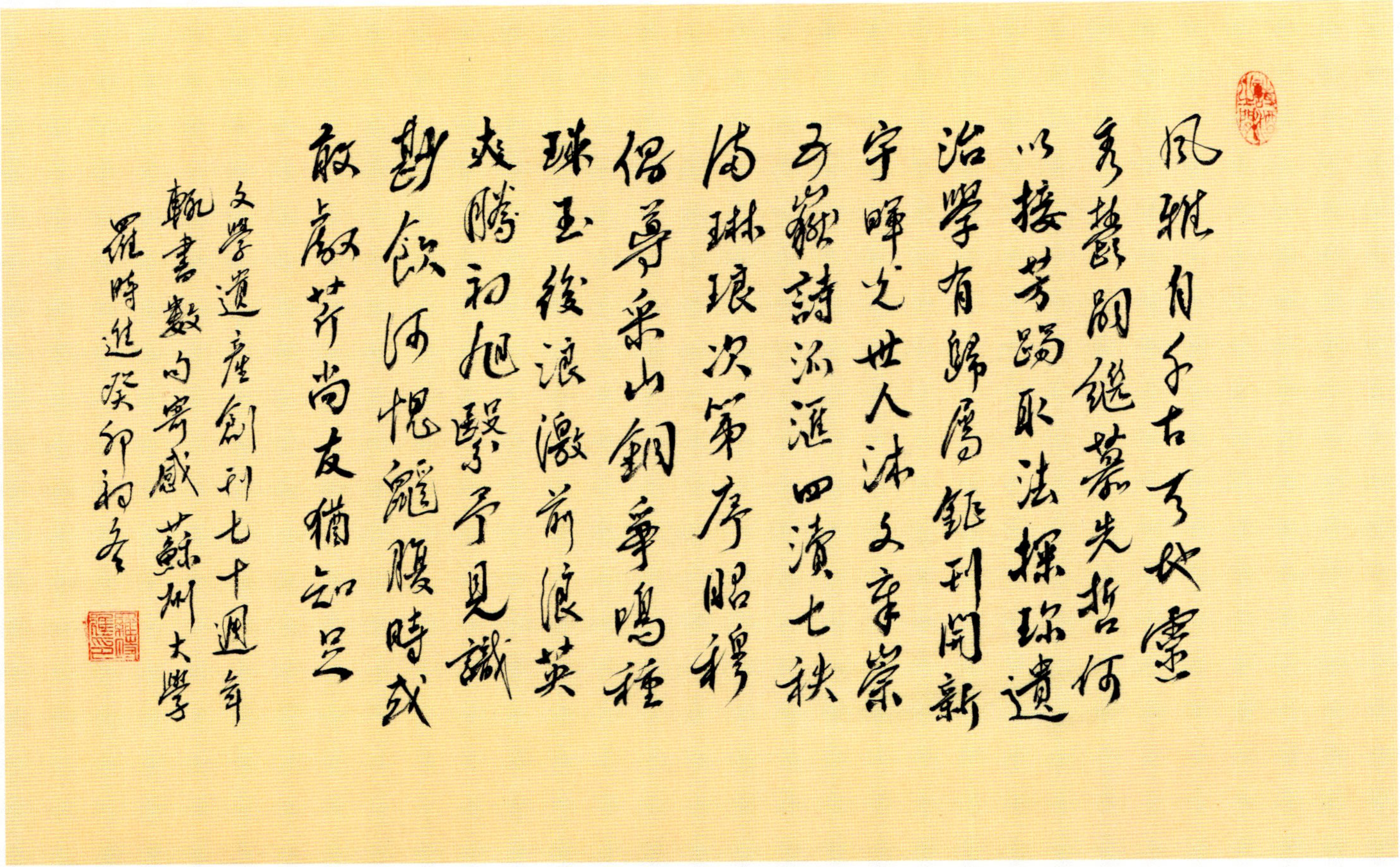

（罗时进手书）

惟一惟精金戛而玉振
有為有守君子以經綸

文學遺產創刊七十周年

癸卯冬張宏生敬賀

（张宏生手书）

（戴伟华手书）

文学遗产创刊七秩志庆

文成两旬三千士
学领风骚七十年

王兆鹏敬贺
甲辰春

（王兆鹏手书）

元人吳當詩句

懷國長吟杜甫詩

為賀癸卯七月程章燦書於金陵城東

文學遺產創刊七十週年之慶謹集

宋人陸游詩句

焚香細讀斜川集

（程章燦手書）

（徐兴无手书）

引領學林新氣象

銓刊天下好文章

慶祝「文學遺產」創刊七十周年

癸卯十一月十二日冬至後 康震敬書

（康震手书）

目 录
CONTENTS

我与《文学遗产》

陈铁民

在学术界享有盛誉的《文学遗产》，创刊至今已经 70 年了。大概自 1957 年起，我开始经常阅读这个刊物，60 多年来，从其读者，再到作者、审稿者，一直与之关系密切，没法割舍开。

从读者到作者

我中学时代，喜欢读小说，古今中外的小说都读，也读《人民文学》《文艺报》《文艺学习》等刊物中的评论文章，古典诗文则几乎未读过，当年是抱着将来从事文学评论的志向报考北大中文系的。1955 年入学后，我听了游国恩、林庚等教授的文学史课，加上阅读了许多古典文学作品，兴趣逐渐发生变化，平生的志向也改成了古典文学研究。我们大学三年级（1957 年秋季）开始分专业，我被分到文学专业，宿舍也搬到了 32 楼。当时的学生都很穷，班里没有人订《光明日报》，记得当时我们年级住在 3 楼，这里挨着楼梯的过道的墙上，安着 1 个可两面阅读的报架，上面有 1 份每日更换的《光明日报》，每星期日《文学遗产》专刊一到，我常趁着中午大家睡午觉的时候，一人站在报架前读《文学遗产》。大学毕业后我考上了中文系古典文献专业的研究生，那时同宿舍的 3 个同学，合订了 1 份《光明日报》，其中的《文学遗产》专刊，我仍然经常阅读。

自从读了研究生，我便开始有了从《文学遗产》的读者变成作者的冲动。1961 年，我以研究生的身份，奉调参加游国恩先生等主编的《中国文学史》教材的编写，被分在先秦两汉组（组长是游先生，组员是费振刚和我），在撰写《楚辞》一章时（此章本应由游先生撰写，他坚持要我执笔，无奈只好接受），出了一篇《说〈招魂〉》的副产品（是未经誊抄和反复推敲过的初稿），于是拿给游先生看，想先听听他的意见，再决定是否投寄有关刊物。不久，游先生托人带话给我，说此文他只改了几个字，就直接推荐给《文学遗产》了。过了近一年，终于看到这篇文章发表在《文学遗产》（增刊）第 10 辑（1962 年 7 月出版）上。这是我第一次在《文学遗产》上发表文章。

第二次在《文学遗产》上发表文章，也在 1962 年。这年年末，我读了2篇《文学遗产》上发表的有关古代散文研究的论文，由于对两文中大谈非文学散文（政论文、诸子散文等）的艺术形象有看法，便草拟了一篇争鸣性质的文章，约请了两位大学的同班同学张少康、向光灿共同讨论，在听取了他们两人的意见后，文章最后由我改定，取名《关于古典散文研究的二三问题》（署名铁民、少康、光灿），寄给了《文学遗产》，不久即在《光明日报》1962年12月2日的《文学遗产》（第442期）上刊出。此文约6500字，占了这期《文学遗产》的一半篇幅。文中除了对上述两文的说法提出异议外，还以具体作品为例，论述了如何区分文学与非文学散文，以及非文学散文的文学价值问题。令我不曾预料到的是，此文刊出后没几天，即招致两位《光明日报》编辑的造访。有一天早上，我到图书馆看书，随后直奔食堂吃中饭，吃完饭回到29楼研究生宿舍，发现有两位素不相识的人正坐在床上等我。他们自我介绍说是《光明日报》（学术版）的编辑，看了我们发表在《文学遗产》上的文章，觉得挺好；并说近来报刊上的学术文章，大都题目小，较琐碎，争鸣的文章也少，颇沉闷，问我还有什么研究题目或课题，完成后可以将文章拿给他们看看，等等。我当时只是一个24岁的研究生，竟然劳烦两位编辑大驾下访，着实过意不去，赶忙如实相告：我再过两个多月，研究生就毕业了，现在正赶写毕业论文，没有时间考虑别的，谢谢他们的好意。

我研究生毕业后留校任教，因忙于备课，直至1963年6月《文学遗产》休刊，没写过任何文章。自1980年《文学遗产》

改版复刊至今，我一共在上面发表了 13 篇论文。其中有 3 篇是针对《文学遗产》上已发文章的问题而作的，也可以说是挑错的文章，都比较短；其余则都是个人当时的新研究成果。一般说来，我都是把自己认为最好的文章，交给《文学遗产》，例如已发表的《论律诗定型于初唐诸学士》《制举——唐代文官摆脱守选的一条重要途径》《考证古代作家生平事迹易陷入的两个误区——以王维为例》等。

"联络员"

1983 年 10 月，我从北大中文系调到文学所工作，由于所里没有房子，仍在北大蔚秀园住着，直到 1993 年才搬离。那时候，时常充当北大陈贻焮先生与《文学遗产》的"联络员"。贻焮先生是《文学遗产》编委，认识的人多，又乐于助人，经常有人把稿子寄给他，托他转交《文学遗产》编辑部，还有人托他询问自己投给《文学遗产》的稿子能否刊用。遇到这种情况，他便会骑自行车到蔚秀园找我（那时我家没电话）。我住在 5 楼，他那时很胖，爬楼梯吃力，就总是在楼下大喊一声"陈铁民下来"，然后我们就到蔚秀园的街心花园，找一条长椅子坐下，他先交代要我到《文学遗产》编辑部办的事（我都是等每周上班时，找《文学遗产》卢兴基同志转交稿子或问事），然后开始聊天。调离北大前，我们常在二院中文系办公室碰面闲聊，调离后，见面的机会少了，所以彼此都把有事找我办，当成两人见面聊天的机会。贻焮先生有一点做得很好，就是他让我转交稿子的时候，从来没让我给编辑带过任何对稿件评价的话，更没有推荐信之类的东西，他对编辑充分尊重，不想干扰他们对来稿的审定。

当"联络员"的结果，令我多结识了几个朋友。举一个例子：一次外出参加学术会议，储仲君同志来找我，说我曾经帮过他的忙，我一时摸不着头脑，心想以前我们并不认识呀，细问才知，原来是指我受贻焮先生委托，到《文学遗产》问过他的稿子是否准备刊用的事。从此，我们只要参加学术会议相遇，就必定要在一起聊天。我主编《增订注释全唐诗》第一分册时，曾约请他负责刘长卿诗的注释。他退休后，奉调到北京参与《薄一波文集》的编纂，曾从住地玉泉山给我打过几次电话聊天。他比我大4岁，至今仍健在，今春我还给他打过电话。

审稿者

我曾为《文学遗产》审过一些稿件。20世纪八九十年代，《文学遗产》编辑部就在古代文学研究室的对面，有时有《文学遗产》的编辑拿稿子过来，要我帮助审阅。《文学遗产》是文学所主办的刊物，作为文学所的一员，帮忙审稿理所应当，所以都是来者不拒。我2002年4月退休，接着返聘一年，到2003年

4月以后，已不再到文学所上班，加上那时我家已搬到西三旗，离文学所很远，没事一般不到所里去，因此编辑也就不大找我为《文学遗产》审稿了。但2012、2013年以来，《文学遗产》找我协助审稿的事又多了起来，如2013年一年，我就为《文学遗产》审过4篇稿子。这可能与过去《文学遗产》送给专家审的稿子，都是手写本或纸本，如今则都改成电子版有关。因为审稿提供手写本或纸本，来回邮寄，既不方便，又易丢失，而用电子版，直接将稿子和审稿单发到我的邮箱里就可以了，很方便。一般《文学遗产》要我审稿（都是有关唐代文学的稿子），我都是不推辞的，但近一两年，偶尔也有谢绝的时候，非常抱歉！谢绝的原因，一是有时要求20天内审毕，如那时自己正写着论文，怕思路会被打断；二是自己毕竟已85岁，精力大不如前。我为《文学遗产》审稿，可以说是很慎重和认真的，我认为审稿既要对编辑部负责，也要对作者负责。我审稿和写审稿意见，往往要查考有关的书，每提出一条意见，一般都要说明材料依据。我比较注重论证的科学性，注重论证是否有过硬的材料根据，注意辨析稿件中所用材料的可靠程度，关注作者对所引资料的理解是否正确。

在庆祝《文学遗产》创刊70周年之际，祝《文学遗产》越办越好，未来取得更大成就！

[作者单位：中国社会科学院文学研究所]

我的编辑生涯

陶文鹏

1964 年，我 23 岁，北京大学中文系毕业，随即被选送到中共中央马列主义研究院文艺组，从事文艺理论批评工作。1978 年恢复了大学生和研究生的招考，我考上了中国社会科学院研究生院的硕士研究生，师从著名学者吴世昌先生，研读唐宋诗词。1981 年毕业，我获得文学硕士学位，被分配到中国社会科学院文学研究所古代室，先后任助理研究员、副研究员。1988 年 10 月，我从古代室调入《文学遗产》编辑部，任副主任，协助主编徐公持、副主编兼编辑部主任吕薇芬工作。我 1993 年 3 月任编辑部主任，1995 年 8 月任副主编兼编辑部主任，2004 年 2 月任主编，直到 2011 年 1 月退休。

　　1954 年创刊的《文学遗产》杂志，与《历史研究》《哲学研究》《考古》等一样，是中国社会科学院历史悠久的著名学术期刊，是古典文学研究的权威刊物，在学界享有盛誉。因此，我是怀着高度的责任感和自觉的使命感来到编辑部的，我决心在两位主编的领导下，同编辑部全体同人团结一致，坚持正确的政治方向，继续把《文学遗产》办成一个具有时代性、科学性、创新性的学术刊物，保持并提升它的权威地位。为了引领古典文学研究的学术潮流，《文学遗产》每年都提出有重大理论意义和实践价值的议题，召开学术论坛或在刊物上展开讨论。在我到编辑部之前，就先后举办了多种学术研究活动，如举办了"中国古典文学宏观研究讨论会"，并在刊物上开设"古典文学宏观研究征文选载""笔谈：古典文学研究与时代"等专栏，召开了"全国第四届近代文学学术讨论会""四十年古代文论研究反思座谈会""古代小说研究四十年反思座谈会"。在我加入编辑部后，《文学遗产》1989 年第 1 期首篇发表主编徐公持的《提高研究素质是唯一出路》一文，对古典文学研究在整个文学研究中所占地位有所下降的问题提出了看法，指出真正的危机是来自研究质量，因此，提高研究素质，是唯一的出路。同年 5 月，我参加了编辑部在河南信阳师范学院（现信阳师范大学——编者注）召开的"建国四十年古代文学研究反思讨论会"，就新中国成立以来古典文学研究的模式与方法、指导思想和"古为今用""百家争鸣"的方针、古典文学研究的根本突破等议题作了深入研讨。此次研讨会由我执笔撰写了纪要，以

《在历史反思中推进学科本体理论建设——建国四十年古典文学研究反思讨论会概述》为题，署名"闻涛"，发表在本刊 1989 年第 4 期。

《文学遗产》1990 年第 1 期推出了"文学史观与文学史"专栏，在"编者按"中强调：缺少科学的、独到的文学史观，也就不可能有精彩的文学史著作。要在文学史观上取得进步，就是要对什么是文学史，文学史的本质、基本目标，中国古代文学有没有总体特征和发展规律，如果有，又怎样去把握和阐释其特征和规律等问题，有清晰的认识。通过讨论、争鸣来发展和丰富有中国特色的文学史学，繁荣中国的文学史事业。这年 10 月，《文学遗产》编辑部与广西师范大学中文系等 8 家机构联合举办的"文学史观与文学史"学术讨论会，在广西桂林召开。来自全国各地的 120 多位专家学者对传统的文学史观和现当代文学史观作了历史回顾与总结，研讨了文学史研究中的哲学问题、价值观问题和方法论问题，讨论了中国文学史的总体特征、发展演变的形式及内在规律，此外还就文学史的基础、视角，文学史的民族文化精神，文学史写作中的历史与逻辑、自然时序与逻辑时序、阐释与描述、自律与他律等问题，展开了探讨。当时的两位主编推举我与广西师大的胡光舟老师共同主持全部讨论会。我和胡老师通力合作，巧妙调动专家学者发言的热情与争鸣的愿望，每一场会议都开得十分热烈。主编徐公持作了会议总结发言。许多与会者都称赞这次会议开得既有理论深度，又能推动文学史研究的实践，通过争鸣促使大家深思，收获很大。我也从中得到很好的锻炼。

1992年8月，我代表《文学遗产》编辑部，参加并主持了与吉林大学联合主办的"中国诗歌史及诗歌理论研讨会"，作了会议总结发言。此次会议的述要发表于本刊1992年第6期。1994年8月，我参加了《文学遗产》编辑部与曲阜师范大学中文系等单位联合主办的"儒学与文学国际学术讨论会"。同年11月，中国李商隐研讨会第二届年会在浙江温州召开，我代表《文学遗产》编辑部出席会议并发言。1996年9月，"中国唐代文学学会第八届年会暨国际学术讨论会"在西安举行，我代表编辑部出席会议并发言。1997年4月，《文学遗产》编辑部与人民文学出版社共同召开《唐代文学史》研讨会。《唐代文学史》是中国社会科学院文学研究所主持的"中国文学通史"系列中的一部，编辑部邀请在京的部分古典文学研究专家对该书进行评议，并讨论有关文学史编写的问题。我代表《文学遗产》编辑部主持了这个研讨会。1998年6月，《文学遗产》编辑部与《中国韵文学刊》编辑部等单位联合主办的"宋代文学与《宋代文学史》研讨会"在武汉召开，我代表编辑部参加并主持了这次会议。这年9月，《文学遗产》第5期首栏"世纪学科回顾"，发表了我与莫砺锋、程杰关于宋代文学研究的谈话录。10月，中国唐代文学学会与贵州大学联合主办"中国唐代文学学会第九届年会暨国际学术研讨会"，我代表编辑部出席研讨会并提交论文。1999年8月，《文学遗产》《文学评论》两个编辑部与其他四单位联合主办的"全国古代文学、古典文献学博士点新世纪学科发展建设与发展研讨会"在黑龙江省哈尔滨市及黑河市召开，我代表编辑部参加了这个会议。2000年，我又代表编辑部先后参加了暨南大学主办的"世纪之初中国古代文学研究的回顾与前瞻学术研讨会"，在武汉大学召开的"中国唐代文学学会第十届年会暨国际学术研讨会"，在南京大学召开的"程千帆先生学术思想研讨会"。2001年，我先后参加了在辽宁大学召开的"中国古代文学从学科传统走向学科创新研讨会"，在锦州师范学院召开的"首届国际词曲比较研讨会暨第五届中国散曲研讨会"。同年11月，中国社会科学院文学研究所主办的"纪念李白诞辰1300周年、苏轼逝世900周年学术研讨会"在北京召开，我代表《文学遗产》编辑部参加研讨会并发言。2002年7月，《文学遗产》编辑部与西北师范大学文学院共同主办的"西北师范大学《文学遗产》论坛"在兰州和甘南两地举行，主编徐公持致开幕词，指出论坛内容主要集中在最新学术成果发布和学术研究评论两方面。会上还举行了年度"广东中华文化王季思古代文学研究基金《文学遗产》优秀论文奖"颁奖典礼，我代表编辑部宣读评委会对获奖论文的评语。10月，"2002年古都西安·中国古代文学学术研讨会"在陕西师范大学召开，我代表《文学遗产》编辑部在开幕式上致辞。11月，"梁廷枏暨第六届中国散曲研讨会"在广东顺德召开，我代表编辑部出席了研讨会。2003年1月，"龙榆生教授百年诞辰纪念暨中国古代文学学科建设研讨会"在暨南大学召开，我代表编辑部出席研讨会并发言，即席赋诗《慰骚魂》一首："风云激荡蛰龙吟，壮烈声情赤子心。拗怒和谐分析妙，清雄婉约探求深。构思体系开高路，咳唾珠玑泽后昆。"这年 8 月，第三届"《文学遗产》论坛"在武汉大学举行，主编徐公持和我与会。徐先生在发言中以四句话概括论坛宗旨：探讨前沿问题，发布最新成果，汇聚学界人气，证成学术精神。论坛采取发言人宣读论文、评议人进行评议的形式。《文学遗产》第 6 期发表了"'《文学遗产》论坛'专辑（上）" 10 篇论文并专家评语，我是评议专家之一。这年 9 月 22 日，文学研究所召开《中国文学史》专题研讨会，我代表编辑部参加研讨会并发言。9 月 25 日，"第三届宋代文学国际学术研讨会"在银川召开，我代表编辑部参加研讨会并提交论文。

以上所述，是我在《文学遗产》编辑部任职期间参加和主持重要学术会议的情况。下面，叙述我联系、结交的全国各地老年、中年作者，发现、栽培的青年作者以及发表他们的优秀学术论文的情况。

作为国内顶级的古典文学研究专业刊物，《文学遗产》要体现它在学界的权威地位，每期至少要有两三篇德高望重的老学者的论文。文学研究所的大师、大家、名家，还有众多优秀的中青年学者，都曾在《文学遗产》上发表过论文。但《文学遗产》是面向全国、全世界的刊物，必须更广泛地向所外约稿、组稿，才能满足需要。我是北京大学中文系毕业的，所以我不时回母校去，拜望林庚、陈贻焮、吴小如、褚斌杰、裴斐、袁行霈等老师，还有中、青年教师，如葛晓音、钱志熙、张鸣、傅刚、杜晓勤等，在交谈中了解他们的学术研究情况，请他们给《文学遗产》赐稿。我还拜访过北京师范大学的钟敬文、聂石樵、邓魁英、郭预衡、李修生先生，首都师范大学的廖仲安、李华、张燕瑾、邓小军、赵敏俐、左东岭、吴相洲等老师。林庚先生年迈体弱，因为我数次登门约稿，他欣然提笔，专门为《文学遗产》写了《汉字与山水诗》，文章虽短，但见解精妙，文情并茂，使刊物大放异彩。我向吴小如先生约稿，他说："精力不济，写不了长篇大论。"我说："几百字、一千字的学术随笔札记我都要，可以数题合成一篇。"于是吴先生就一再寄来短小精悍的文章，由我合成发表。有一段时间，裴斐先生接连在《文学遗产》上发表长篇论文。他昼夜笔耕，以致操劳成疾，溘然辞世，使我哀痛不已。在我到编辑部前，傅璇琮先生很少给《文学遗产》写稿。傅先生和我同是北大人，他是中国唐代文学学会会长，当时我主要研究唐代文学，是中国唐代文学学会常务理事。他在中华书局上班，离我的住处很近。于是，我隔一两个星期就去拜访他。我知道，傅先生最想听我介绍国内古典文学研究尤其是唐宋文学研究的新情况、新动向以及新人新作等，我也就趁机向他请教并索稿。从此，傅先生就热情地把文章送给我们发表。

我每次去外地参加学术会议，总是尽可能多地结识老学者，征求他们对《文学遗产》的意见，约请他们赐稿。和我比较熟悉的老学者，有程千帆、叶嘉莹、张中行、徐朔方、徐中玉、霍松林、金启华、郭豫适、刘世南、吴调公、朱金城、王达津、吴熊和、周祖谟、陈祥耀、王运熙、马积高、蔡厚示、严迪昌、郁贤皓、安旗、邱俊鹏、邱世友、周勋初、徐培钧、钱鸿瑛、袁世硕、王水照、马兴荣、罗宗强、宁宗一、陈允吉、孙昌武、陈伯海、曹济平、黄天骥、刘学锴、喻朝刚、刘乃昌、刘庆云、陶尔夫、刘敬圻、谢桃坊、曾枣庄、薛瑞生、余恕诚等，还有老作家王蒙。这些老先生都有论文在我们刊物上发表，多数先生还发表了好几篇文章。文学所和所外那么多大家、名家乐意为《文学遗产》撰文，使读者一打开刊物，便如见星月交辉，光华璀璨。

这里，我想说说我与徐朔方先生颇有戏剧性的结交。20多年前，我应杭州大学中文系的邀请，去参加在浦江召开的"宋濂研讨会"。在杭州大学门口，时任中文系副主任萧瑞峰与我遇见了徐先生，萧便把我介绍给他，我向徐先生问候致意，他却不予理会，扭头走了。过了几天，在浦江会议期间，游览附近的一座名山，我有意跟着徐老，同他攀谈。可能是我的热情爽朗博得了他的好感，他忽然带点儿狡黠地笑着说："陶老弟，你敢同我比赛，看谁先登上山顶吗？"我说："我小您十几二十岁，您不可能胜我。"他说："那就比吧！"一开始，我跑在前面，他却从容不迫地迈步向前走。当我跑到离山顶还有十几米时，已是气喘吁吁，满身热汗，两腿发软，蹲在路旁。这时，徐老先生赶了上来，步履矫健，直登峰巅。他走下来时，哈哈大笑说："老弟，认输了吧？"我说："甘拜下风。"此后，我同徐先生成了忘年交。有一段时间，我还与程千帆、吴调公、王达津、陈祥耀、吴小如、周勋初等几位老先生书信往来。程先生在信中批评我的诗"有佳句，然不精匀"，称赞我发表在《古典文学知识》"名句掇英"栏的文章是学人应当做的普及工作，"将古贤摘句图现代化，极具妙解"。程老的亲切鼓励给予我巨大动力，使我一直坚持了20多年为这个专栏撰稿。

年富力强、成就卓著的中年学者，是《文学遗产》作者队伍的主力军。这些年来，我认识并结交的中年学者更多。我们在会上会下共同探讨学术问题，交谈治学心得，也谈诗歌，话人生，侃大山。大家坦诚相见，无拘无束。有时为了某个学术问题争得面红耳赤，但心无芥蒂，交情愈笃。这些中年学者所在的单位，分处在祖国的东、西、南、北、中，他们的研究各有专长，学术个性与文章风格也不一样，但都怀着一颗火热的心，热爱和信任《文学遗产》，乐于把好文章寄来。大家挥洒心血和汗水辛勤浇灌这个共同的学术园地，使它年年春花烂漫，岁岁秋实累累。

《文学遗产》一贯重视和培养学术新人。上文所说的中年学者，绝大多数在《文学遗产》首次发表论文时还是青年，如赵晓岚、赵昌平、葛晓音、蒋寅、陈尚君、莫砺锋、萧瑞峰、廖可斌、郭英德、韩经太、张晶、张毅、查洪德、胡传志、胡可先、左东岭、赵敏俐、邓小军、钟振振、关爱和、李浩、刘明华、刘石、杨明、胡大雷、谢思炜、张宏生、张仲谋、李昌集、王小盾、杜桂萍、尚永亮、戴伟华、张伯伟、曹虹、岳珍、周裕锴、王兆鹏等人。现任北京大学中文系主任杜晓勤，在《文学遗产》1991 年第 3 期上发表《开天诗人对杜诗接受问题考论》时，尚是不满 24 岁的硕士研究生。记得我刚调入《文学遗产》编辑部没几天，就发现一篇题为《关于唐诗分期的几个问题》的文章，作者吴承学，我对此文的论题很感兴趣，忙完手头上的事，我便仔细阅读。我认为作者对传统四唐说的精神、内涵、优点、缺陷的认识深刻独到，对当时一些学者提出的新的唐诗分期法的批评也有理有据。作者有理论功底，思路清晰，分析辩证细致，行文精练流畅，是一篇好文章。于是，我连夜写了近千字的审稿意见，连同文章一起送请主编定夺。徐先生阅后批示："同意陶说，此文应予发表。"此文发表在 1989 年第 3 期。这以后，直到 2008 年，吴承学先生几乎每年都给《文学遗产》精心撰写一篇文章，经过编辑部三审和专家匿名审稿，篇篇都被采用，可谓弹无虚发。吴先生很早就被评选为长江学者，曾任广东省古代文学研究会会长。此事以后不久，我又审阅了一篇题为《论自传诗人杜甫——兼论中国和西方的自传诗传统》的论文，作者谢思炜。我感到此文论题新颖，学术视野开阔，文章从一个新的角度论杜甫，并引出对中西自传诗传统的比较，相当精彩，于是我写了好几页审稿意见，呈送徐主编。主编同意刊发后，我把审稿意见寄给作者参考、修改。文章发表于《文学遗产》1990 年第 3 期。我在"编后记"中还把此文与同期发表的裴斐先生的《李白与历史人物（上）》并论，认为是对第一流大作家研究的新成果，"论题或见解颇有独到之处"。这是谢思炜在《文学遗产》上发表的第一篇有关杜甫的论文。

论文的发表给了他继续研究杜甫很大的鼓励。我再举一例。1994年8月，《文学遗产》在曲阜师范大学召开"儒学与文学"国际研讨会。会议期间，一个小伙子请我看他的一篇文章，他说他叫杨庆存，是刘乃昌先生的硕士生，文章题目是《论辛弃疾的上梁文》。文章篇幅不长，我当时就读完了，对他说："辛弃疾的上梁文确有文学性，有特色，你的文章论题新，写得不错。"不久，杨庆存修改、加工过的论文《论辛稼轩散文》在《文学遗产》上发表，他考上了复旦大学中文系，师从王水照先生攻读博士学位。毕业后，他仍然坚持学术研究，在《文学遗产》发表了多篇文章。

多年的编辑工作，使我养成一个职业习惯，就是每次参加学术会议，总是尽快把会议论文阅读一遍，从中挑选出大家、名家的好文章，请他们投给《文学遗产》。对于青年学者写的有发表基础的文章，也找作者交谈，提出修改意见，鼓励他们改好后大胆投稿。我体会到，做一个编辑，要炼出灵心慧眼，随时发现学术新人，发现好文章。有一年，我去安徽师范大学拜访余恕诚先生。余先生放下手中的一篇文章迎我进门。出于编辑的敏感，我问："您在看谁的文章？"余说："是在我们这里毕业的学生写的，他让我看看是否有进步。"我说："让我也看看。"我从桌上拿过文章一看，题目是《论李商隐诗歌的佛学意趣》，署名吴言生。我原来只知道李商隐学道，同女道士有恋情，没想到他对佛学也有如此浓烈的兴趣。于是我将文章带回编辑部，后来文章经修改后发表在《文学遗产》1999年第3期，作者当时正师从霍松林先生攻读博士学位。

还有一年，我去四川大学参加庆祝杨明照先生八十寿诞的学术研讨会，在一个小组会上听到当时还很年轻的吕肖奂女士发言，谈邵康节体诗，我感到论题和观点都有新意，就约请她写成文章寄给我，但过了几年，也没见她寄来。到了 2004 年，我忽然收到她的信，问我是否还记得她，并向我说明未能写出论邵雍诗的原因。信中附了她新写的文章《论南宋后期词的雅化和诗的俗化——兼谈文体发展及文学与文化之关系》，请我指正。我读后很高兴，她发现了矛盾，提出了别人未能提出的问题，但解决得还不够好。当时我已接任主编，就邀请她参加在福建师范大学召开的"《文学遗产》论坛"，并在大会上发言。她思考并吸收了与会专家、学者的意见，认真修改了这篇文章，发表在《文学遗产》2008 年第 2 期上。

《文学遗产》处理来稿，实行"双向匿名专家审稿制"，对来稿按程序审阅，通过即可发表，不论作者的年龄、学历、工作单位和职务，只看稿件质量。我到编辑部不久，就读到浙江温州食品公司职工张乘健的来稿《感怀鱼玄机》，当时我并不知道他此前已在《文学遗产》上发表过《〈桃花扇〉发微》等两篇文章。他这篇新作，用抒情诗的笔调感怀鱼玄机及其悲剧人生。我想，一个食品公司的职工，自学成才，写出这样一篇有学术有才情的文章，真是难得，于是送请主编徐公持先生审阅。主编批示："同意陶说，此文可发，别具一格。"以后，《文学遗产》又发表了张乘健的《论陆游的道学观旁及其他》等几篇文章，张乘健就被选拔到温州师范学院任教。2013 年 4 月，他不幸因病辞世。《温州都市报》用一个版面报道他的学术成就，称誉他为"温州学界奇士"。

《文学遗产》每一任主编，都要求编辑处理稿件要出于公心，客观公正，慎重精审，不能以自己的学术兴趣、成见乃至偏见来取舍稿件。拿我来说，我坚守文学本位，坚持以理论研究、文学史研究、审美研究为主，我不喜欢离开文学的研究。作为编辑，我在 20 多年前就已推选发表了陈文忠的《〈长恨歌〉接受史研究》，也不止一次发表过王兆鹏与刘尊明关于唐宋诗词量化研究的论文，王兆鹏先生那篇论题新奇醒目的《宋代的"互联网"——从题壁诗词看宋代题壁传播的特点》，我们也发表了。此外，我还推荐发表了董乃斌的《李商隐诗的语象—符号系统分析——兼论作家灵智活动的物化形式及其文化意义》，毛泽东提倡"百花齐放，百家争鸣"，《文学遗产》70 年来，一直努力使刊物呈现出这种光昌流丽的新气象。

为了使《文学遗产》多一些学术创新的朝气，多一些熔铸古今、汇通中西的活力和新鲜感，刊发的文章风格更丰富多彩，我还有选择地向文艺理论研究、现代文学研究领域中的一些名家约稿。文学研究所原所长杨义先生是鲁迅研究和现代文学研究专家，他后来向古代文学掘进，写了《李杜诗学》等多部著作。他在《文学遗产》上发表的楚辞研究和先秦诸子研究论文，在古代文学界虽有不同看法，但文中多有作者"感悟思维"和努力考证得出的独到见解，令人耳目一新。我在北京大学读书时的学长孙绍振先生，是著名诗评家和文艺理论家，他给我们寄来一篇论析李白七绝《下江陵》（即《早发白帝城》）的文章。我回信说，只赏析一首诗，不适合《文学遗产》。于是向他建议：从李白这首绝句引申、发挥开去，谈绝句的章法结构，这样，文章就有理论性，学术含量高。他欣然采纳，改写了论文，题为《论李白〈下江陵〉——兼论绝句的结构》，发表在《文学遗产》2007年第1期。还有蓝棣之先生，是研究卞之琳与中国现代派诗的专家，还是我读研究生时的同年。我问他是否愿意给《文学遗产》写文章，他回答"很乐意"。不久，他写成一篇《论新诗对于古典诗歌的传承》交给我，获得审稿通过后，在《文学遗产》2001年第3期头条发表。他特别高兴。

以上，拉拉杂杂地谈了我在20多年的编辑生涯中参加的学术会议、处理的稿件以及同古代文学研究的老、中、青学者的交往。《文学遗产》办刊70年来，由于编辑部坚持以马克思主义为指导，坚持正确的办刊方针，全体同人齐心协力，把《文学遗产》办成了一个严谨、求实、廉正、创新的杂志，一个连续获得中国社会科学院优秀期刊奖的杂志，一个深受古代文学研究界和广大爱好古典文学的读者喜欢的杂志。我本人在其中也贡献了自己的一份心力，为此，深感欣慰。

[作者单位：中国社会科学院文学研究所]

附：七律十一首，感怀为《文学遗产》撰稿的师友（节选）

陶文鹏

青春永恒

——纪念林庚先生百年诞辰

先生本色是诗人，不老青春不染尘。

妙悟盛唐潮气象，高扬寒士火精神。

空间驰想天蓝路，梦里倾谈李白魂。

常忆南园篁竹畔，朗吟高唱最纯真！

怀念张中行公

燕京曙色凤初鸣，声漾清华水木亭。

诗迸珍珠含佛慧，文如橄榄有甘清。

呕心绛帐头先白，缀简沙滩眼愈明。

九旬飘然乘鹤去，慈颜笑靥梦中萦。

敬贺霍松林先生九十大寿

林表南山傲雪松，根深叶茂郁葱葱。

九州学苑夸高足，一代骚坛唱大风。

驱寇燃烽歌浩荡，雕龙吸海气恢宏。

我来喜上唐音阁，祝寿童心老放翁。

附：霍松林先生回信

文鹏教授吾兄为晒：

近好！赐诗为我祝嘏，隽句华章，吟赏不忍释，当代学人而雅善辞章为吾兄者，已不复见矣。久欲奉和，年老思滞，迄未成篇，近日稍暇，勉力凑了八句，录呈以博一粲。

文鹏吟友赐诗祝九十寿，次韵致谢，兼表歆慕之忱

谢君诗赞后彫松，何似新林更郁葱。

学苑人夸红杏雨，文坛我爱大鹏风。

良朋唱和交游广，遗产传承气量宏。

况有华章评秀句，《掇英》一卷慰衰翁。

前寄稿太冗长，了无精义，其后写一短篇，打印奉上。发与不发，早发迟发，都没关系。收到后回信是盼。

即颂撰安！

松林

2009 年 12 月 16 日

敬贺吴小如师九秩华诞

恩师授课吐珠玑，弟子聆听乐不疲。

弱冠文章真博雅，中年戏曲更精奇。

春风化雨浇桃李，锐笔生风扫稗稊。

九旬丰神如赤子，优游绿野庆期颐。

春日怀蔡厚示先生

玉雪轩公何处寻？榕城双柳郁森森。

武夷幽境邀诗兴，书苑兰亭诵慧音。

坦荡胸怀真学者，豪淳性格老童心。

青峰合影红衫耀，追想同游泪湿襟。

冬日寄赠邓绍基老师

老来岁月似飞螭，冷雨狂风也赶时。

蛱蝶纷飘银杏泪，浮图静立雪松姿。

欲燃残烛开红蕊，欣爱奇峰映碧池。

读写卧游皆有味，人间不厌晚晴诗。

附：邓绍基《文鹏学兄来书问病并赠〈冬日〉诗，步韵酬和》

瑶章华句媲飞螭，展读正逢飘雪时。

皓雪一如鸥鹭色，水仙恰似蕙兰姿。

消寒闭户听昆曲，曝背扶藜绕苑池。

衰病蒙君来问讯，依然同好念唐诗。

《文学遗产》的老编委们

葛晓音

《文学遗产》创刊 70 周年了，这是从它早年作为《光明日报》副刊的时候算起。我在大学本科时就已经熟悉这份刊物上出现的好多名字，不过真正认识一些编委还是在 1980 年《文学遗产》复刊以后。在张白山、徐公持、陶文鹏等先生历任主编的时代，我只是大约知道编委们因年龄关系变换过几届，熟识的先生并不多，仅有几位先生因为和我专业的关系比较近，所以每当回忆与《文学遗产》相关的往事，总是会想起他们来。尽管我后来也忝列编委，现今已经进入顾问名单，但是我心目中的往事总是定格在我还是《文学遗产》中青年作者的时代。

我所怀念的老编委们有些已不在世，然而他们的音容笑貌仍然历历在目。他们对青年作者的爱护和鞭策至今令人感念，其中最难忘的一位便是我的导师陈贻焮先生。当我还在读硕士二年级时，曾有一篇关于陶渊明的读书报告被陈先生认可。先生让我改写成论文后，又给我反复修改了六七遍，然后帮我推荐到将要复刊的《文学遗产》上去，当时我根本没存被录用的奢望。须知《文学遗产》已经停刊10年，全国各地的老先生们积攒了多少研究成果亟待发表啊！复刊号当然应该首先发表他们的论文，哪里还能给我这个从来没有发表过论文的研究生留出版面？没想到的是，这篇论文真的被《文学遗产》复刊号采用了，我在惊喜、汗颜的同时，更深深感受到这份复活的专业刊物对后来者的期待。陈先生早年曾给《光明日报》"文学遗产"副刊当通讯员，他很以这段经历为荣，常常提起。因这份工作，他曾见过许多老先生。后来又长期担任复刊以后的《文学遗产》编委，所以对刊物特别关心。每当见到他认为好的论文，就提醒我尽早找来学习。他也给刊物审过不少稿子，有时遇到观点不同，甚至和自己商榷的稿件，他绝不会随意批评或者和别人争论，而是认为只要言之成理，有说服力，就可以通过。这种宽容大度给我留下了深刻印象。

我毕业留校以后，因为受到第一篇论文被录用的鼓舞，所以曾接连三次给《文学遗产》投稿，但三次都被退稿了，一时心灰意懒，便不敢再投。然而没想到的是，有一天时任编辑部主任的吕薇芬老师来北大找我，亲切地问我为什么不给《文学遗产》投稿了？听到我的回答后，她坐下来，亲切而又耐心地帮我分析退稿的问题，给我讲述刊物对来稿的要求，帮我重新拾起了信心。在当时那个电话还没普及、大家都要靠公交出行的年代，她从远在建国门的社科院来到北大，再打听到我住的教工宿舍，走了多少路是可想而知的。而且吕老师当时自己的科研也非常繁忙，更何况她在编辑部每天要处理多少来稿，怎么还会惦记着我这个只发表了一篇论文的初学者，还特意来看我呢？可是当时面对着这位陌生的前辈学者，我却只会呆呆地听着她说，而且临近中午却连问她一声在哪里用午餐都没想到。前年我读到李超老师的一篇回忆文章，才知道吕老师80年代前期因为参与编纂《古本戏曲丛刊》，和幺书仪老师到外地访书，曾一度身无分文，在济南退了吃饭的碗，才有钱在大明湖公园门口啃上一个红薯。读后立刻回想起当年她到北大来找我的事，心里的歉疚和感激更是难以言表。

八九十年代国家经济的发展还在起步阶段，能用于社会科学尤其是文史类研究的经费很少。《文学遗产》在全国古代文学研究者的心目中虽然地位崇高，但当时出版全靠补贴，发行量少，曾听说连3000册都卖不出去。经费如此紧张，要想举办学术会议和学术活动，也非常困难。90年代中，在老编委黄天骥先生的努力下，《文学遗产》和广东中华文化王季思古代文学、古代戏曲基金联合设置了"《文学遗产》优秀论文奖"，1996年评出了第一届即1995年的获奖者。唐宋文学方面，我和周裕锴都有幸获奖。记得颁奖会于7月23日上午举行，在京的老编委们都来了，颁奖仪式非常隆重。会后还和参会的老编委们合了影，作为一个小字辈，站在那么多我所敬仰的学界前辈旁边，想到《文学遗产》将如此有限的经费用来激励中青年学者，深感前辈们对后人的期望之殷切，是自己无论怎样努力都承受不起的。这次颁奖会以后，又有许多青年学者获得这一奖项，从他们的获奖感言中可以看出，大家的心情都是相同的。

回想40年来我们这代学者的成长过程，可以说每一阶段的进步都与老编委们的鼓励分不开。傅璇琮先生首先是扶持青年学者的典范，他既是中国唐代文学研究会的老会长，又长期担任《文学遗产》的编委。他本人的每本著作对于唐代文学研究都有重大影响，他所组织编纂的多种大型丛书不但为唐代文学研究奠定了文献建设的基础，而且培养了一批青年学者。40年来唐代文学研究所取得的丰硕成果和中青年学者的成长，都离不开傅先生倾注心血的浇灌和培养。因此傅先生故去后，许多同辈学者都像失去自己的导师一样悲痛。

又如陈伯海先生是研究唐诗美学的权威，他领导上海师大的青年学者们编纂了一整套历代唐诗论评的辑要，包括《唐诗汇评》《唐诗学引论》《唐诗书目总录》《唐诗学文献集粹》《唐诗总集纂要》《意象艺术与唐诗》《唐诗学史稿》等，都是唐诗艺术研究者的重要参考书。因为这套书系卷帙浩繁，一般学者不容易买全，前些年陈先生竟托查清华教授将这一大套书全部寄赠给我，令我激动得不知怎样表达谢意才好。因陈先生在上海工作，见面的机会很少，也难说彼此有多熟悉，这份厚爱实在难以报答。陈先生在回复我的邮件里只是说现在年纪大了，外面发表的论文也看不全，只希望我能把自己的论文寄给他看看。于是我后来每年都会将一年的论文和专著寄到他家里，每次都得到他的热情嘉勉。这些年来我在唐诗艺术和体式研究方面能够努力坚持，与陈先生的支持和鼓励也是有关的。

又如陶文鹏先生毕业于北大中文系，既是比我高几届的校友，又是我的前辈。他为人率真热情，喜欢"逢人说项"，这是很多《文学遗产》作者所熟知的。每次见到他时，听他说得最多的是对《文学遗产》上某篇论文或者某个作者的嘉许，那种兴奋就好像发现了宝贝一样。有时我会突然接到他一个电话，问我知不知道最近新出现的某位作者？读过他的文章没有？然后兴高采烈地把这位作者夸奖一通。而在一些学术座谈会上，他也常常毫无保留地畅谈他看稿的体会以及当前研究中的问题，令听众获益匪浅。他的艺术感觉特别敏锐，其研究以诗词艺术见长，但他从不以他的喜好评判其他不同的学术路数。我相信许多青年学者都受到过他的热情感染，得到过他的无私帮助。

《文学遗产》作为一本具有70年历史的老牌名刊，它的学术地位和威望是通过一代又一代的编辑部、编委会以及主编的努力积累起来的，引领学术方向的敏锐眼光、公正无私的评审态度、高质量稿源的有力保证，固然是它成为名刊的基本原因，但《文学遗产》的悠久传统里更有一种不同于其他刊物的情怀，这就是在处理各种稿件和作者关系时，不仅坚持对刊物负责的原则，更能从继承和发展本民族优秀文化的大局着眼。对青年学者的关怀和培养，正是出自这样的胸襟和眼界。

[作者单位：北京大学中国语言文学系]

温馨而明亮的日子

——我对《文学遗产》的感念

曹　旭

1984年我考取复旦大学首届文学批评专业博士生，1985年2月跟随王运熙老师学习六朝文学。有一次王老师在课堂上讲授闻一多《宫体诗的自赎》，激起了我心中的波澜。我是老三届，在工厂10年，我把大学中文系的课程自学了2遍。每次读文学史，读到对齐梁文学，对宫体诗的批判和否定，心里就愤愤不平。为什么俄国的诗人普希金可以说"我曾经爱过你""春啊春啊，恋爱的好时候"；德国的诗人海涅可以说"从黑暗中偷来的吻，还从黑暗中逃走"……可以写爱情，写女性的美，却不允许宫体诗人赞美和描写女性。那时正好《文学遗产》征集宏观论文，我就写了一篇题为《论宫体诗的审美意识新变》的文章，投寄给《文学遗产》编辑部。得到了编辑部刊用，文章在 1988 年第 6 期上刊登了出来。

1997 年，《文学遗产》主编徐公持打电话给我说，《文学遗产》计划组织 3 位专家，以"三人谈"的方式对古代文学各个学科百年的研究和发展，作回顾性的总结。徐先生希望我来牵头，邀请复旦大学黄霖教授、上海社会科学院陈伯海教授一起交流对谈，就 20 世纪古代文论研究的情况做一个简要的回顾，并且展望这一学科在 21 世纪的发展前景，当时编辑部的王毅先生作这组讨论的编辑。我应命做东道主，陈伯海先生和黄霖先生都是我的老师，学生和老师对谈愉快而成功。文章《中国古代文论研究的民族性与现代转换问题——二十世纪中国古代文论研究三人谈》发表在《文学遗产》1998 年第 3 期。

有一个时期，商品经济大潮汹涌澎湃，猛烈冲击着人心和社会的方方面面，那时我在学校的研究生部工作，听到《文学遗产》订阅量下降的消息，马上去发动大家订阅，来不及订阅的学生自己买，有时一买就是十几本。我相信神话，崇拜逐日的夸父、填海的精卫、移山的愚公，以为只要大家齐心协力，就能移风易俗，改变世界。

曾经向我组稿，将几种《诗品》研究专著合成一辑，组织专家评论的刘跃进先生，后来成了主编。由华东师范大学萧华荣教授撰写的《后出转精平实稳妥——曹旭〈诗品集注〉评议》，发表在《文学遗产》1996 年第 3 期，是那一期的带头稿。

2011年，刘跃进主编邀请我参加《文学遗产》编辑部编委会，我的发言《文学研究，请重视"特殊的"文学本位》，刊发在《文学遗产》2012年第1期。

从徐公持先生担任《文学遗产》主编开始，我和《文学遗产》的关系，就是一株向日葵和一轮太阳的关系。

1985年至今，将近40年过去了。《文学遗产》的徐公持主编、陶文鹏主编、刘跃进主编等都是极具亲和力和个人魅力的人。《文学遗产》仿佛是一片学人耕种的麦田，我们围在田边，是麦田的守望者；经历轮换的主编和编辑，就像一波一波向前滚动着的麦浪，在太阳下闪闪发光。

麦子一年一年熟了，要让这些颗粒饱满、沉甸甸的金黄的麦子聚集在一起——《文学遗产》就是一座学术丰收的仓库。

在辉煌的70周年里，一茬一茬作者包括我也是——从青涩到成熟，到自豪地老去。在这期间，杂志的名字，就是爱人的名字；我们生命里最宝贵、最有价值的时光，都珍藏在杂志里。《文学遗产》永远是我心中璀璨的学术明灯。

[作者单位：上海师范大学中文系]

切磋琢磨　精益求精

——《文学遗产》创刊七十周年随想

赵山林

　　做学问的乐趣，人们常引用《诗经·卫风·淇奥》的"如切如磋，如琢如磨"来加以形容。切磋琢磨，可以开阔眼界，活跃思维，精益求精，更上层楼，正如陆游《示友》诗所云："学问更当穷广大，友朋谁与共磨砻。"《文学遗产》70年来，正是以一种大刊气度，广开文路，为学人提供了畅抒己见、切磋交流的学术园地，印证了研究文学遗产，是一代又一代学人乐此不疲、充满创造活力的事业。

一

102 年前的 1922 年，当时还是北京女高师国文部学生的程俊英（1901—1993），在吴宓主编的《学衡》杂志上发表了她最早一篇《诗经》研究论文《诗之修辞》。在这篇六七千字的长文中，程先生第一次对《诗经》的各种修辞手法、表现形式作了全面而细致的总结与研究。

在《文学遗产增刊》1960 年第 1 辑上，程俊英发表了《〈诗经〉中的赋比兴》。针对当时学界一种否定"兴"的存在的说法提出商榷。当时有人认为"兴是他们（儒家《诗经》研究者）脑子里想出来的，如果我们要说《诗经》里面真是有一种什么所谓兴，那么这种兴究竟是什么性质是无法清楚的"。程先生当时认为，这种对兴的艺术手法持否定态度的观点，恐怕是有问题的。程先生于是将《诗》三百篇逐首加以细查，分析总结出"兴和比赋的差别""《诗经》中兴的几种形式""兴在《诗》中所起的六种作用"，对《诗经》中的兴作了深入研究。

到 1980 年，在复刊后的《文学遗产》第 3 期上，程俊英又发表了《〈诗经〉的语言艺术——兼谈诗、词、曲的修辞》（与万云骏合作）。论文对于赋、比、兴在后代诗、词、曲中发展与兼用的情况作了概括："唐诗、宋词、元曲俱称极盛。它们对传统的赋、比、兴手法的运用与发展，表现为不同的情况。概括地说：唐诗赋、比、兴兼用，宋词则比、兴多于赋，元曲则赋、比多于兴。虽然如此，自唐以后，文人作家，对于比兴的认识则越来越提高，对于比兴手法的运用也越来越复杂而多样。"在此基础上，进而对示观（想见）、呼告与夸张等修辞手法，结合具体作品作了细致的比较分析，揭示它们各自的表达特点与不同的表达效果，以见《诗经》的艺术手法尤其赋、比、兴对于后代文学的重大影响，举例繁富，辨析详明，为后来研究者提供了有益的借鉴。程俊英《诗经》研究的历史跨度好几十年，在《文学遗产》发表的论文中可以清楚地看到其中的轨迹。

《〈诗经〉的语言艺术——兼谈诗、词、曲的修辞》一文的第二作者万云骏（1910～1994）先生，是词曲大师吴梅先生的弟子，也是笔者的研究生导师。万先生1936年毕业于上海光华大学国文系，留系任教，新中国成立以后在华东师范大学中文系任教。万先生从吴梅先生学词，对于词的艺术特性有深入的体会，对于近代词论有独到的看法。他曾在《文学遗产》1984年第3期发表《〈蕙风词话〉论词的鉴赏和创作及其承前启后的关系》，1987年第4期发表《王国维〈人间词话〉"境界说"献疑》。众所周知，对于王国维《人间词话》的"境界说"，服膺者多，阐述者多，而万先生的论文是提出疑问，进行商榷的。论文一开头就说："王国维的《人间词话》，开宗明义，揭'境界'二字，他说：'词以境界为最上。有境界则自成高格，自有名句。五代北宋之词所以独绝者在此。'我却认为，王国维《人间词话》对近世影响最大的是他的'境界说'，而问题最大的也是这个'境界说'。"论文对于《人间词话》所说"然沧浪所谓兴趣，阮亭所谓神韵，犹不过道其面目，不若鄙人拈出'境界'二字，为探其本也"提出质疑："严羽的'兴趣'说和王士禛的'神韵'说是否只是诗歌的一个枝节问题、现象问题，而不是一个根本问题。'境界'说是否优于'兴趣'说与'神韵'说？这只有把它们放在诗歌创作及其理论的历史发展中来考察，才能得出较为正确的结论。"经过层层深入的考察，论文总结道："总上所举，再联系司空图、严羽二人的诗论，它们的重点是在阐明不为王国维所崇尚的朦胧迷离的诗境或词境。这是一个显豁与含蓄、发露与隐约的问题。即使是《六经》：《易经》长于幽，究天人之际；《春秋》的微言大义；《诗》、《书》的隐约，（'隐约'，见《太史公自序》），也并不都是明白显露的，这可说是朦胧诗的源头吧，这个问题，还是值得继续研究，我们探讨文艺作品与理论习惯于强调它们的客观性而不强调反映作家的主观性，强调反映现实不强调反映理想，强调反映显意识，而忽视强调潜意识，如此种种，都于理解形象意境的模糊性、朦胧性有妨碍。王国维'境界说'的偏颇也未尝不在这里。"

万先生的见解自成一家之言，对于我们准确理解《人间词话》的理论蕴含，把握近代词学思想发展的脉络，能够引发有益的思考。不同意见的论文能够发表，正是《文学遗产》大刊气度的生动体现。

二

对于在《文学遗产》这一平台所享受的切磋琢磨之乐，我本人也是有体会的。下面以两篇论文为例，简单地说一下。

《文学遗产》2000年第4期发表了拙作《南北融合与关羽形象的演变》一文，指出关羽形象的演变过程存在着历史与文学、官方与民间、文人与百姓多种因素的交互作用，而其间又贯串着南北文化融合这样一条重要的线索。作为艺术形象的关羽的相貌、性格、气质、精神，是在南北共同创造、长期融合、世代累积的过程中，逐渐丰富、发展、成熟、定型的，而这种创造与融合，在不同时代又具备不同的特点。

拙作讨论了关羽形象演变过程的问题，特别是其在盐池战蚩尤故事中的表现。这一故事产生在关羽的故乡解县，本身有一个发展的过程，并引证《蒲州府志》清乾隆三年（1738）刻本卷二十四所引唐人小说加以阐明：

> （唐）李晟镇河东日，夜梦伟人来谒，自言："汉前将军关某也。蚩尤为乱，上帝使某征之，顾力弱不能胜，乞公阳兵助我。来日午时约与彼战，我军东向，彼西向。"语讫而去。晟早起，心异所梦，令军士列阵东向如所戒。是日天气晶朗，至午，忽阴云四合，大风骤作，沙石飞起。

晟曰："是矣。"即令鸣鼓发矢，如战斗状。久之，风止云
豁，视士卒似多有伤者。其夜复梦来谢云："已胜蚩尤。"①

拙作以及所引用的资料引起了胡小伟先生的注意。《文学遗
产》2003 年第 2 期发表胡小伟《唐代社会转型与唐人小说的忠
义观念——兼论唐代的关羽崇拜》一文，指出：

> 《文学遗产》2000 年第 4 期发表赵山林《南北融合与关
> 羽形象的演变》一文，曾引用乾隆三年刊《蒲州府志》卷
> 二四所载"唐人小说"一则，谓（下略）

> 　此篇未见其它载录。如果确为唐人所作，应是现存关
> 公故事中最早的"小说"资料，颇惜作者没有进一步分证。
> 该记叙明显不同于其它"斩蚩尤"之传说形态，且颇关涉
> 唐代有关忠义的故实，值得辨析。此外这则传说未能言明
> 蚩尤何以为乱，关羽何以要征，分派命令之"上帝"究竟
> 属于何方神圣，自不如宋后出现的说法略具条理。但惟其
> 如此，尤能提调探究兴趣，并由此而及唐代社会转型的新
> 兴观念问题，尤其是"忠义"观念的转变，颇能见出唐宋
> 之际思想变迁和社会演进之一隅。

循此思路，胡小伟先生进行探讨，指出：

---

① 　《蒲州府志》卷二十四《识余》第 80 页上，清乾隆三年刻、
　　1985 年山西运城地区方志办重印本。

话题再回到李晟与"关公战蚩尤"的传说上来。谚所谓"一个好汉三个帮,一个篱笆三个桩"。"万人之敌"如关公,也有过不了的坡,也有伸手求援的时候。当年关羽败走麦城,不可忽视的原因是遭遇了包括战略盟友孙权、友邻部队刘封、孟达和荆州部将傅士仁、糜芳三重背叛,使他维护中央政权的扶汉努力功亏一篑。但这一次在故事中他没有失望,作为托梦沟通的隔代知音,李晟信守承诺为他援手,终于赢得了胜利。

这个故事对于本文讨论的"忠义",又给予了一种民间话语的诠释。至少这正是当初编撰、讲述和聆听这个故事的人,都希望看到的结局。

胡小伟先生还指出:

本文是拙著《超凡入圣——宋代儒学与关羽崇拜》之一部分,限于篇幅,未能尽言。

可见这一课题,胡小伟先生当时是抱有极大的研究兴趣的。他论文中谈及的"提调探究兴趣",说的正是切磋琢磨之乐。而他论文中发表的高见,对我也有很大的启发,使我至今还在思考有关问题。

我从《文学遗产》享受到的切磋琢磨之乐,还表现在对丘濬《五伦全备记》的研究上。

《文学遗产》2017年第3期发表韩国汉阳大学中文系吴秀卿

教授《再谈〈五伦全备记〉——从创作、改编到传播接受》一文，文中揭示韩国启明大学图书馆古书室所藏四卷本《五伦全备记》（简称启本），卷首有署名再世迂愚叟的作者自序：

> 岁在庚午，余倦游，归寓金陵新河之旅邸。偶观优戏，见座中有唏嘘流涕者。叹曰：此乐之土苴尔，顾能感人如此夫，则夫乐道大成之际，其感人又何如邪？先儒谓：古人之诗如今之歌曲。……庶有补于世矣乎？客中病起，信笔书此。仿庄子寓言之意，循子虚乌有之例。一本彝伦之理，而文以浅近之言，协以今世所谓南北曲调者。……其于风化，未必无少补云。是岁之菊节后一日，再世迂愚叟书于新河之寓言轩。

根据吴秀卿考证，"再世迂愚叟"为丘濬自署，因宋朝有位《牡丹荣辱志》的作者也叫丘濬，自号迂愚叟，黟县人。这篇再世迂愚叟序透露了丘氏创作《五伦全备记》的时间地点和动机。时间地点是"岁在庚午""客中病起，信笔书此""菊节后一日""书于新河之寓言轩"。吴秀卿指出，丘濬一生中庚午只有一次，应是景泰元年（1450）。由再世迂愚叟序可看出，这一年重阳节后，九月十日，丘濬在金陵新河寓言轩完成了《五伦全备记》。丘濬此时为何在金陵？盖因正统十二年（1447）赴京参加会试下第，留京就读太学，身心疲惫，归家心切，行至金陵，却因道路不通，不得返回琼山，而留滞于此。之后重回北京，景泰二年（1451）再试礼部又不第，再经扬州、金陵回琼山省亲。这一段经历，除此序外，还有其他诗作可参证。

《伍伦全备记》是景泰元年丘濬创作于金陵，这一点既已明确，那么创作背景、创作基础、创作过程、创作特点有哪些是值得注意的呢？根据我本人发现的资料，我认为最重要的一点是，正统十二年《五伦书》的刊行。这一点尚少见探讨，实极为重要，为此我撰写了《论〈五伦书〉与〈伍伦全备记〉》一文，提交《文学遗产》古代戏曲研究论坛（2019），向各位专家请教，得到专家们的鼓励，会后发表的论坛综述将此列为第一条："古代戏曲文学、文献与版本研究。在前人研究的基础上，运用新材料，从新视角对作品进行解读和挖掘，是古代戏曲文学和文本研究的重要途径。华东师范大学赵山林结合明宣宗所编《五伦记》，对明代理学家丘濬所创作的《五伦全备记》的文本生成进行了全新的阐释。他认为《五伦全备记》的总体构思和具体情节设计皆受到《五伦记》的深刻影响。这对于重新审视《五伦全备记》的艺术价值具有重要意义。"① 感谢盲审专家认真评审，提出宝贵意见，感谢编辑部各位老师具体指导，精心编辑，使拙作得以在《文学遗产》2021 年第 1 期发表，这对我是极大的鼓励。个人希望本论文的论述有助于阐明《五伦全备记》的创作缘起、创作过程及在韩国产生广泛影响的原因，这是中韩两国学者共同关注的课题。由于《五伦书》为明宣宗

---

① 张勇风：《"〈文学遗产〉古代戏曲研究论坛（2019）"综述》，《文学遗产》2020 年第 1 期。

生前所编，后由其子英宗制序刊行，这样一部皇帝主持编纂并大力推行的书籍，如何对传奇《五伦全备记》的创作产生直接影响，涉及官方思想与戏曲创作的关系问题。同时，由于戏文带有较重的民间色彩，元明之交和明代前期作家创作的剧本多为世代累积型的旧剧新编，而丘濬则是以文人身份，独立创编长篇戏曲剧本的第一人，因此本论文选题也涉及戏文向传奇历史演进过程的问题。论文对这些问题的探究，应当是有意义的。而这也得益于我和吴秀卿教授、论坛诸友、盲审专家以及编辑部老师之间的切磋琢磨，其中乐趣难以言传，而这都是借助《文学遗产》这个平台得以实现的。

三

我从《文学遗产》这个学术平台享受切磋琢磨的乐趣，尚不止上述二例。在《文学遗产》上，可以拜读中外研究者的大作，了解他们的研究动态和研究进展，更进一层者，可以享受心照神交之乐。

20世纪以来，汤显祖研究方兴未艾，我追随诸先进，也曾在《文学遗产》发表《"临川四梦"文学渊源探讨》（2006年第3期）、《明清咏剧诗歌对于戏曲接受史研究的特殊价值》（2012年第5期），略述己见。《文学遗产》2016年第3期发表雍繁星《20世纪以来汤显祖研究的回顾与反思》，同期发表日本学者矶

部祐子《汤显祖戏曲研究在日本》。通过这两篇精心组织、精心
编辑的论文，我得以重温多年以来汤显祖研究的历程，感到无
比亲切。《汤显祖戏曲研究在日本》一文写道："当代有关汤显
祖的研究以山口大学的根山彻教授为代表。山口大学有着汤显
祖研究的渊源，前辈学者青木正儿自京都大学退休回乡后，受
聘于山口大学；而另一位研究汤显祖的著名学者岩城秀夫也曾
任职于山口大学，他的《汤显祖研究》被收入其最重要的著作
《中国戏曲演剧研究》。……正是在这种中国戏曲研究传统的影
响之下，在前贤的丰富成果基础上，根山彻教授出版了《明清
戏曲研究史论序说——汤显祖〈牡丹亭还魂记〉研究》一书。
此著作开拓了前辈学者不曾关注的某些领域，考察《牡丹亭还
魂记》的作者与观众及读者之间的关系，'同时研讨《牡丹亭》
在后世不同文化背景下如何演变'（而不仅限于明末）等等，可
以说是对《牡丹亭》进行全方位综合解读的一部著作。"我与根
山彻教授有过学术交流，他的《明清戏曲研究史论序说——汤
显祖〈牡丹亭还魂记〉研究》《牡丹亭还魂记汇校》等著作也曾
赠送给我，因此拜读矶部祐子《汤显祖戏曲研究在日本》一文，
感觉十分亲切。矶部祐子文章指出根山彻《明清戏曲研究史论
序说——汤显祖〈牡丹亭还魂记〉研究》一书的两个特点，一
是此书在第一、二章中指出，《牡丹亭还魂记》作于汤显祖赋闲
故乡临川前后，剧中常常出现其自身心情的叙写。因此，本书
作者通过对主人公柳梦梅及其流放岭南之际魂牵梦萦的梅花形
象的分析，推断《牡丹亭还魂记》创作与汤显祖的个人经历紧

密相关。汤显祖的个人经历并非一帆风顺，《牡丹亭还魂记》亦
体现出他极具反抗精神的个人文学观与创作理念。二是在第三、
第四章中，作者以戏中所引诗句（杜诗的引用）和全篇 71 首集
句诗对原诗的取舍，分析了汤显祖排斥古文辞派的文学观。这
两点都是根山彻《牡丹亭》研究的独到见解，矶部祐子文章特
地拈出，是独具慧眼的。在拙作《汤显祖与唐代文学》（发表于
《文史哲》1998 年第 3 期）中，我也曾对《牡丹亭》的集句诗
做过研讨，却不曾涉及汤显祖的文学观，因此根山彻的这一见
解，我是非常重视的。这一事例证明，《文学遗产》通过发表文
章，组织海内外汤显祖戏曲研究的交流，对于研究的拓展和深
入，是极为有益的。

[作者单位：华东师范大学中文系]

我与《文学遗产》

左东岭

目前中国大陆的刊物分成各种不同的级别，诸如顶级期刊、权威期刊、核心期刊等类别。但《文学遗产》作为中国古代文学研究界的专业期刊，却始终是业界眼中的最好刊物，而在我本人的心目中，它则是无法被任何期刊所替代的顶级刊物。从步入学术门径至今 40 余年，《文学遗产》始终伴随着我。我与《文学遗产》结下了深厚的不解之缘，而且随着时间的流逝，和它的关系也日趋密切。大致归类一下，我大概以读者、作者和编委这三种身份，先后与《文学遗产》发生了种种关联，留下了许多难忘的印记。

一　作为读者

　　《文学遗产》尽管创刊于 1954 年，但真正以学术期刊的名义出现则是自 1980 年始，起初是季刊，1986 年才改为双月刊。我早期接触《文学遗产》是以普通读者身份开始的，但却是一位特别忠实的读者，证据之一是自 20 世纪 80 年代初开始，我就每年订两本重要的学术期刊：《文学遗产》和《文学评论》，后来从大学生到研究生再到高校教师，虽则经过了几度的身份转变，但却一直没有停止订阅，直到我终于熬到了能够获得赠刊的荣幸之后才终止。我从《文学遗产》所获得的学术影响，仅次于我的硕士研究生导师黄清泉先生和博士研究生导师罗宗强先生。特别是从 1986 年硕士研究生毕业之后，被分配到郑州大学中文系任教，尽管郑州是全国重要的交通枢纽，但很遗憾它并不是学术研究的重心，无论是学术资源还是学术信息都相对匮乏。有幸的是，1986 年《文学遗产》改版，不仅从季刊变成了双月刊，还增加了"文论摘编""博士新人谱""学者研究""雪鸿录""海外学术信息"等栏目，通过阅读这些栏目，得以扩展眼界、了解信息和提升自己的学术认知能力。

　　其中对我影响最大，甚至可以说改变了我一生学术方向与研究方式的，是读了《文学遗产》1989 年第 4 期上的一篇论文，作者署名是罗宗强和卢盛江，论文名字是《四十年古代文学理论研究的反思》。其实，那一时期此类学术史的文章还有不少，但该文对我的影响无疑是最大的，因为文章中提出两个重要观点对我产生了巨大的震撼作用。一个是学术研究的个性化。文中说："我们必得改变以往习惯了的思想方法，总想寻找一种一致意见，以为那才是正常的。其实，在学术研究上，意见一致常常只是一种暂时的现象，不一致倒是经常的。打破一致进入不一致，往往是进步的开始。"以前读研究生时，跟随导师参加过几次中国古代小说的学术研讨会议，会上学者们常常会为了像《水浒传》《三国演义》的主题之类的话题争得不可开交甚至面红耳赤，大家都要坚持自己的看法，同时又想把所有人的看法统一到自己的看法上来，结果往往是不欢而散。读了上述这段话，顿时有一种振聋发聩的感觉，尤其是"打破一致进入不一致，往往是进步的开始"一句，可以说开启了我新的学术思维方式。另一个是对于历史感的强调。文中说："没有历史实感的理论结论，都是无的放矢，与古文论研究毫不相干。再高的理论水平，离开了历史实感，要在古文论研究中取得实实在在的、经得起时间考验的成果，都是做不到的。"我硕士研究生时攻读的是中国小说史方向，曾经跟随导师做过中国古代小说序跋的整理与研究，1984 年整整一个暑假时间都在大连图书馆查阅、抄写明清小说的序跋文献，那时有一个牢固的观念就是，判断某篇序文的价值高低完全以是否具有理论价值为依据，而这个所谓的理论价值却是以现代小说理论尤其是西方小说理论为标准的。读到上述一段话，仿佛打开了另一个学术窗口。尤其是该文明确提出："要使研究成果具有历史实感，第一步而且是最重要的一步工作便是还原。"这是我首次接触关于历史还原的提法，其理论的冲击力可想而知。然而，我当时对两位作者的情况一无所知，后来通过各方打听，才得知罗宗强先生是南开大学的教授。也是机缘巧合，当时在郑州大学图书馆发现一本罗先生刚出版不久的《隋唐五代文学思想史》，读后不仅大有收获，还被其文学思想史的独特研究方法深深吸引。因为当时我正在开设一门"明代文艺思潮研究"的选修课程，编写教案时遇到种种困惑，读了《隋唐五代文学思想史》后，忽然有一种茅塞顿开的感觉，深深为其独特的研究方式与新颖的学术结论所折服。当时我正要报考博士研究生，在当年的招生目录上选了黄天骥、章培恒和罗宗强三位先生作为报考的导师。那时正是我学术的徘徊期，存在着多种选择的可能性。报考黄天骥先生，是因为教学的需要，我迷上了戏曲研究，当时正在大量阅读戏曲文献。报考章培恒先生，是因为读研究生时仰慕他《西游记》研究的独特发现，认为他能够提升我的中国古代小说研究水平。但最终还是选定报考了罗宗强先生，这要感谢《文学遗产》所刊发的那篇长文的指引和罗先生独特的学术方法。后来我进行文学思想史研究的基本学术目的或者叫宗旨"历史还原"，其实就是那时受到的最早启蒙。

作为《文学遗产》40余年的忠实读者，至今还保留着长期养成的习惯，总是在刊物出版后的第一时间对其目录及重要文章进行浏览与阅读，从而保持对本学科学术前沿状态的感知与了解。

二　作为作者

作为作者的我，在面对《文学遗产》时，有两个落差很大的数据。这就是在上面发表论文的时间较晚，但发表数量却是最多的刊物。我学术起步时间相对比较迟缓，尽管大学属于高考改革后的77级，但直到27岁才考上硕士研究生，迟至二年级的1985年，才在《华中师范学院研究生学报》上发表了题为《水浒传三易寨主的对比设计与创作思想》的学术论文。博士研究生毕业后到北京工作，尽管从2000年开始已在《文艺研究》上发表论文，从2003年开始在《文学评论》上发表论文，但却迟至2008年才在《文学遗产》上发表了第一篇文章《中国古代文学研究转型期的技术化倾向及其缺失》，此刻距我初次发表学术论文已有20余年了。可是在我并不高产的将近140篇公开发表的学术论文中，刊发在《文学遗产》上的文稿居然是数量最多的。我不敢说自己把所有最好的文章全都投给了《文学遗产》，但的确是把自己最专业的研究论文经过精心选择投给了《文学遗产》，以此表达了我本人对这家专业期刊的那份学术敬畏之心。

我在《文学遗产》上所发表的学术论文，可以分为两类。

一类是篇幅较短的笔谈,诸如《明代诗歌研究的几个问题》(2011 年第 3 期)、《文学经验与文学历史》(2012 年第 2 期)、《中华文学史研究的三个维度》(2015 年第 4 期)、《大文观与中国文论精神》(2017 年第 1 期)、《〈文心雕龙〉研究的基本途径与方法》(2023 年第 1 期)等。这些文章尽管篇幅不长,但都代表了我当时对于新的研究观念与理论方法的最新学术思考,往往能够对学界造成较大的学术影响。另一类是篇幅较长的专题研究论文,诸如《玉山雅集与元明之际文人生命方式及其诗学意义》(2009 年第 3 期)、《良知说与王阳明的诗学观念》(2010 年第 3 期)、《文体意识、创作经验与〈文心雕龙〉研究》(2014 年第 1 期)、《"话内"与"话外"——明代诗话范围的界定与研究路径》(2016 年第 3 期)、《建立具有中国特色的文学思想史研究体系》(2019 年第 4 期)、《中国文学史研究方法的转化与创新——以"理流而为文"的诠释立场与浙东派的文章观为中心》(2021 年第 5 期)等。这些专题论文,我都尽量保持两个特点:学术命题的原创性与论述引证的饱满性。比如《玉山雅集与元明之际文人生命方式及其诗学意义》一文,首次从元代文人的旁观者心态、文化心理优势及审美化生命价值观等层面,综合论述了玉山雅集的诗学意义,据知网统计,至今已下载 1645 次,被引 36 次。与其他学科的研究成果相比,引用率的确算不上很多,但依然可以看出引起了古代文学研究界许多学者的关注。

在我学术的成长道路上,《文学遗产》的主编及编辑们给予了我充分的鼓励与支持。记得 2007 年在徐州师范大学（现江苏师范大学）与《文学遗产》合办的"文学研究三十年"的学术会议上，时任主编陶文鹏先生主持大会发言，我作了《中国古代文学研究转型期技术化倾向及其缺失》的主题报告。陶先生不仅在评点中给予了充分的肯定，并作进一步引申，强调古代文学研究思想深度与审美感受的重要性。这就是我在《文学遗产》上发表第一篇文章。它的意义远远不是发表一篇权威期刊文章所能包括的，而是对我本人学术理念与学科发展方向思考的极大肯定。对于我这个起步较晚的学者，尽管在《文学遗产》上远远算不得闪亮登场，但至少可以算是一个良好开端了。

对于《文学遗产》，还有一点令我记忆深刻，那就是它的开放性与包容性，也就是能够对不同的研究方法与学术个性做到兼容并包。记得 2015 年秋，我投了一篇名为《"话内"与"话外"——明代诗话范围的界定与研究路径》的文稿给刊物，两个月后，编辑把匿名专家的评审意见转给了我，要求按专家意见对文稿进一步修改，如不能修改则可以写出说明寄回编辑部。匿审专家对我文稿本身倒是没有提出太多不同意见，但是对于文章的主要观点却持保留态度。我文稿的核心观点是说，"诗话"的本意乃是记载诗坛掌故的内容，"话"本身就是"故事"的意思。因此，应该把诗话、诗论、诗法、诗评这些文献进行分类研究，而不应该全都概括进诗话一个范畴之中。只有如此，才合乎古人的本意，也才能展开有效的研究。后来，我把这种区分文献文类属性与文体特征的做法称为古代文学思想的精细化研究。但匿审专家却在审稿意见中说："文中所言虽有道理，但诗话已经成为中国古代文学批评与文学理论的重要特征，甚至形成了特色鲜明的东方诗话学。最好尊重约定俗成的说法。"然而由于我有充分的自信和坚实的依据，所以很难改变自己的学术观点。当然，当时刊物的要求是只要向编辑部说明不予改变的理由即可。我却处于坚持自我学术立场的角度，在该文的结尾又特意补上了以下几句话："笔者深知对于诗话的研究已经在漫长的学术史中堆积了过于厚重的误解，将诗话作为中国诗学著作的独特表述，成为许多学人不假思索的知识前提，甚至有一些学者据此要建立有别于西方诗学话语的所谓东方诗话学。本人无意对这些认知和努力去说长道短，但我想说的是，从追求历史真实的角度，从诗话文体考察的角度，任何人都不能用积重难返和约定俗成的理由去忽视正本清源的还原性研究。"收到意见后编辑部并未对我的固执做法提出任何异议，而是依照我的改稿刊发了全文。如今想来，当时也许有更为圆融的方式处理专家评审意见，或者再写一篇正面阐述自己见解的文章进行商讨，都可能更恰当一些。同时，也想在此对那位不知名的匿审专家表示真诚的歉意！但由此也可以看出，由于《文学遗产》作为一家权威期刊所持的此种宽容态度，从而能够使学者在一个平等包容的学术平台上展示自我学术个性，平等讨论各种学术问题。

三　作为编委

2011 年《文学遗产》主编陶文鹏先生荣休，由刘跃进先生接任主编，同时有一批年长的编委退出，新增补了一批年轻的学者担任编委工作。我那次有幸成为新编委会的一员，并一直延续至今。

在这十余年的时间里，我记得开过两次全部到齐的编委会，一次是在稻香湖景会议中心，一次是在文学研究所的会议室。讨论的主要内容是关于办刊宗旨和匿名审稿制度等问题。记忆中有两方面的内容讨论比较热烈，一是应鼓励年轻学者的研究，适当刊发他们的文稿。二是应当把双向匿名审稿制和主编约稿制结合起来，既保证刊物文稿质量的底线，又能集中讨论一些重要的前沿学术论题，引导学术方向。后来这些意见都被编辑部采纳，并得到了很好的贯彻施行。

编委们最主要的工作是为刊物审读稿件，我本人究竟为《文学遗产》审过多少稿件已经记不清楚了。在我的印象中，《文学遗产》的匿名审稿制度是实行较早，也最为规范严格的。我至今有两个方面的不知道：一是自己的文稿到底交给哪些专家来审读至今一个人也不知道，二是自己所审的稿件是哪位作者的当时也一个都不知道。可以说这才是真正的双向匿名审稿制度。当然，我所审的稿件后来大都在刊物上发表出来了，事后自然也就知道所审是谁的稿件。但我依然坚持一个原则，即不向作者透露自己的审读身份与审读细节。然而，我作为《文学遗产》的编委，深深为它这种严格规范的匿名评审制度所折服，又深深理解每位学者在学术研究上的创新之不易、撰文之艰辛，所以从来对交付审读的文稿不敢有丝毫的懈怠与马虎。我一直坚持自己的审稿习惯，即只要不是学术观点难以成立的文稿，一律采取成人之美的鼓励方式，对每篇所审读的文稿都会提出切实具体的修改意见，力争让作者最终打磨成一篇能够在《文学遗产》上发表的优质论文，获得作者、编委和刊物都满意的结果。因而我的审读意见一般会写得比较长，决不会草草几句便应付交差，有时甚至把自己的一些新的学术见解贡献给作者以供其参考。我想，一份刊物要想始终保持在高水平状态运行，需要编辑部、编委会、同行专家、供稿学者和广大读者的共同努力与呵护。

在我 40 多年的学术生涯中，始终与《文学遗产》相伴而行，在读者、作者与编委的不断身份转换中，不仅在学术研究上有所进益，而且通过这一平台也结识了不少学界友人。尤其是编辑部的几位师友，陶文鹏先生的直率友善，刘跃进先生的老成练达，竺青先生的严格认真，以及各位编辑的周到热情，还有那位过早离我们而去的青年新锐学者张晖兄弟，他曾一度差点成为我的博士后合作伙伴，他的早逝成为我人生中永远无法弥补的遗憾！希望《文学遗产》能够始终保持其学术至上、专业严谨与开放包容的优良传统，使刊物越办越好，始终成为全国学界心目中圣洁的学术殿堂。

［作者单位：首都师范大学中国诗词研究中心］

至高至近明月

——我心中的《文学遗产》

查洪德

十几岁时读唐代女诗人李冶的《八至》诗："至近至远东西，至深至浅清溪，至高至明日月，至亲至疏夫妻。"一过目，终身不忘。特别是后两句，总能引起一些思考。我私下把第三句改成"至高至近明月"。那时生活在农村，乡间月夜，野径独行，以月为伴。明月高悬，又很亲近，这种感觉特别强烈，有时还会升华为一种形而上的思维。后来知道了"日近长安远"典故，读《近思录》，读到程颐的话："圣人之言，其远如天，其近如地。"都会想起自己篡改的这句诗。不管是在现实中还是在内心里，总有些东西，感觉是至高至远的，又是至亲至近的。

《文学遗产》就是如此。

我进入学术圈比较晚，但我接触《文学遗产》却很早。我读高中时，我的语文老师给过我独特的指教，他给我读过一些《中华活页文选》和一两本《文学遗产增刊》。《中华活页文选》让我痴迷，《文学遗产增刊》令我仰望。1977年考入安阳师范专科学校，毕业留校工作，这里远离学术中心，《文学遗产》这样的权威期刊，对我来说，就如高悬星空的明月，只有仰望。但也很近，因为刊物常在手边，不时阅读。

我在《文学遗产》发表文章，是一个意外。1990~1991年，我在北京师范大学访学进修，有幸拜识著名学者邓绍基先生。后来我把自己的一篇习作寄给邓先生请教，题目是《耶律楚材的文学倾向》，过了几个月，收到《文学遗产》寄来的一封信，打开信封，竟然是我那篇习作，附有一份《文学遗产》排版格式，要我按规范格式修改。这篇文章刊发在《文学遗产》1994年第6期上，还被《中国社会科学学术论文文摘》（第二辑）摘录。从收信、拆封，到阅读、处理的整个过程，我真的如在梦中。那时我所在的安阳师专，只有《文学遗产》的读者，从来没有《文学遗产》的作者，何况我这样一个人，在安阳师专也属无名小辈。我没有向《文学遗产》投稿的勇气，竟然做梦般成了这里第一个在《文学遗产》发文章的人！应该说，这篇文章的发表给了我极大的鼓励，奠定了我的学术自信。我之所以在学术道路上走下去，必须感谢《文学遗产》。每当我听到某某期刊只发什么单位什么身份学者的文章时，每当听说一些年轻学者由于身份不够被某刊物拒稿时，我就发为浩叹：我当年有什么身份？专科学历，没有职称，还不在教学岗位，而《文学遗产》这样至高的期刊能够不弃，发表了我的文章。我不能不对《文学遗产》起敬起慕，她是良好学术生态的积极营造者。

从此，我与《文学遗产》有了一层新的关系，感觉自己与《文学遗产》距离近了。1995 年，我还有幸参加了《文学遗产》创刊四十周年暨复刊十五周年纪念会。会上，古代文学研究权威学者云集，还有一批名满天下的学术新秀，我看他们，那是高山仰止，我明白，自己离《文学遗产》代表的"至高"境界，是遥远的，脚下有长长的追寻之路，自己应该努力，不懈进取，哪怕能前进一点点，也是欣慰的。记不清是哪一年，我在河南信阳参加一个论坛性质的小型会议，当主持人介绍过与会人员后，《文学遗产》编辑部的竺青先生讲话，大出我意料的是，他说：我知道查洪德。我听到这句话，心里的感觉真是难以形容。感谢竺青先生，那时我与竺青先生还没有交往。当时感觉，《文学遗产》离我很近，就在身边，并且仿佛说知道自己！

从 1994 年起的十来年，我在《文学遗产》发表了 6 篇元代文学研究论文，基本上都被二次文献转载或摘登。由此，我的研究被学术界了解。可见，《文学遗产》对我的学术成长有多重要。

如果说学术界有泰山北斗，《文学遗产》是古典文学研究界真正的泰山北斗。创刊 70 年，与几代学者相伴，得到几代学者的爱护与仰慕。在任何时候，她都保持高度的学术敏感，站在学术发展的高端，精准把握学术前沿话题，引领学术风尚，推出标志性成果。古典文学研究的每一次转向与突破，都及时且鲜明地从《文学遗产》上反映出来。她始终坚持时代性、科学性、建设性，提倡严谨求实的学风，就学术界普遍感兴趣的问题，组织稿件，形成热点，推进学科发展。作为专业权威期刊，不夸张地说，《文学遗产》几十年刊发的论文，就构成一部几十年古典文学研究史。在大力弘扬传统文化的当今，她更扮演了独特的角色，承担了重要的使命。《文学遗产》具有崇高的学术地位，但并不高高在上，她始终在学者中、在作者中，关注整个古代文学研究界的动向，发现新的话题和新的作者。还经常举办或与学术单位共同举办各种论坛，把握动态，联系作者。这使她永远植根于作者之中，成为读者和作者的朋友，发现并培养了一批批学术新人。

在与《文学遗产》的交往中，有很多终生难忘的事，《文学遗产》的编辑老师们对我的指导和影响，更是终生难忘。他们的敬业精神、学术眼光和对学术的执着，与作者交往中的亲和力，都让人敬佩。接触比较多的如陶文鹏先生、刘跃进先生，联系虽不多但曾给予我帮助的吕薇芬老师、李伊白老师，以及年青一代的编辑们，在或多或少的交往中，都给我留下美好的回忆。这里，以陶文鹏先生为代表，谈谈交往中的一些事。

陶先生是我仰慕的学者。与陶先生相识，始于 2003 年。当时陶先生应邀到郑州大学，我当时受聘为郑州大学教授（兼职），郑大的陈飞先生安排我接待陶先生，于是就让陶先生先在安阳下车。在跟教师座谈时，鼓励大家给《文学遗产》投稿，谈了研究者应该注意的一些问题。当时安阳师院刚由安阳师专合并安阳教育学院、安阳市第二师范学校成立，教师们近距离接触这样的学者，一时不敢说话。但陶先生以他独特的话语方式，活跃了气氛，使大家备受鼓舞。给我印象特别深刻的是，他从古代文学的研究谈到新诗，谈了文学研究的古今贯通和借鉴，大家深受启发。大家觉得，与陶先生的座谈，既受教益又身心愉快，促进了安阳师院的古代文学研究。在座谈中，陶先生讲了如何读绝句。而当时我也在思考古典诗歌的品鉴与解读问题，他的讲座，给我打开了思路。此前，陶先生已经审改过我的论文，对我的研究有所了解，交谈时指出了我稿子中的一些问题，并给予鼓励。我没有想到，他对我的稿子有如此具体的了解，也感谢他的指教。

再见陶先生是在南昌，第六届文学遗产论坛暨编委会扩大会议上，我已从安阳师院到南开大学工作。参会的人很多，作为会议的总负责人，陶先生很忙，但我知道，陶先生心里是记着我的。这以后，跟陶先生的联系渐渐多起来。他的一些思路，他对学术的理解，对论文的要求，也影响着我。

与陶先生又一次深入交流，是2014年。当时陶先生来南开参加叶嘉莹先生九十华诞的会议。一天晚上9点，文学院副院长冯大建打来电话，说陶先生由于身体原因没有返回北京，陶先生说跟我熟，希望我去陪一下陶先生。不巧我第二天要外出，所以放下电话我立即去了宾馆。见到陶先生，他竟然在为我院一位博士生指导论文。想想有些导师自己都不管学生论文的事，我很感动。我进来，学生也就离开了。陶先生见我，第一句就是：你这几年提高太快了。我反应不过来，不知道如何回答。第二句又说：为什么不怎么给《文学遗产》投稿了？我这才反思，这几年确实不像前些年经常向《文学遗产》投稿。什么原因呢？来到南开大学，与在安阳师专相比，各方面都有一些变化。这里不太关注发表论文刊物的层次。个人呢？来这里，逐渐来约稿甚至要稿的刊物多了，有了稿子，谁要就给谁了。这个理由当然不好拿来跟陶先生解释，只能说，有合适的稿子，一定向陶先生请教。惭愧的是，此后的几年，我在《文学遗产》发文章依然不多。当时，我的收入国家社会科学基金成果文库的《元代诗学通论》刚刚出版，出版社只给我寄来两本书先让我看看，我就把其中一本拿来送给陶先生，于是话题也就转移，免除了我的尴尬。他拿到书，翻翻目录，非常高兴，谈了一些看法。我问了他的身体情况，知道并无大碍，就放下心来聊天，大致都是学术与学术界的一些情况。看看将近 11 点，我怕他太累，就告辞回去了。过几天，接到陶先生电话，专门谈我的那本《元代诗学通论》，他高度肯定拙著，还拿类似论著比对，同时也希望我拓宽研究面。跟陶先生聊天，他的话总出乎我的意料。我没有想到他始终关注着我的研究，当然也佩服他对每一位学者，甚至每一部重要学术著作有如此清晰的了解，能如数家珍这么说来。

近几年，陶先生身体不如先前，但我感觉，他对学术及晚学的关注，一如既往。2022 年，应中国社会科学院文学所刘宁教授之邀，我给全国政协书院作了两次关于诗词品鉴的讲座，此后刘宁教授将这一系列讲座（10 位讲座人共 15 讲）编成《诗者天地心：当代诗词名家讲诗词》一书，由人民文学出版社出版。我两讲的题目是《古代诗歌之格法与妙趣》《唐宋律诗的意脉与意趣》。在这方面，陶先生是公认的权威。今年 5 月的一天，接到陶先生电话，说刘宁教授送了《诗者天地心》，看到有我的文章，接着说了两个"没想到"：没想到你能写这样的文章，没想到能写这么好。第一个"没想到"，我相信，因为很少人知道我做这方面研究，当时刘宁教授找到我时，我也意外，后来才知道是中华诗词研究院推荐的。第二个"没想到"，我只能当作鼓励，我不敢认为我写得怎么好。陶先生说，这文章很不好写。这我是绝对认同的。他说眼睛不行，看书比较困难，看完了前一讲，会接着看。第二天，陶先生又打来电话，说后一讲也看了，给予了更多鼓励，并说：你应该写诗，写律诗。你能把诗分析得这么好，为什么不写？写了给我，我给你看。陶先生诗写得好，这是学界公认的。但我从来不写诗，我只好漫应。这通电话打了 20 多分钟，使我再一次深受教益，特别是陶先生指出了我讲座稿有两句话重复使用了一个词，应该避免。因为文章是讲稿改的，这类情况是注意了，但还是有不精细处。

陶先生已经 80 多岁，他的思维依然敏捷，对学术界的关注一如既往。我与陶先生的交往，一定程度上代表我与《文学遗产》的交往。从他身上，我体会到了《文学遗产》的品格，是

《文学遗产》人共有的优秀品格。

回到我篡改的那句诗上来。"至高至近明月",我心中的《文学遗产》,《文学遗产》编辑部的老师们,正如这既高远又亲近的明月,他们的学术地位、学术眼光、人格修养,都称得上"至高";他们又是接地气的,对一般学者、普通作者来说,他们绝不是高高在上、高不可及的,而是在作者身边,又是"至近"的。我第一次在《文学遗产》发文章时,是一个在专科学校工作、没有学历、没有职称、默默无闻的年轻人,感到了《文学遗产》是那样的亲近,这也是我心中的《文学遗产》。

[作者单位:南开大学文学院]

《文学遗产》给了我学术自信

傅承洲

1987 年秋季，我正忙于准备硕士论文。向导师沈天佑先生请教，确定了论文选题——《论冯梦龙的文艺思想》。冯梦龙的著作非常丰富，当时《冯梦龙全集》尚未出版，冯梦龙的年谱也未见发表，要研究冯梦龙的文艺思想，必须全面阅读他的传世著作。"三言"及其评点、《情史》《太平广记钞》《山歌》《挂枝儿》《墨憨斋定本传奇》《太霞新奏》，都是研究冯梦龙文艺思想的必读书，好在北京大学图书馆藏书丰富，这些书籍都能借到。一些整理本错误较多，还有删节，所以图书馆藏有原刊本的，我都会到善本室阅读原刊本。大约在秋冬之际，我在善本室读明天启七年（1627）刊刻的《太霞新奏》，这是冯梦龙选评的一本散曲集，还收有他本人创作的 22 首散曲，其中的序言、发凡和评点，体现了冯梦龙的曲学观，也保存了一些冯梦龙的交游资料。读到《太霞新奏》卷七冯梦龙的套曲《怨离词·为侯慧卿》时，我看到曲后有一条评语："静啸斋评云：子犹自失慧卿，遂绝青楼之好，有《怨离诗》30 首，同社和者甚多，总名《郁陶集》。如此曲，直是至情迫出，绝无一相思套语。至今读之，犹可令人下泪。"这条批语不仅对冯梦龙的《怨离词·为侯慧卿》给予了高度评价，而且还涉及冯梦龙的著作和交游。我当时还准备编写《冯梦龙年谱》，这位静啸斋先生显然是冯梦龙的朋友，他究竟姓甚名谁？这是我要解决的问题之一。读到卷十，再次出现静啸斋，《太霞新奏》卷十收董斯张的套曲《赠王小史》，篇末有一篇作者小传："遐周绝世聪明，其所著《广博物志》《静啸斋集》，俱为文人珍诵，惜词不多作。"古代文人常用别号作文集名，静啸斋应该是董斯张的别号和室名。当时，我刚读过上海古籍出版社出版的《西游补》以及书后所附刘复的论文《〈西游补〉作者董若雨传》。《西游补》署名静啸斋主人，刘复认为《西游补》的作者是董说，静啸斋主人就是董说的别号。上海古籍出版社出版的《西游补》直接改署董说。董斯张和董说为父子关系，古人有没有父子用同一别号和室名的？我曾请教过一些老师和同学，得到的答复要么是否定的，要么是没有见到过。我又查阅了朱彝尊的《静志居诗话》、光绪《乌程县志》、汪曰桢的《南浔镇志》、周庆云的《南浔志》，掌握了董斯张和董说父子

的大量资料，并在《南浔镇志》中发现董斯张的孙子董裘夏所
作《遐周先生言行略》，考定董斯张生于万历十四年（1586），
卒于崇祯元年（1628），享年43岁。这些材料可证明静啸斋是
董斯张而不是董说，《西游补》的作者应为董斯张。后人误以
为《西游补》为董说所著，是因为其父董斯张生前贫穷，好些
著作无钱付梓，都是他死后由朋友和董说整理刊行的，有些著
作尚未完稿，也是别人续完的，《西游补》《吴兴艺文志》《吴
兴备志》都属于这种情况。大概是在1988年春季，我在写完
硕士论文初稿后，匆忙草就《〈西游补〉作者董斯张考》，寄
给了《文学遗产》编辑部。随后便是修改硕士论文，参加答
辩，6月底离校，到山东烟台大学中文系任教。那时我认为
《文学遗产》是中国古代文学的顶级刊物，一个在校硕士研究
生的习作，怎么可能在《文学遗产》上发表？投过稿之后，我
就将此事抛到脑后。离开北京的时候，根本就没有想到要给
《文学遗产》写信告知我的去向，到烟台大学后也没有写信查
询处理结果。大约在1989年春季，突然接到《文学遗产》编
辑部李伊白老师的来信，说收到我的论文《〈西游补〉作者董
斯张考》后，通过专家匿名审稿，决定发表。编辑部曾多次写
信到北京大学中文系，都没有回信，后来通过北京大学中文系
的老师打听到我已毕业，到烟台大学工作，才写信到烟台大
学，因此也耽误了一些时间，不知我的论文是否在其他刊物发
表。为了一个硕士研究生的论文，《文学遗产》编辑部颇费周
折地寻找作者，让我深受感动。更重要的是，《文学遗产》能

发表我的论文，给了我学术自信：只要下功夫，也能写出有学术价值的文章。此后，再写出论文后，也敢向全国各地的学术刊物投稿。在烟台大学工作5年，先后发表了十几篇论文，其中有3篇论文被中国人民大学复印报刊资料全文转载，3篇论文先后获得烟台大学、烟台市优秀论文奖，并破格晋升副教授。之后能在中国古代小说、明清文学领域取得一点成就，与《文学遗产》给我的鼓励和提携有密切关系。

2018年3月，李伊白老师因病不幸逝世，我到八宝山向李老师告别，感谢她当年不厌其烦地寻找一个青年作者，对我的莫大鼓励。参加告别仪式的除了《文学遗产》编辑部的同事、文学所的部分先生外，其他单位的人很少，现场有点冷清，这也符合李老师恬淡的性格。令人感动的是，陆林教授虽已于2016年仙逝，但陆林的夫人杨辉女士专程从南京来参加了告别仪式。

《〈西游补〉作者董斯张考》一文发表后，在学术界产生较大反响，引起了一场旷日持久的学术论争，先后有徐江、苏兴、李鹏飞等先生撰文与我商榷，争论的焦点有二：一是静啸斋主人究竟是谁？也就是《西游补》的作者是董说还是董斯张？二是《西游补》成书于明代还是清代？这是两个相互关联的问题。我曾在文章中提出："《西游补》刊于崇祯十四年，时年董说二十二岁，实则二十一周岁。而《西游补》的创作应在崇祯十四年之前。董说如此年轻，涉世未深，对明代社会不可能有如《西游补》那样清楚的了解和深刻的认识。"于是有学

者便提出《西游补》不是作于明朝，而是作于清朝，董说不是
20 岁创作《西游补》，而是 30 岁。对于学术界的商榷文章，
我一直没有答复，直到 2016 年，我又看到了一些新材料，才
撰写了《关于〈西游补〉的几个问题》（发表于《河北学刊》
2016 年第 6 期，人大复印报刊资料《中国古代、近代文学研
究》全文转载），对《西游补》的作者问题作了补充论证，对
《西游补》成书于清代的观点作了反驳。苏兴先生提出："儿子
可以用父亲的书斋名做自己的书斋名字。董说父亲死后，静啸
斋名如故，因此，董说也是静啸斋的主人，可以别署之。'静
啸斋主人'不等于董斯张的别署'静啸斋'。"（《〈西游补〉的
作者及写作时间考辨》）徐江先生说："'静啸斋'固然是董
斯张的室名，但在斯张身后，此室犹存，仍为董氏家宅中的书
斋，在没有文献直接证明斯张曾用过静啸斋主人这一名号之
前，我们不能凭推测来论定'静啸斋主人'即是斯张。""'静
啸斋主人'亦不妨碍为董说署用的名号。"（《董说〈西游补〉
考述》）事实上，董斯张死后多年，董说仍旧保存父亲书斋原
样作为纪念，明崇祯十三年（1640），董说为父执兼老师赵长
文的诗集作序，序中写道："悲夫，静啸斋东壁上一十一字点
画不改，先子墓木已拱。"序中的静啸斋显然是指董斯张的书
斋，而非董说的书斋，因赵长文在斋中教董说读书时，董说不
满 8 岁（董说 8 岁时，其父辞世），故董说不可能有斋号。直
至清末，南浔人仍将静啸斋视为董斯张的室名别号。清同治年
间，汪曰桢《南浔镇志》卷七记载："静啸斋，在高晖堂内，

明董斯张著书处。"董说的书斋叫丰草庵,《南浔镇志》卷六记载:"丰草庵,在南栅补船村,董说屏迹著书处。"《西游补》的刊刻时间有嶷如居士辛巳中秋序为证,辛巳为明崇祯十四年。如果这里的辛巳在清朝的话,应该到了康熙四十年,此时董说已经去世,不可能补写、刊行《西游补》。而且嶷如居士辛巳中秋序与董说诗《漫兴十首》之四自注吻合。董说云:"余十年前曾补西游,有《万镜楼》一则。"《漫兴十首》作于庚寅年(清顺治七年,1650),上推十年即为崇祯十三年。《西游补》最后成书于崇祯十三年,刊刻于崇祯十四年。清末文人天目山樵未见到明刊本《西游补》,想当然地认为《西游补》是董说作于清初。2016 年 5 月,在西安交通大学主办的"丝绸之路文化研究国际论坛"上,我提交了《关于〈西游补〉的几个问题》一文,并作大会发言。复旦大学陈尚君教授也出席了这次大会,茶歇期间,陈教授对我说:"这个问题没有什么可争论的了。"陈尚君教授治学以文史考证著称,他听了我的报告后,也认同我的观点。30 年前,认为董斯张作《西游补》的学者只有天津师大的高洪钧先生和我两人,现在认同董斯张或董斯张父子作《西游补》的学者越来越多,如美国汉学家何谷理、中国台湾学者谢文华、留美学者李前程等。我的论文之所以在学术界产生如此影响,与在《文学遗产》上发表应该有直接关系。

《文学遗产》一直是我喜爱的学术期刊,在读本科期间,我就自费订阅过《文学遗产》,对一些名家的论文印象深刻。

近几年，《文学遗产》杂志社一直给我赠阅刊物，其中的古代小说论文我都会认真拜读。我在《文学遗产》上发文不多，但它对我的学术研究影响很大，我对该刊一直心存感激。2024年是《文学遗产》70周年华诞，作为《文学遗产》的读者和作者，衷心希望《文学遗产》发表更多高质量的论文，培养更多的青年学者。

[作者单位：中央民族大学文学院]

总有一种缘分

——热烈庆祝《文学遗产》七十华诞

普　慧

一晃，古代文学学人所尊敬和热爱的《文学遗产》就要进入古稀之年了。10 年前的 2013 年年末，我还在美国爱达荷州省亲时，就接到了编辑部发来的《文学遗产》创刊 60 周年征稿函。那时我就曾想过写这个题目，但以我当时的资历和影响力，都不足以以此题目作文。现在我也 65 岁了，进入了古代文学研究队伍中的老年行列，故此写写我与《文学遗产》从结缘到作者的过程和感受。

一

1978 年 9 月，经历了两次高考落榜的我无颜继续待在县城里，同时也因县知青办不停地催我返回农村，我不得不扛着行囊，灰头土脸、垂头丧气地从小县城步行 70 多华里，再次回到了我插队的小山村陕西省神木县孙家岔公社板定墕大队马家盖沟小队，继续我的农村生活——修理地球。

没有前景，看不到出路，眼前的一切，致使我严重地怀疑现实和人生。曾经的意气风发、曾经的理想信念，变为措手不及、不知如何应对的无奈、沮丧、惶恐，甚至是逃避、沉沦、试图消失。

幸好，离开县城前的一天，乘着人们都忙于工作，我头戴绿色军帽，压低帽檐，尽量遮住眼睛，悄悄潜入县城唯一的新华书店，想买几本教材，用于学习初、高中的文化知识。可是那时的教材课本都是按在校学生的人头数预订的，教材的编写、出版、发行、销售等一套系统都是垄断的，新华书店根本就不可能有多余的课本。无奈，我只能寻找那些与初、高中文化知识相关的书。无意中，我在一墙角处地上堆着的一摞书中发现了一本《文学遗产》（增刊），1957 年由作家出版社出版。当时我像哥伦布发现了新大陆一样，高兴极了，以为它是介绍古代文学知识的书籍，似乎马上就能提升我的语文、历史水平。我当时急于要增强文化知识，管不了那么多，买了再说，同时还买了一本新版的茅盾的《子夜》。毕竟前两次高考我报的是文科，初、高中的理科几乎没学过，自学似乎是不可能的事。

于是，在我人生最为艰难、最低谷的时候，那本《文学遗产》（增刊）伴我度过了煎熬的一些日夜。因为白天要干 12 个小时的农活或副业活（修路、挖山石、筑水坝、烧窑、放羊、赶车等），到晚上回到家，我已是累得人仰马翻，只有临睡前，瘫在被窝里，在煤油灯下读上那么几行，便睡得不省人事了。说实在的，那本增刊，我连上面的两篇文章都没有完整地读下来。对我来说，那些文章实在是太难了，如同天书。甚至连小说《子夜》我都读不下去。最后，我把《文学遗产》（增刊）和《子夜》一起寄给了正在西北大学中文系读大二（77 级）的姐姐张进。这算是我与《文学遗产》的初次邂逅。

二

1979 年 6 月初，县里终于发文件，同意上一年高考成绩接近录取线的往届毕业生回城参加由县教育局委托县中学举办的高考补习班。虽然 1977 年、1978 年两次高考失利，但我的成绩两次都进入了初选，还超过了本科的最低录取线（后来有人说是志愿报得高了）。这样，我算忝列于县里补习班的名单，名正言顺地回到县城复习（其实，不应该说是复习，因为绝大部知识都属于新学）。然而，运气不济，7 月上旬高考的那几天，我心理过度紧张，完全不在状态，尤其是考语文的那场，脑子几乎一片空白，丧失了正常的判断力。高考的成绩出来后，我再次初选入闱，但仅仅处于本科学校录取的边沿，属于可上可下之列。上帝是怜悯的，虽然没有特殊惠顾我，但也没有抛弃我，让我走进了一所极不情愿上的专科学校。

我们那所专科学校初名西安师范学院绥德分院，后随着形势的不断变化，几经停办、复校、改制。到了 1977 年后半年，国家决定恢复高考后，由榆林地区教师进修学校改为陕西师范大学榆林专修科（与陕西师大没有实质的隶属关系），参加 1977 年的高考招生，录取对象范围仅限于陕西省榆林、延安两个地区的考生，招生专业里文科只有汉语言文学。这样，我便毫无选择地成为汉语言文学专业的学生。其实，那时我对语言文学几乎没有什么认知，更谈不到兴趣。我所喜欢的是历史，尤其是战争史（因父母亲都是军人），三次高考，我报专业志愿，都是把历史、哲学排到前面。

入校第一学期，我渐渐地喜欢上了文学。在考虑未来出路时，我在同学（北京知青、南京知青，他们见多识广）的指导和帮助下，果断地转向了古代文学，尤其是想从中国文学批评史方向发展。这样，我便开始在古代的文、史、哲、宗发力学习，不过基本上是自学。刚刚恢复的专科学校，图书藏量很少，唯有《文学遗产》（增刊）倒是齐全。于是，我再次啃读，仔细学习。大二时的 1980 年，《文学遗产》以杂志的形式创刊（季刊），令人欣喜不已。当时，我经济拮据，但还是一咬牙，一跺脚，一狠心，订购了一年的《文学遗产》，它成为我订阅的唯一一份学术期刊。新出的《文学遗产》杂志，装帧、排版、印刷都比以前的《文学遗产》（增刊）漂亮了许多，看着很舒服。于是，我便如饥似渴地认认真真读起：一者从中学习古代文学的基础知识；二者学习作者看问题的角度和方法；三者学习其论文写作的方法和技巧：包括选题立论、组织论据、论证方法、语言表述等；四者是一边看论文一边看原著，相互对照、相互关涉，可否提出疑问。《文学遗产》四期读下来，我还真是进步了不小：原来视为天书的文章，不再茫然；原来不懂的问题，也逐渐清楚起来；原来不感兴趣的无用之作，竟也发现了它的奥妙之处。渐渐地我还真喜欢上了古代文学及其所涉的历史、宗教、语言、艺术、军事等领域，尤其是古代文学与佛教的关联，成为我后来长期坚守的主打方向；渐渐地我也开始发现了作者文章中的一些问题，由此而产生了诸多的疑虑和深入探讨的想法。于是，我决定放弃所有与学术研究无关的就业想法，集中精力报考硕士研究生。在当时，唯一能实现这个梦想的条件和平台，就是留校成为大学老师。目标树立，方向明确，让我一下子有了无穷的动力。学习比以往更加勤奋、刻苦，所有的课程考试都得重视起来，最终，我以总成绩第一的名次被选留校任教。在专科学习期间，《文学遗产》增刊和正刊，对我的帮助极大：一是它打下了我古代文学的牢固基础；二是提升了我的学术研究兴趣；三是让我确立了后续发展的目标。

三

　　然而，目标是确立了，动力也十足，可实施过程却是异常艰难。毕竟专科学制两年，时间偏短，该学的知识太多，特别是外语的学习，更令我生畏。我在初中一年级仅仅学过3个月的英语。我在留校后，一边继续狂补大学本科的各门基础知识，一边投入更多的精力去自学英语。几年下来，英语水平虽然有所提高，但并未能超出多少研究生录取的单科外语分数线，它每次都成为扯后腿的科目。直到我连续考研到第四年，英语才成了我的加分项。在4次考研的过程中，除了对古代文学及批评的内容的系统学习、思考外，大量阅读、研析《文学遗产》刊载的论文，让我及时了解了学术研究的最新动态和前沿问题，掌握了学术思潮和方法。这样，在两门专业课的考试中，我不只是以知识来答题，而是用已有的知识结合最新的研究成果和思考，对试题进行个性化的解答，尽可能地提出自己的新见。在最后一次考研的复试时，本科毕业生的上线考生仅有笔试，唯独给我这个专科毕业生加了一场面试。因我报考的导师高起学先生大病初愈，文艺理论教研室指定由寇效信、畅广元两位先生与我面谈。因两位面试官都很忙，就由我分别登其府上面谈，面谈的话题主要是学术界研究的最新动态。我向寇效信先生汇报了《文心雕龙》研究的新情况以及热点争论问题，如，新疆的马宏山与山大的牟世金、武大的吴林伯等关于《文心雕龙》"纲"的商榷等；向畅广元先生汇报了文艺心理学和《二十四诗品》的研究状况（后来才知道当时畅先生正在撰写《二十四诗品》的著作），结果他俩不约而同地说我的笔试试卷和面谈相当于研三的水平。这对我来说，真是莫大的肯定和鼓励。可以说，《文学遗产》在我考研过程中发挥了重要作用，几乎成为专业课考试获取高分的指南和法宝。

四

读硕士学位期间，我写的第一篇学术文章是有关老子与中国古代文学理论的，写得非常艰苦，大约花了半年时间，字数在 1.6 万左右。稿成后，分呈高起学先生和赵吉惠先生审阅，两位先生提出了许多宝贵的批评意见，我遵嘱一一做了修改（后来我才知道，高起学、赵吉惠二先生都不主张研究生过早发表论文）。我当时不知天高地厚，一下子自我感觉颇好，随之便萌发了一个大胆的想法，欲将文稿投给《文学遗产》。于是，我找来一页 300 格的标准稿纸，一丝不苟地将文稿誊写于其上。在中学和大学时，我经常刻蜡版，办简报，介绍时事动态，练就了工整的楷体字。一切满意后，用挂号信寄呈《文学遗产》编辑部，我便安静、耐心地等待着稿件的处理信息。在不到 3 个月的时候，我接到编辑部的退稿函。退稿函写得非常客气、委婉，先是肯定了拙文的价值意义和学术水平，之后说明退稿的原因：我的文章运用了一些当代西方的研究方法，某些地方有过度阐释的现象。编辑真是火眼金睛，一下就抓住了我的要害。我读研的 20 世纪 80 年代后期，思想启蒙运动声势浩大，西方方法论不断引入国内，除三论〔信息论（Information Theory）、系统论（Systems Theory）、控制论（Cybernetics）〕外，现象学（Phenomenology）、解释学（Hermeneutics）、结构主义（Structuralism）、符号学（Semiology）、形式批评（Form Criticism）、语篇分析（Text Analysis；Pragmatic Presuppositions）、原型批评（Archetypal Criticism）、精神分析学（Psychoanalysis）、人格论（Personalistics）、文艺社会学（Sociology of Literature & Art）、文化人类学（Cultural Anthropology）等，都成为学者们努力想要了解的东西。我的专业是文艺学，身在其中，自然也不能置若罔闻、无动于衷。于是，我在一边学习古代文学理论的同时，还大量阅读了近代以来的西方学术思想及方法论，以提高理论思维的缜密性，增强对现象的爬梳力和问题的洞察力以及语言表述上的穿透力。当然，负面效应就是，过度依赖西方现代方法论，对中国的文献考订不够严密，文学现象的阐释有牵强附会之处，不能做到"羚羊挂角，无迹可循"的"化境"。编辑的复函，一语中的，令我如醍醐灌顶，茅塞顿开。我突然感到，我以前的思路，基本属于"六经注我"，即以中外经典来注解我的认知和观点，"皆我注脚"，而不拘泥于经典本身。与之对应的则是，"我注六经"，即以我的客观认知，尽可能地准确解读经典的本意，不穿凿附会，偏离主旨。显然，这样的路径和方法，前者属于今文经学的一套，后者则属于古文经学的一套。后来有人概括这两种方法"我注六经"与"六经注我"是"古典诠释"与"现代诠释"。随着学习的广泛、深入和知识积累的丰厚、广博，我认识到，不管这两种方法在中国思想史上作用大小，可以说，二者皆有所长，但也各有其弊。今日做学问，似不可将二者对立起来，偏执一法，非此即彼，而应融通二者，取其"中道"。思想明晰了，症结抓到了，但由知而行，却并非易事，需要长期的转型实践。这是因给《文学遗产》的一篇投稿而引发的一次思想、认知、明理的升华，它引导了我的学风的一次大转变。

五

从 1981 年开始，因考研，我选择了中国批评史，因读批评史，我选择了佛教与中国文学的关系及佛教文学研究。可以说，我是一个爱走羊肠小道的人，一个剑走偏锋的人。20 世纪 80 年代初，国内研究佛教的学者非常少，研究汉文佛教文学的学者更是寥若晨星。其时，3 位中年学者孙昌武（南开大学）、陈允吉（复旦大学）、项楚（四川大学），横空出世，拔地而起，凸显其才，成果惊人，将佛教文学及佛教与文学的研究推向了高潮，引起不小的震动。随着硕士、博士学位制度的建立健全，20 世纪 80 年代至 21 世纪 20 年代，一批硕士、博士在该领域崭露头角，推出了新成果，引起了古代文学及批评史界的广泛关注。我当时有幸忝列其中，成为这支队伍中的一员。或许是我于佛教文学及佛教与文学研究阵地的长期坚守和心无他骛，矢志不移，得到了学界前辈和同辈的认可。在尚未成为《文学遗产》的作者之前，我有幸蒙邀成为《文学遗产》的审稿专家。一些涉佛文学的稿件，编辑部便让我来审查。这对我来说，既是一种信任，更是一份责任。对此，我不敢有任何懈怠。每次捧读发送来的文稿，我都以学习者的态度，认真拜读，仔细钻研，有些地方拿不准的，特别是史料上的问题，都要反复核验原文，生怕出现理解上的疏漏、讹误。我提出的意见和建议，也以商议的口吻，避免断然定性和下结论，并表示仅为一己之陋见。审稿的意见，每篇几乎都在 800 字以上。尽管我很努力，但限于自己的学识和水平，总是留下了诸多的遗憾。还好，有编辑部的三审把关，纠正了我的一些误判和误评。

六

我终于完成了从未当作者就直接成为审稿者的跳跃。虽然欣喜无比，但还是颇感遗憾。其实，对我来说，能成为《文学遗产》真正的作者，才是夙愿。可是，自从第一次投稿失败后，我对《文学遗产》更加敬畏，投稿更加慎重了。特别是后来我与编辑部许多同人成为朋友，经常收到他们热情的约稿，心里更是跃跃欲试，但转念一看，手头没有合适的文稿，便不敢轻易造次了。我的想法是：没有新颖的题目，没有深度的内容，没有充实的论据，没有融通的方法，没有独到的见解，绝不投稿。这也是我对编辑朋友的负责，更是对《文学遗产》的敬重。直至2005年，拙文《佛教对中古文人思想观念的影响》在《文学遗产》第5期刊发，我才第一次真正成为《文学遗产》的作者。这样，我算是真正拥有了《文学遗产》的三重身份：读者·作者·审者。自第一篇文章刊发后，我给《文学遗产》的投稿，并不像许多作者那样，门一旦被打开，则会一发而不可收，而我则愈加小心谨慎了。截至今日，我在《文学遗产》发文仅有3篇。一篇应约而撰写的文稿，从酝酿、撰写、修改，已逾5年，仍然不敢拿出手。

回溯我的成长历程，由学习到兴趣再到职业，冥冥之中，仿佛一切早已被安排好的。假如我的高考前两次很顺利，那肯定是去学历史（世界史）或哲学（西哲）；假如专科毕业从政或从事其他行业了；假如多次的考研都失败了呢；等等，人生有太多的可能性和不确定性，但总有一种机遇似乎是被设计好的，是不以人的意志为转移的。从1978年初识《文学遗产》到现在，已经过去46个年头，我由一名青涩的知青，变成了白发苍苍的老叟，变成了独坐书斋的读书人，其间的身份转变和拾级而上，都离不开《文学遗产》的指导和引路，因此，在我心目中，《文学遗产》是YYDS。

[作者单位：浙江师范大学人文学院]

我对《文学遗产》的若干期待

张伯伟

2014 年《文学遗产》创刊 60 周年之际，我曾应约撰写了《六十年间几来往——我与〈文学遗产〉》。"弹指一挥间"，这 10 年似乎过得特别快，转眼又到了为《文学遗产》创刊 70 周年作文的时候了。《文学遗产》有四种刊出形式，最早是 1954 年创刊的《光明日报》副刊版，然后是 1963 年新增的书籍形式的增刊版，1980 年复刊的期刊版，以及 2009 年创办的网络形式的电子版。从期刊版开始，我成为《文学遗产》的忠实读者。而自 1983 年 3 月 29 日在《光明日报》"文学遗产"版刊发第一篇论文起，我也拥有了 40 年的作者身份。从当年的"侧帽郎"到如今的"白头翁"，《文学遗产》始终是我的良师益友。那就以这种关系，谈谈我对《文学遗产》的若干期待吧。

1980 年《文学遗产》的《复刊词》，实际上可以视作期刊版的《发刊词》。它用"广开文路，广开言路，广开才路"作为办刊的宗旨和任务。这样的宗旨和任务，在今天也依然值得坚持、值得推广。

所谓"广开文路"，也就是所刊文章的主题、题材、体裁、风格等，不作人为的此疆彼界的限制。所以内容上既包括对古代作家、作品、风格、流派的评论，也包括对古代文学史上的各种问题的研讨，还包括对古代兄弟民族文学和民间文学的研究；体裁上虽然以论述性或考证性的论文为主，兼含书评、资料、札记、动态，甚至读者、作者、编者之间的互动。只要翻阅一下复刊第一年的 3 期杂志，上述栏目就已经完备了（当然不是每一期都有）。至于文章的多样性风格，"则不强作一致的要求"。以上文字是对《复刊词》内容的概括，如果仔细观察每期刊出的文章，其内容实际上还要广泛。比如 1980 年第 1 期刊出的季羡林《印度文学在中国》，1981 年第 4 期刊出的范存忠《中国的人文主义与英国的启蒙运动》，这是属于中外比较文学的内容。40 多年来，上述优点基本上能够维持不变，而且随着学术环境、问题意识和技术手段的变化，刊物的栏目设置也有更新。比如"笔谈"的设置，就凸显了编者对学术热点的关注和学术趋向的引导。但有的"减法"，虽然或出于不得已的"苦衷"，只能设法解决问题，而不宜一"去"了之。比如"书评"栏目的取消，这不是《文学遗产》一家如此，但学术的进步，实有赖于学术讨论的深入。这里说的"讨论",是一种基于对话的交流与交锋,而不是自说自话。可以由编委每 3 个月或半年提出值得讨论的新书,范围应扩大到国际,并由编辑部组稿。记得 20 世纪 80 年代后期,程千帆先生出任《南京大学学报》主编,特别强调书评的重要性,专门组织了这一栏目的文章。印象中的书评,就有莫砺锋评龚鹏程《江西诗社宗派图研究》一文,我也写过评韩国学者车柱环《钟嵘诗品校证》的文章。

与此相关的,其实就是"广开言路",强调"百家争鸣"。《复刊词》指出:"任何学术问题一家独鸣都是只能带来思想停滞和思想僵化。"面对唐诗、宋诗孰优孰劣这一中国文学史上的老问题,《文学遗产》1982 年第 1 期刊出的赵仁珪《"开口揽时事,议论争煌煌"——从梅尧臣、欧阳修、苏舜钦看宋诗的议论化》和陈祥耀《宋诗的发展与陈与义诗》,就可以看到,编者是鼓励作者"百家争鸣"的。这样的原则立场,应该也可以继续坚持。《复刊词》中还呼吁:"对研究工作中所共同关心的问题,应该态度鲜明地提出可供大家讨论的意见,使我们的古典文学研究工作能够进一步活跃起来。"所谓"共同关心的问题",不止于古代文学的学术圈,而是更为广泛的文学艺术界,很显然,"广开言路"不是仅仅局限在古代文学范围之内,面对当代思想界的热点,古代文学研究者也应该介入并发言。在这样的倡导下,古代文学研究界会关心一些较为重大的理论问题,而不是唯独崇拜考证,甚至将考证与理论看成二元对立。在今天,对重大理论问题的关心不是多了而是少了。如果说,一个时代有一个时代的学术，那么，其研究状态的整体布局，应当有重点而无盲点，又应当全面而非平面，一句话，它就像禅宗所说的"应病施药"。所以，《文学遗产》是不是可以重提类似常州词派的观点，适当鼓励研究者"拈大题目出大意义"呢？

最后是"广开才路"，这也是《文学遗产》的优良传统。所谓"广开"，也就意味着对各类人才持包容和开放的态度。既没有年龄、性别、学历的歧视，也不搞特殊照顾。在复刊号的1980年第1期"编后记"中，编者就既突出了几位七八十岁高龄的专家学者，也特别举出"两位比较年青的同志"。相对而言，因为年青一代象征着学术的未来，《文学遗产》还尤为重视。1982年6月，编辑部召开了北京地区部分青年作者座谈会，在作"动态"报道时特别提及，这个会议"体现了《文学遗产》一贯注意培养新生力量的做法"。40多年来，这样的优良传统得到了连续不断的发扬光大，为古代文学研究事业的后继有人做出了很大的贡献。前时有某家刊物描述了文学研究队伍的现状，大意是"40后""50后"纷纷离场，"60后"已在边缘，"70后"则处于边缘之边缘，现在是"80后"的主场，"90后"紧紧跟上。我对"标签化"的议论不感兴趣也不予信任。文学研究事业是一项群体的共同的事业，"离场"还是"主场"，取决于学者是否不断追求新知。用宋代理学家的话来说，就是"不学，便老而衰"。作为诗人的杜甫，也还有"少而锐，壮而肆，老而严"的不同境界呢。值得赞赏的是，《文学遗产》的"广开才路"，不只口陈标榜，而且身体力行，尤其贵在一以贯之。

　　本文虽说是对《文学遗产》的"若干期待"，实际上我想这些也都是《文学遗产》的"自我期待"。最后，我想以该刊1982年第1期"编后记"中的话，祝愿《文学遗产》光景常新、越办越好：

　　在新的一年里，我们将努力把本刊办得像北京的春天一样，绚丽多彩，生机勃勃。

　　　　　　　　　　　　　　　［作者单位：南京大学文学院］

一本期刊的"从心所欲不逾矩"

傅道彬

一

从 1954 年到 2024 年，《文学遗产》已经创刊 70 年了。70 年来，经过几代人的努力，《文学遗产》从最初《光明日报》的副刊，成为了具有广泛学术影响、在学术界尤其是古代文学研究领域具有引领和指导意义的学术期刊。记得一位颇有建树的老学者曾说过，他的理想就是"在中华书局出书，在《文学遗产》上发文章"。虽然这话并不一定准确，但《文学遗产》确实代表了古典文学研究的一种水平、一种高度和一种境界。

日月不居，春秋更序，转眼就是历史。孔子说人生到七十的时候，就进入"从心所欲不逾矩"的境界了。"欲"是内在的精神，是理想追求，是价值信仰。而"矩"则是外在的约束，是礼乐规范，是行为法度。钱穆《论语新解》中认为"从心所欲"是"自由之极致"的境界："一任己心所欲，可以纵己心之所至，不复检点管束，而自无不合于规矩法度。"（钱穆《论语新解》，生活·读书·新知三联书店2018年版，第26页）对一个人来说，70岁意味着进入了内在的精神追求与外在的礼乐规范完美融合的自由境地。一个人如此，一个刊物又何尝不是如此？创刊70年的《文学遗产》也已经进入"从心所欲，不逾矩"的境界了。

对于一本学术期刊而言，"欲"意味着一种学术理想、学术信念的精神追求，"矩"则是对学术理念、学术规范的原则坚守。与孔子描述的人生七十达到的内在与外在、精神与规范的交融统一一样，《文学遗产》也实现了学术理想追求与学术规范制度的统一和谐。

二

《文学遗产》的初心和精神"所欲"，在1954年3月1日《文学遗产》的《发刊词》中得到了明确的表述和系统的阐释。

首先,《发刊词》指出"我们的文学遗产,由于很多卓越的前代作家不断地创造和努力,也是极其光辉灿烂的",从《诗经》《楚辞》开始到"五四"时期鲁迅时代的作品,中国文学创造了辉煌灿烂的历史,这是中国文学的事实,也是研究的出发点。其次,《发刊词》强调古代文学研究要实事求是,从事实出发,求文学之所"是",对我们文学遗产的研究,要坚持辩证唯物主义的历史方法,"运用科学的观点与方法,也就是辩证唯物主义的观点与方法,对我们文学遗产作出正确的评价,这是我们努力的目标"。《发刊词》反对盲目的"为考据而考据,忽视思想和理论的考据至上主义",主张考据的整体性、科学性和思想高度。再者,《发刊词》特别指出古典文学研究的复杂性,"有许多困难的问题必须经过反复的讨论,不可能一下就作出定论"。正因为如此,《文学遗产》的早期发起者们主张反对武断的结论,提倡多种方法的讨论,注意营造一种生动的、自由活泼的讨论氛围。

《发刊词》发表70年了,但是《文学遗产》的编辑们依然初心不改,从心所欲。70年坚守追求真理的初心,既注重真实而准确地描述中国文学历史的客观事实,又注重对中国古代文学历史规律的探索抽绎;既注重中国文学研究的科学方法的理论指导,又强调多种研究方法的广泛运用。一个期刊的学术风格,对整个古代文学研究的学术风格产生了深刻影响。

文学史的问题是《文学遗产》一直关注的重要问题。《文学遗产》从 50 年代创刊起，就一直关注对中国文学史基本规律问题的研究，文学史写作也是那个时代古典文学研究最重要的成果。1962 年，当时还是副刊的《文学遗产》就发表了郭豫衡的谈文学史问题的文章。《文学遗产》的理论目光，带动了古典文学研究者对文学史问题的重视。20 世纪 80 年代的文学史研究，总体表现为对中国文学基本规律和艺术风格的宏观描述。陈伯海鸟瞰式的中国文学史视野、张碧波对中国文学历史成因高度概括的文章等等，是那一时期有代表性的学术成果。而 20 世纪 90 年代以来，《文学遗产》设立了"文学史观与文学史"专栏，组织了文学史问题的专门讨论座谈。罗宗强、汪涌豪、戴燕等学者在 20 世纪 90 年代末和 21 世纪初，先后发表了关于文学史观念和写作的一系列文章，不断拓展着文学史的知识边界和文学史的观念视野。中国文学史问题是古典文学界时时被提起的问题。2019 年，在一次关于文学史研究的学术讨论会上，刘跃进先生还感慨："我们的文学史都已经写烂了，但是又没有写完。"文学史是接着写，还是从头写，依然是一个重要问题。而 70 年来对一个理论问题持续的、锲而不舍的关注，足见一个期刊一以贯之的精神坚守。

"却顾所来径，苍苍横翠微"。经常性地、不间断地回首初心、重温"所欲"是《文学遗产》的一项重要工作，每当刊物创刊的纪念日等重要时间节点，刊物都重提使命与责任，总结过去、展望未来。1980 年署名"本刊编辑部"的《复刊词》、1986 年的《改刊寄言》、1992 年的《致读者》、1995 年的《四十年寄言》、2006 年的《扩版寄言》以及 2014 年纪念创刊六十年的《编后记》等等，每一次刊庆都回望来路，都瞻彼前程，这些纪念性的文字始终保持了与《发刊词》一致的学术信念和学术理想。"岂不罹凝寒，松柏有本性"。1995 年的《四十年寄言》里，特别强调了刊物几十年来逐渐形成的学术"本性"。"本性"是传统，是编辑部的集体精神性格。这个"本性"就是弘扬民族文化的思想立场、实事求是的科学态度和具有历史高度的学术品位；这个"本性"就是"紧密团结和依靠广大古典文学工作者，坚持科学性原则，为古典文学学科的研究贡献力量"。

三

2019 年新中国成立 70 年的时候，《文学遗产》编辑部邀请我写过《七十年来先唐文学研究概况》的总结性文章。在总结先唐文学研究 70 年历史发展的时候，我注意到"新中国学术"之"体"的存在。所谓"新中国体学术"，即以马克思主义为理论指导，以社会历史批评为主要方法，以"五四"以来白话议论文章为表达方式的学术文体。"新中国体学术"在中国学术史上具有重要意义，达到了一个新的学术高度，郭沫若、侯外庐、杨公骥等成为"新中国体学术"的代表性学者。虽然"新中国体学术"本身也有明显的发展变化，存在着一个从高度概括的纵横议论向沉潜分析的历史叙述的风格转变，但是其总体倾向却有自己独特的理论与表达形式。"新中国体"完成了从"民国学术"到"新中国学术"的转变，成为新中国意识形态的重要组成部分和思想支撑。

《文学遗产》在"新中国体学术"的建设上做出了重要贡献。马克思主义的理论指导、爱国主义的思想主题、基于事实的学术规范是刊物遵循的基本思想原则。70 年间各种思想、各种理论、各种方法，云飞浪卷，潮起潮落，而《文学遗产》却始终坚持马克思主义理论的基本原则，强调马克思主义指导下的兼容并包，秉持初心，实现了学术追求的"欲"与学术遵循的"矩"的和谐统一。

"矩"是学术的基本原则，也是学术的思想高度。作为以传统文化研究为对象的学术期刊，《文学遗产》并不盲目地崇古泥古，而具有明确的创新精神和开拓意识。金开诚在《谈谈当前的古典文学研究》（《文学遗产》1988 年第 1 期）一文中，一方面强调古典文学研究的"古为今用"原则，主张古典文学研究的时代精神追求；而另一方面提醒研究者注重研究的传播和实践，扩大展示空间。他说："古典文学研究者如果仍然自鸣清高，不怀着竞争意识去进行传播，那就无异是自动放弃社会阵地，削弱它在思想文化领域中应起的作用。"这样的话，至今仍有警示意义。

在学术上，《文学遗产》始终保持了对优秀传统文化的温情与敬意，这种敬意与温情上升为爱国主义的情怀。80 年代初，中国正值改革开放大潮奔涌时期，《文学遗产》在 1981 年第 1 期、第 2 期上接连发表郭预衡《尊重历史，正视现实——关于中国古代文学中爱国思想的探讨》、佘正松的《九曲之战与高适诗歌中的爱国主义》、喻朝刚的《论陆游的爱国诗篇》等文章，把握中国文学爱国主义的旋律，形成了古典文学研究的爱国主义讨论热点。

对中国文学历史事实的准确客观的科学描述，是学术研究最重要的"矩"，而"真"是实事求是最基本的原则。《汉书·河间献王刘德传》最早有了"修学好古，实事求是"的表述，颜师古认为所谓"实事求是"就是"务得事实，每求真是也"。《文学遗产》刊登的文章注重了这种求真的原则和规矩，提倡科学的考据方法，整个古典文学研究呈现的相对朴素实证的学术风格，是与《文学遗产》的学术引导有重要关系的。

20 世纪 80 年代学术界的"方法热"在古典文学研究方面也引起强烈反应，促进了学术的繁荣进步。但仓促的理论引进往往饥不择食，生吞活剥，学术研究中存在着学术失范、大而无当的缺点。在这样的背景下，90 年代发生了以建立新的学术规范为目标的学术转型。《文学遗产》是建立学术规范较早的呼吁者，是中国学术转型的有力推动者。陈尚君在《文史考据应有所阙疑》（《文学遗产》1994 年第 4 期）的学术短评中，注意到一些研究者"在史料不足的情况下，强为立说，不免牵强附会，甚至引起不必要的争论"的现象，特别提出学术研究首先应该以资料为基础，以事实为依据，反对在史料不足情况下的匆忙结论，强为解人。作者意识到学术规范的重要性，认为"近十年来，学术界谈论得较多的是方法，而学术研究所必须遵守的一些基本原则反倒鲜为人提起。现在似乎到要强调一些规范的时候了"。这虽是一则短文，却反映了作者和《文学遗产》编辑部对建立学术规范问题的敏感和迫切。后来《文学遗产》不仅召开了一系列学术会议，倡导学术应有的规范，还发表了许多实事求是、言之有物的学术论文，为建立科学朴素的学术风气率先垂范、引导方向。

四

70 年来《文学遗产》展现着中国文学研究的丰富成果，一批又一批的学者前波后浪，老树新花，各领风骚；一篇又一篇的文章，讲述传承，发明创见，精彩纷呈。学术的繁荣不仅仅是学者们推动的，一个期刊的思想理念、精神品格，也引领着学术的风尚，推动着学术的进步。中国文学研究繁荣的背后，有着以《文学遗产》为代表的学术期刊群体的艰苦努力。一本期刊的学术思想，往往影响着一个时代的理论发展。大学时期我就订阅了《文学遗产》，40 多年来见证了刊物从 80 年代的思想解放、90 年代的学术复归以及新时代中国文学话语体系建设的历史。我个人也经历了从纯粹的读者到是读者、也是作者的转变，深切感受到一本期刊的思想启迪和学术引领作用。

在学术研究上得到了《文学遗产》编辑部的大力支持和多方帮助。陶文鹏、刘跃进、竺青等都曾编辑过我的稿件,文字往来,多有教益。而我与《文学遗产》的编辑们,除了学术会议上的交往,个人间连茶饮餐叙的时间都很少。灯下长坐,每每想起,心里都充满温暖和感动。问题意识、创新精神是《文学遗产》一直坚守的学术原则,也是刊物给我最大的学术影响。我最早发表在《文学遗产》的文章是 2006 年第 1 期的《古典文学研究的"二重证据"与"三重证明"》。人们经常以"二重证据"来概括王国维在 20 世纪学术史上的贡献,但有意思的是,对王国维有深入理解的陈寅恪不是以"二重证据"而是以"三重证明"来评价他的学术成就和贡献。所谓"三重证明"就是"取地下之实物与纸上之遗文互相释证""取异族之故书与吾国之旧籍相互补正"和"外来之观念与固有之材料互相参证",之所以提出这样的问题,就是倡导古典文学研究不仅要注重传统考据方法的运用,更应该有新的史料意识和广阔的世界目光。我发表的另一篇文章是《"六经皆文"与周代经典文本的诗学解读》(《文学遗产》2010 年第 5 期),则力图梳理从"六经皆史"到"六经皆文"再到"六经皆诗"的理论线索,主张拓展文学认识的边界,强调以"六经"为代表的周代经典文献,不仅是经学的、政治的,更是文学的、艺术的,是文学的范本。

2019 年,时值新中国成立 70 年的时候,受编辑部的邀请,我写了《七十年来先唐文学研究概观》(《文学遗产》2019 年第 5 期)的文章。受自己理论水平和知识视野的限制,短时间内完成这样的任务是很有压力的。而我注意了七十年来先唐文学研究的学术发展演进的理论脉络，沿着"新中国体学术"的建立、发展、转型、升华的历史轨迹，以"新中国学术"建立期的先唐文学研究（1949—1976）、先唐文学研究的文学本体回归和方法论热潮（1977—1990）、先唐文学研究的沉潜与规范（1990—2000）、先唐文学研究的总结与贯通气象（2000 年以来）等几个阶段，描述新中国 70 年先唐文学研究的演进历史，总结新中国学术的辉煌成就。虽然先唐文学的研究是形态多样的，但其发展的线索还是清晰、具有鲜明的时代特色的。任何学术都有其生长的历史环境，是与其时代风尚深刻联系的。

学术问题的提出，依赖于历史事实描述的准确。根据早期礼典形式的分析，我认为《尚书》的典、谟、训、诰、誓、命"六体"本质上是六种礼体形式，文体因礼体而生，礼体演化成文体，文体的书写原则，体现着礼体的形式规范。《尚书》"六体"的本质是礼典仪式的文学性书写。这篇文章题目是《"〈书〉文似礼"与〈尚书〉"六体"的文学性书写》，发表在《文学遗产》2020 年第 4 期上。《两种文明形态与周民族迁徙的史诗路径》（《文学遗产》2022 年第 3 期）则依据周民族重大历史迁徙的史实，分析潜藏在民族迁徙背后的农耕文明与草原文明碰撞融合的深刻历史动因。为这篇文章的写作，我与"早期中国文学研究"课题组的几位同事曾去陕西、甘肃一带，沿着邠、豳、岐山、丰、镐等周民族史诗路径，做过长途的实地考察。古典文学研究不仅仅是案头的青灯黄卷，更是切身的现实感受。走上黄土高原，亲临历史现场，目睹文化遗迹，总有意想不到的学术发现和心理震动。

近一时期我一直注意春秋文学的研究，春秋文学在新人文主义的影响下，经历了风雅之变，建构了一种以新文言为基础的文学形式，郭沫若称其为"文学革命"。《左传》是春秋文学革命的代表性著作，《左传》并没有严格遵守"《春秋》笔法"的写作原则，而是从全景式生活描写、情感鲜明的历史批评标准和艳丽富赡、奇幻诡谲的历史审美追求等方面实现了对"《春秋》笔法"的文学超越。论文原题是《〈左传〉与春秋时代的"文学革命"》，编辑部在发表时，特地将题目改为《理论创新是文学进步的生命——以〈左传〉与春秋时代的"文学革命"为中心》，以理论创新带动文学进步，建构中国式学术话语体系是恰恰是《文学遗产》一贯的学术理念。

"中国式现代化"是一个新的理论命题，而这一理论表述不仅包含现代化的物质文明内容，也包含着现代化的精神文明的思想蕴涵，包含着中国式学术话语和中国式的文学批评风格的问题。围绕"中国式现代化"的文学理论建设，《文学遗产》组织了"立足中华文化立场，深化中华文学研究"的专门讨论。在这个专栏里，发表了我的《文学批评的"中国式"话语构建与学术表达》（《文学遗产》2023年第4期）一文。在中国文学理论话语的历史语境中，我体会到，"中国式现代化"具有面向现代和基于中国两个理论维度，因此，中国式的文学理论话语应该强调"宗经"和"通变"两个基本原则。"宗经"是对中国文学文学思想传统和审美精神的坚守，是守正；而"通变"则是文学在现实基础和时代精神推动下的突破和升华，是创新。马克思特别注意到"历史向世界历史的转变"，因此"中国式"文学批评的话语构建一定要放到时代性、现代性、世界性的语境里，具有"世界的目光"。文章发表后，《中国社会科学文摘》《新华文摘》《中国人民大学复印报刊资料·文艺理论》等作了转载、摘要。

古典文学研究已经进入了一个新的历史时期。这不仅表现为以 80 后、90 后为主体的学术队伍渐渐成熟，生机勃勃，崭露头角；也表现为新的知识背景和新的学术表达形式的转型，学术研究呈现出新的格局和气象。一个人的 70 岁或许已经进入老年，而对《文学遗产》刊物而言，70 岁却是春秋正富，风华正茂，未来可期，前程无限。祝愿《文学遗产》在新的历史时期里继往开来，导夫先路，在编辑部新一代成员的努力下，开拓新的境界，创造新的辉煌。

[作者单位：哈尔滨师范大学文学院]

文学遗产的存在价值与实现方式

——《文学遗产》创刊七十周年臆语

刘勇强

"文学遗产的存在价值与实现方式"是一篇论文的题目，这样宏大的题目，我其实是没有能力应对的。在《文学遗产》创刊六十周年之际，我曾写过一篇《掘藏臆说：发现性研究》。倏忽十年，无所发现，只能再发一通臆语。好在《文学遗产》今次的征稿函也很开放，散文、随笔之类都在应征之列，遂不假思索，信笔将日常感想略陈二三。

我确实想过当下"文学遗产"的存在价值与实现方式等问题，因为如今古代文学研究好像又到了一个褃节儿上，而且这次面临的挑战比以往更大。之前的挑战主要是来自于人文学科内部，只需换换招牌，变变名头，如"孙行者""者行孙""行者孙"一般，仿佛又能接着"腾那弄本事"（吴承恩《西游记》，人民文学出版社 2020 年版，上册，第 421 页），于是"国学""经学""古典学"等名号交替使用，皆能炫人耳目、自高身价于一时。这次不同，人文学科正在集体边缘化，地盘的被侵蚀、意义的被虚化，不再只是学科内部的挤压和学术资源的争夺，而是人文学科整体价值的迷失。媒体上不时可以看到什么地方的大学削减甚至取消了某些人文学科的报道，还有人肆言人文学科属于服务行业，不值得报考。显然，再做"换汤不换药"的勾当已无济于事，而喋喋不休地重复所谓的"无用之用"，不但不能服人，自壮行色的作用可能也减弱了。

没错，是人的问题，是人在科技文明迅猛发展的当下，对世界的传统认识正在发生动摇或改变。而人文学者对于这种动摇或改变，从来没有像今天这样不得要领、无能为力。顺应时势，数字人文研究的蓬勃兴起，似乎正展现出令人兴奋的景象。但智能科技日新月异的进步，有可能正超越自身的工具属性，进而引领、主导某种思维。问题的提出是基于技术手段的智能化，而给出答案或探求答案的方向也是基于这一智能化，人文学者只是被动地跟在后面揣度或呼应。如此下去，人们对人文学科的期待与信任必然日益降低。

人文学科的危机当然不是骤然而至的，首先出现的是所谓的"碎片化"问题。这关乎了知识的获取与表达，是近 20 年来颇受诟病的文化现象之一。仅仅把"碎片化"归咎于生活节奏的加快、人心的浮燥、社交软件与新媒体的左右等等无疑是肤浅的，它的深层原因应源于当代人在知识生产、获取以及表达方式等方面的变化。我充分理解有关批评者的忧虑，也非常赞成应完整地阅读经典原著。不过，从知识获取的角度来说，教育界祭出"整本书阅读"的法宝，却似乎有点不着边际。一方面，这本是一个不言而喻的要求，无需特别强调；另一方面，无论怎样强调，实际效果仍然受制于教学体制、时间等客观条件。在各种权宜之计的制约下，将七宝楼台拆碎，按教育者的意志重装组合，"整本书阅读"有可能不过是"'整'一本书阅读"。对社会大众而言，完整地阅读经典原著要因人因时而异，这也是不可改变的事实。好之者自然会去读；不好者通过选本、摘编乃至绘本、影视接受名著，也未尝不可。换一个角度看，这也恰是人文学者应尽的一项义务：如何以快捷、浅近的方式，让大众在有限的时间里感受经典的魅力。明代无碍居士在《警世通言》的"叙"中说：

　　里中儿代庖而创其指，不呼痛。或怪之，曰："吾顷从玄妙观听说《三国志》来，关云长刮骨疗毒，且谈笑自若，我何痛为！"夫能使里中儿顿有刮骨疗毒之勇，推此说孝而孝，说忠而忠，说节义而节义，触性性通，导情情出。（无碍居士《警世通言》"叙"，冯梦龙编著，吴书荫校注《三言·警世通言》，中华书局2014年版，第2页）

此"里中儿"多半没有能力阅读《三国演义》整本书，但依然可以从其中的片断领受小说的精神。所以，我觉得一些批评"碎片化"的言论，可能是不分场合、对象的，对形式的关注也多于对内容的关注，有时可能还带有一种思维的惰性或傲慢。也就是说，当知识分子习惯了自己获取与表达知识的方式后，对其他人的其他方式便会有所排斥。

重要的是，所谓"碎片化"并不只是一种快餐文化的表现，有时也可能还是一种思想的突围。从知识生产的角度说，长期以来，我们已经把千篇一律、穿靴戴帽的长篇大论看成是唯一正确的方式，而在这个不再以"徒灾枣梨"为虑的时代，博士买驴，动辄万言，一点心得左说右说，反复絮叨，论文体的弊病早已暴露无遗。在这样的学术背景下，"碎片化"以短平快的简洁文字，直指文心与人心，未必不是给思想从层层包裹中解放出来提供了一个机会。

众所周知，类似语录体、笔记体等"碎片化"文体，曾经是中国传统知识的重要生产方式，其贡献不容小觑。无论是知识含量，还是知识水平，恐怕没有人会怀疑《容斋随笔》《日知录》《困学纪闻》等的学术水平与研究价值。以《日知录》为例，在写作上，《四库全书总目提要》评价《日知录》时说："炎武学有本原，博赡而能通贯，每一事必详其始末，参以证佐，而后笔之于书。故引据浩繁，而牴牾者少。"（永瑢等撰《四库全书总目·子部·杂家类》卷一一九，中华书局1965年版，第3册，第1029页）这一点即使置之当今的学术规范下进行评判，亦无有不当。在编排上，《四库全书总目提要》叙列此书内容时，又指出其诸卷分论经义、政事、世风、礼制、科举、艺文、名义、古事真妄、史法、注书、天象术数、地理等等，可见其虽为笔记，但又各有集中论述的核心，而具体条目，提纲挈领，要言不烦，更俨然如一篇篇专论。换言之，笔记体貌似"碎片化"，却不意味着必然缺乏整体思维与逻辑系统。就古代文学而言，诗话、词话、曲话、文话以及评点，往往以类"碎片化"的方式，阐发富有底蕴的见解，并具有一定的、独特的理论形态。发展至现代，没有人会认为王国维"碎片化"的《人间词话》的水平比他的新体论文《红楼梦评论》成就低、影响小，而钱锺书的《谈艺录》《管锥编》，更是当代学术的里程碑式著作。

由于传统的批评方式与中国古代文学本身的契合度很高，我们没有理由将笔记等类"碎片化"文体排除在现代学术体系之外。我想，如果《文学遗产》能够把"补白""短论"等专栏进行整合，给笔记体等一席之地，也许不失为贴近、接续古代文学传统的一种方法。当然，为了适应学术的发展，不妨采用一些变通的方式。例如，可以让此类笔记围绕一定的专题来写作，并以相当的篇幅集中发表。借助这种所谓"集纳化"形式，既可以避免堕入前人所谓"一屋散钱，只欠索子"的陷阱，又能够使其具有某种论文的主题与体量，便于融入时下的学术评估体系。

第二个问题是生成式人工智能正在深刻改变人类的知识生产方式。随着 ChatGPT 的横空出世，人们前所未有地感到人工智能时代近在咫尺。我对人工智能不甚明了，估计我的同行们多半可能也是一知半解，大家似乎都是在眼睁睁地等着它来超越人类。因为我们已经被反复提醒，它必然超越人类。如果我们还有一点点镇静，那就是来自人文学者的"迷之自信"，而很大程度上，这种自信正是文学、特别是古代文学赋予我们的。

显然，汉语本身的多义性，古代文学对含蓄、神韵、性灵、传神、意会、不着一字尽得风流等境界的追求，使得文学呈现出一种难以捕捉、更难以言表的特质。至少到目前，我们可能还无法让人工智能自如地制造出"似蹙非蹙""似泣非泣""粉面含春威不露"之类的表情包，或者解释出"也无风雨也无晴""戚而能谐"之类的精确意义。古代文学中包含的大量非智性情思，是"文学遗产"中有待进一步挖掘的精神资源。

以《红楼梦》对贾宝玉的描写为例，分析这样的人物形象，仅仅从理性角度去把握显然是不够的，甚至还可能带来误读与曲解。已卯本第十九回上有一段著名的脂批：

> 所以谓今古未（有）之一人耳。听其囫囵不解之言，察其幽微感触之心，审其痴妄委婉之意，皆今古未见之人，亦是未见之文字；说不得贤，说不得愚，说不得不肖，说不得善，说不得恶，说不得正大光明，说不得混账恶赖，说不得聪明才俊，说不得庸俗平（凡），说不得好色好淫，说不得情痴情种，恰恰只有一颦儿可对，令他人徒加评论，总未摸着他二人是何等脱胎，何等心臆，何等骨肉。（朱一

玄《红楼梦脂评校录》，齐鲁书社 1986 年版，第 277 页）

语言的"囫囵不解"（《红楼梦》中，有十余处脂批指出了所谓的"囫囵语"）、心理的"幽微感触""痴妄委婉"，都表明贾宝玉的性格无法用现成的"贤""愚"等概念来加以解释，而这大约也是人工智能所难以理解与揭示的人性。

20 世纪中期，"文学是人学"一度影响颇大，后来可能因其太过空泛而逐渐被扬弃。如今，当人类从自我认识走向自我维护的阶段时，这一命题也许又有了新的意义。至少在现阶段，人类思想感情与精神性格变动不居的特定性、唯一性以及模糊性，应该还有人工智能力所不逮之处，而这恰是文学之精华所在。从积极的方面说，人工智能发展的一个理想路径是人机的共情、共融、共存。在文学中，特别是在古代文学中，探寻人类存在的文化密码，也许可以为人类作精神上的加持，同时也可以为人工智能赋能。因此，我以为在新的时代背景下，通过对人的主体性及其历史呈现进行多维度探究，强化人的自我认知与真正意义上的文化自信，可能是古代文学研究的一个值得努力的方向，甚至应是一个根本目的。《文学遗产》在选题上适当向这方面倾斜，或许也是顺应时势的明智之举。

第三个问题是所谓大数据带来的兴奋与焦虑。从古代文学研究的角度看，通过数字技术及各种数据库快速、大量地搜集、分析原始文献，为研究者提供不可或缺的丰富资料，并给予某种有意义的启示，着实有助于发现新的问题，乃至提供解决问题的新路径。其实，古人早有"竭泽而渔"的说法，尽可能多地占有材料，也一直是研究者努力的方向。只不过知也无涯，凭借一己之力是难以穷尽浩如烟海的典籍的。现阶段，大数据已在人文研究，尤其是在辑佚、考证、辨伪、校勘等方面，显示了强大的功效。

不过，数据也不是越"大"越好，"大"的结果也可能是带来了海量的冗余信息；更重要的是，有识之士早已指出：大数据不能代替对文献的发现与领悟，至少在古代文学领域仍是如此。举一个简单的例子：《水浒传》第二十三回，潘金莲勾引武松时，从"叔叔万福"直到"你若有心，吃我这半盏儿残酒"，金圣叹历数其"凡叫过三十九遍'叔叔'，忽然改作'你'字，真欲绝倒人也。"（参见金圣叹《贯华堂第五才子书水浒传》，万卷出版公司2009年版，上册，第339—342页）小说正是通过这一称谓的忽然转换，把潘金莲步步引诱、至此以为火候已到的心理写得活灵活现。又如，在《西游记》第二十七回叙演孙悟空三打白骨精时，小说有这样的描写：

> 唐僧正要念咒，行者急到马前，叫道："师父，莫念！莫念！你且来看看他的模样。"却是一堆粉骷髅在那里。唐僧大惊道："悟空，这个人才死了，怎么就化作一堆骷髅？"行者道："他是个潜灵作怪的僵尸，在此迷人败本；被我打杀，他就现了本相。他那脊梁上有一行字，叫做'白骨夫人'。"唐僧闻说，倒也信了。怎禁那八戒旁边唆嘴道："师

父，他的手重棍凶，把人打死，只怕你念那话儿，故意变化这个模样，掩你的眼目哩！"唐僧果然耳软，又信了他，随复念起。行者禁不得疼痛，跪于路旁，只叫："莫念！莫念！有话快说了罢！"唐僧道："猴头！还有甚说话！出家人行善，如春园之草，不见其长，日有所增；行恶之人，如磨刀之石，不见其损，日有所亏。你在这荒郊野外，一连打死三人，还是无人检举，没有对头。倘到城市之中，人烟凑集之所，你拿了那哭丧棒，一时不知好歹，乱打起人来，撞出大祸，教我怎的脱身？你回去罢！"行者道："师父错怪了我也。这厮分明是个妖魔，他实有心害你。我倒打死他，替你除了害，你却不认得，反信了那呆子谗言冷语，屡次逐我。常言道：'事不过三。'我若不去，真是个下流无耻之徒。我去！我去！——去便去了，只是你手下无人。"唐僧发怒道："这泼猴越发无礼！看起来，只你是人，那悟能、悟净就不是人？"（《西游记》，上册，第334—335页）

在这一段叙述中，唐僧对孙悟空的称谓发生了明显的变化，从"悟空"到"猴头"再到"泼猴"，表现了唐僧心中怒气的层层递进。

如果有一个古代小说的大型数据库，我们可以很迅速地从中提取作品中人物称谓的用语，也能通过相关数据分析人物称谓代表的不同意义与情感色彩。但是，像上面这些文字，不亲读原文，恐怕仍然是无法真切把握人物在具体情境中的关系、心理、口吻的微妙变化及其轨迹。也就是说，它是一个过程、一种状态，而不只是一串符号、一组代码。

与此相关的另一个现象是，由于编辑出版的方便，各种专题性的资料大全集层出不穷，其价值自不待言，而负作用也是显而易见的。历史上作家如过江之鲫，作品更如恒河沙数，经过大浪淘沙般的筛选和持续不断的经典化过程，才在文学史上形成了不同的可见度。虽然沧海遗珠的情形往往有之，经典也有待于不断地发现，但是如果不加区分地将所有的作家作品一股脑儿地搜罗起来，沉渣泛起，让今人再当一回筛子，既是对学术传统的不尊重，也会造成生命的二度消耗。

从论文的写作来说，我们更不能简单地以多为胜。吴组缃先生当年在比较论文高低时，打过一个很形象的比喻：说有两个人打猎，一个人打了七八枪，终于打到了猎物；另一个人只打了一两枪，就打到了。吴先生认为只用一两个例子就说清观点的文章要比用了七八个例子才说清观点的论文高明。数据也是如此，并非多多益善，以一招制敌的姿态达到目的，既可以反映研究者的水平，也是对读者的负责。

因此，在文献的易得性得到极大提高的情况下，我们应端正对文献价值的判断，使之与研究的根本目的精准衔接，而努力避免注水式使用材料。这虽为细枝末节，却也不单是简洁文风而已，纯正的学术思维从来都是目的与手段的高度统一。作为业内的风向性高端刊物，《文学遗产》在这方面也可以发挥良好的示范作用。

以上三点，分别涉及形式、内容与文风，就是我目前对《文学遗产》的新期待。其实，即使没有什么网络、人工智能、大数据等，我们要做的也无非如此。也许，学术的根柢从本质上并没有改变。而走笔至此，我试着把"文学遗产的存在价值与实现方式"这一主题要求输入"文心一言"，请它提供一篇这方面的"论文参考"，它果然分分钟就完成了一篇文从字顺、提纲挈领的稿子，比我在短时间能想到的更为周全。关于"文学遗产"的存在价值，它说了文化的传承、情感的共鸣、思想的启迪、审美的提升等四个方面；关于"文学遗产"的实现方式，它说了教育推广、数字化保存与传播、跨界合作与创意开发、社区参与与民间传承、国际交流与合作等五个方面；再加上引言与结论，真可以说是思路清晰，滴水不漏。但我在上文絮絮叨叨说的那些问题、杞忧及展望，它则基本没有涉及。我们期待《文学遗产》下一个十年到来之时，还能这样随意放言，漫疏短引。

[作者单位：北京大学中国语言文学系]

古代文学研究应该以作品为中心

廖可斌

博大精深的中华优秀传统文化，是中华民族的精神命脉所在。灿烂辉煌的古代文学，是中华优秀传统文化的重要组成部分。它承载着中华民族的历史记忆，蕴涵着中华民族的心理情感、审美趣味和价值观。传承中国古代文学，对满足整个民族的精神需求，塑造中华民族的优良品德，加强中华民族的身份认同，增强中华民族的凝聚力和竞争力，向整个人类提供中国经验和智慧等，具有十分重要的意义。这是一项宏伟的事业，包含普及性工作、通用性工作、精深性工作等多个层次，以及整理、传播、教学、研究等多个方面。有如一座金字塔，每个层次和每个方面都很重要，不可或缺。但毫无疑问，精深性的研究工作，是这座金字塔的塔尖，对整个古代文学的传承起着引领作用。而《文学遗产》，作为最具权威性的中国古代文学研究刊物，犹如这座金字塔尖上的一面旗帜，在整个民族的精神文化建设上具有标志性意义。所有学术研究都是异常艰苦的事业，"在科学上没有平坦的大道，只有不畏劳苦沿着陡峭山路攀登的人，才有希望达到光辉的顶点。"（卡·马克思《资本论》第一卷《法文版序言和跋》，中共中央马克思恩格斯列宁斯大林著作编译《马克思恩格斯文集》第五卷，人民出版社 2009 年版，第 24 页）相对而言，当下是技术与商业主导社会的时代，从事古代文学研究，包括编辑古代文学研究刊物，尤其是一种艰辛而寂寞的工作。但只要想到《文学遗产》在整个民族精神文化建设中的独特地位和意义，想到这项工作与如此宏伟的事业相关，肩负着神圣的使命，我们就将感到充实和欣慰。

70 年来，《文学遗产》迭遭商品经济大潮和各种学术风尚的冲击，虽然有过被迫停刊的经历，也曾度过步履艰难的岁月，但伏而复起，岿然挺立，始终秉持传承优秀古代文学遗产、推进学术、服务大众的宗旨，倡导实事求是、科学严谨的学风，坚持学术标准，为古代文学研究及整个国家的文化建设事业做出了重大贡献。每个从事古代文学研究的人，都将《文学遗产》视为神圣殿堂，以在《文学遗产》上发表论文为荣。学术生命是其人生的主要内容，而其学术生命的高光时刻，大都与《文学遗产》相关。因此，说《文学遗产》与众多古代文学研究者的命运紧密相连，已成为他们生命的一部分，并不为过。

虽然目前学术科层化之风盛行，《文学遗产》只被认定为所谓"中国古代、近代文学"二级学科的最重要期刊，但文学研究其他领域的学者，以至整个学术界，都对《文学遗产》高度认可，这种声誉凝聚着《文学遗产》几代作者和编者的心血，弥足珍贵。

我们庆祝《文学遗产》创刊 70 周年，既是为了回首以往，追忆它的辉煌历史，缅怀前辈作者和编者的崇高风范，更要面对当下，面向未来，关注目前中国古代文学研究的实际情况，思考未来中国古代文学研究的发展路向，续写《文学遗产》和中国古代文学研究的新篇章。《文学遗产》的前辈作者和编者，以至整个古代文学研究界的先驱们，给我们留下的宝贵经验之一，就是文学研究以作品为中心，尤其以经典作品为中心，以解读经典作品的思想内涵和艺术特色为中心。中国古代的文学研究，就是围绕作品展开的。大量文学研究的成果，都以编选作品总集、选集、为作品集作序跋、对名作进行评点等形式体现出来，这构成中国古代的文学研究的一个传统。近现代以来的古代文学研究者继承了这一传统。我们现在想到某些经典作品，就会想到某些著名的学者；而想到某些著名的学者，也会联想到某些特定的经典作品。著名学者与经典作品之间，形成了一种紧密联系。比方说我们想到游国恩、俞平伯、余冠英、何其芳、钱锺书、詹锳、萧涤非、徐朔方先生等，就自然将他们与《楚辞》《红楼梦》《诗经》、唐诗、宋诗、李白诗、杜甫诗、汤显祖戏曲等联系起来。

文学研究应该以作品为中心，本应该是一条不言自明的原则。从古代文学本身的存在形态来看，它包括作家、作品、理论、文献、史料、物质载体等多个方面，但毫无疑问，作品是其中的核心。任何作家之所以能名垂千古，主要是因为他的作品在古代产生过重要影响，在现代仍然能给人带来启迪和感动。任何理论、文献、史料、物质载体等有价值，也是因为它们与作品有关。关于这些方面的研究也非常必要，但它们都主要是为准确深入解读作品服务的，因此都必须围绕作品特别是经典作品展开。美国文学理论家 R. 韦勒克指出："文学研究不同于历史研究的地方，就在于它需要处理的不是文献，而是不朽的作品。"（R. 韦勒克著，丁泓、余微译，周毅校《批评的诸种概念》，四川文艺出版社 1988 年版，第 22 页）程千帆先生说："方法本身不是目的，目的是要认识作品真正的美……我们无论用哪种方法从事研究，都必须归结到理解作品这一点上。"（巩本栋编《程千帆沈祖棻学记》，贵州人民出版社 1997 年版，第 93 页）如果将整个文学研究体系画成一幅靶心图，那么对作品的研究就是圆心。对作品的作者和作品的载体如版本等的研究，是围绕圆心的第一圈，因为它们对准确深入解读作品非常重要。文学理论批评研究和文学史研究也必不可少，但它们的主要价值，仍在于它们是从作品中分析总结出来的，并有助于理解作品。它们毕竟是作品之外的存在，所以只能是圆心之外的第二圈。至于所谓研究史或曰学术史，是对文学研究的研究，对理解和评价作品也有一定意义，但它们的价值可能主要体现在思想史、文化史研究方面，距离文学本身越来越远。就文学研究而言，它们只能属于最外层，重要性也居于最末了。

从古代文学研究的目的来看，我们的主要任务，是将祖先留下的优秀作品，进行可靠的整理，予以准确的解读，让现代的读者能够欣赏，使它们一代一代传下去。当然也要读出新意，提出新论，但传承是首要的工作。当代的古代文学研究工作，根本上从属于古代文学传承事业。整个社会，所有民众，是因为喜爱琳琅满目、精美绝伦的古代文学优秀作品，才需要有专业研究者提供必要的指导，才可能注意到我们的相关研究成果。如果脱离社会的需求，背离屈原、曹植、李白、杜甫、苏轼、汤显祖、曹雪芹等作家的优秀作品这个中心，转而以自己著书立说为中心，那么我们即使写出再多的论著，提出再多的新论，整个社会和广大民众也不会感兴趣。

而目前的古代文学研究存在的偏差之一，就是在一定程度上偏离了作品这个中心。从总体上看，专门整理、解读和研究古代文学作品特别是经典作品的论著，及基于细读经典作品而发现重要历史文化问题并对之进行深入探索的论著，所占的比例似乎越来越少，而主要考察古代文学作家、理论、文献、史料、物质载体等的论著，以及所谓学术史、研究史的论著，所占比例越来越高。就后两类成果的具体情况来看，真正能有效服务于对古代文学作品的理解的成果不多，很多论著属于为研究文献而研究文献，为研究理论而研究理论，为研究学术史而研究学术史。说是文学研究的论著，但通篇从理论概念到理论概念，从史料到史料，就是不见文学，不涉及作品。如果把后两类成果都归于所谓文学史研究的话，那么现在是文学史研究取代文学作品研究，成了古代文学研究的主流。

造成这种状况有多方面的原因。除了政治、技术、社会等外部因素的影响外，文学研究本身的体制、机制也起了重要作用。在体制方面，早就有学者指出近代以来大学教育体制对中国文学研究的影响。应该说，在近代大学诞生之前，文学研究一直是与文学创作紧密结合的，是以文学作品为中心的，是真正的文学研究。近代大学教育体制建立以后，文学研究成为大学的一门课程，又进一步固化为一种专业，一种职业，逐步与文学创作分道扬镳。根据教学的需要，"中国文学史"逐步在大学文学教育中成为主导课程，古代文学史研究也逐步取代古代文学研究，文学作品逐步退到次要以至边缘的位置。由于大学在当代文学研究界占有重要地位，大学内部文学教育和研究的这种变化，影响延伸到整个文学研究界。

在机制方面，近些年来，有关部门和机构实行越来越严苛的考评机制，进一步推动了古代文学研究的"文学史化"，使古代文学研究脱离作品中心的趋向更为加剧。因为研究者要发表足够多数量的论著，有关期刊和出版社发表采用论著又特别注意所谓"创新"。相对来讲，对古代文学作品特别是经典作品的解读，要读出新意比较难。而另外寻找一点所谓新材料、新理论比较容易。于是研究者们纷纷回避作品，特别是经典作品，挖空心思寻找所谓的新材料、新理论，就如同国内理工科界所盛行的，对房子中间的大象视而不见，专门在墙角落里找老鼠打。很多所谓研究工作，不是因为古代文学中有什么问题需要研究，也不是为了满足读者的需要而研究，而是研究者为了自身出所谓成果的需要而研究，是为了研究而研究。以往人们强调某个问题需要研究，一般都是说这个问题有何种重要意义。现在很多研究者论证某个问题可以研究，往往说这里"还有研究的空间"，似乎是说发现这里还有空子可钻。于是各种关于文学理论、文献、史料、物质载体的论文、专著铺天盖地，文学史研究成为古代文学研究的主流，研究者自己的论著和观点成为关注的中心，而古代文学作品，包括其中的经典作品，似乎反而变得不重要了，越来越隐身幕后了，这是典型的舍本逐末，喧宾夺主。因为在一定程度上偏离了古代文学作品这个中心，脱离了社会上广大民众的需求，古代文学研究在整个社会的影响力不断下降，越来越边缘化，成为一个很小的专业圈子中自娱自乐、孤芳自赏的一种技艺。

因此，在庆祝《文学遗产》创刊70周年的时候，我们应该继承《文学遗产》前辈作者和编者的优良学术传统，倡导古代文学研究以作品为中心，以经典作品为中心，以解读经典作品的思想内涵和艺术特色为中心。如上所述，文学研究的体制、机制对文学研究的走向具有重要影响，像《文学遗产》这样的权威性期刊尤其具有导向作用。我们应该呼吁消除不合理的考评机制，倡导古代文学研究的多样化，鼓励专门整理、解读和研究古代文学作品特别是经典作品的工作，以及基于细读经典作品而发现重要历史文化问题并对之进行深入探索的工作，使古代文学研究能扎根于中国古代文学优秀作品的沃土，面向社会需求，挖掘古代文学作品中丰富的思想内涵和艺术价值，为建设当代精神文明服务。

［作者单位：湖南大学文学院］

前辈的旗帜：读《文学遗产》 1980 年复刊号的记忆

许云和

43 年前，我还是中文系大二的学生。在那个学习资源极其匮乏的年代，我们学习知识主要是靠老师课堂上的讲授、图书馆的图书借阅，再有就是系里不定期举行的学术讲座。至于另一个汲取知识的重要渠道——学术期刊，那时还处于渐次创刊或复刊的阶段，出于一种知识饥渴，老师和学生对这个学术传播和交流的平台自是充满了无限的期待。在我的记忆中，《文学遗产》杂志 1980 年的复刊对高校中文系来说无疑是一桩最值得回忆的学术盛事，班上 48 人中至少有 10 人订阅了这个杂志，杂志甫到之日，大家争相传阅，景象极为热闹。我家境贫寒，无从致书以观，自然也就缺失了拥有这份杂志的快乐和幸福，只能是嗣后向同学借阅。复刊号承载了我作为一名通读过复刊号文章的普通学生太多的学习记忆，至今难以忘怀。

复刊号第一篇是闻一多先生的遗作《东皇太一考》，这是一个未竟稿。在读这篇文章之前，我对于闻先生的了解主要是他在现代文学史上的成就和贡献，其《最后一次演讲》《红烛》《死水》让我记住了这位民主斗士和诗人。而对闻一多先生作为学者和教授身份的了解，则是缘于任课教师李永祥先生在课堂上的绍介了。李先生是闻一多先生在西南联大时的学生，对闻先生的学问非常崇拜，在讲授古代文学作品时经常称引闻先生的观点，比如讲汉代辛延年的《羽林郎》一篇，其"不意金吾子，娉婷过吾庐"一句，李先生说"金吾子"要读"金吾（yá）子"，"娉婷"是"金吾子"作女儿态。讲罢肩头突地一耸，一脸庄重，深情地强调这是闻一多先生的说法。讲得多了，李先生口中的闻先生就给了我这样一种印象，他的教学不只是知识的传授，更有一种研究意识的灌输和培养。当读到《东皇太一考》时，对闻先生的这一印象仿佛又回荡在我的脑际。关于东皇太一，自古就有多种说法，而闻先生则提出了另一种看法，他认为东皇太一即伏羲，他说在苗族传说中，伏羲为人类始祖，也是天神。后楚人移居苗地，接受了苗族的信仰，故而把伏羲当作始祖和天神来祭祀。虽然那时限于知识和能力，难以判断闻先生的说法是否有其合理性，但闻先生的这一研究却如现身说法，告诉我们研究是怎么一回事，即研究不是重复和继续过去的知识，而是在过去知识的基础上提出新见解，建立新知识。

接下来读林庚先生的《〈天问〉中所见上古各民族争霸中原的面影》、季羡林先生的《印度文学在中国》、夏承焘先生的《读词随笔》，则给了我另一种体会。《天问》是屈原作品中最难懂的篇章，本科文学史课程老师一般不作文本解读，加上自己历史、哲学知识浅薄，所以当时读林先生的文章很吃力，不得不去找游国恩先生的《天问纂义》来看，希望读懂文本之后再来读文章，哪知游先生的《天问纂义》也不是那么容易看懂的，翻了几页感觉云里雾里的，只得作罢。此次虽然没能顺利地读懂林先生的文章，却让我领略了中国文学的"精深"，感受到了认识它的艰难，同时也量出了我的认知距林先生等前辈是何等的遥远。季羡林先生的《印度文学在中国》，据其按语，是他"讲课时发给同学作参考用的"，对于中文系的学生来讲，在当时的知识背景下，可以说是第一次接触到了域外文学与中国文学的关系问题，有一种莫名的新鲜感。季先生从曹冲称象开始，梳理了史书、小说、杂文、变文中的一些故事与佛经故事的渊源，展示了印度文学对中国文学的深远影响，让人大开眼界，切切实实地感受了一场现场教学的洗礼，兴奋不已。后来我的博士论文选择佛教与中国文学关系的研究，正是得益于季先生所开启的这扇知识窗户的启迪，看来这也是学术上的一种缘分。夏承焘先生的《读词随笔》是谈词的古为今用的问题，即"今天的新文学怎样从词身上找到有益的营养和借鉴"。他谈了两个问题。一是关于形式，他说："词体出于'胡夷''里巷'，它却能统一两者而自成新体"，"两者交融合流之后，便无从辨出它们的同异"。"我们也需要统一'自由诗'和'歌谣'两体而创造出另一种新体诗，唐宋词的形成，正是'前事之师'"。二是关于辛弃疾，他说："我们今天本着'批判继承'和'古为今用'的精神，从辛弃疾身上，可以学习两点。第一是他的勇于实践的精神"，"其次，我们要学习辛弃疾在文学创作上大胆尝试和勇于攀登的精神。他能够感觉到时代的脉膊，并紧紧地把握住它，把它溶入他的词中"。夏先生本人就是著名词家，他从词的研究出发所提出的这两条创造新诗体的建议，明显是针对现实的文学创作而发，对一种新诗体的出现充满了期待，可以说是从一个学者和作家的立场对未来文学发展寄予了殷切的希望。所谓道不远人，与古为新，夏先生之言，实为得之。

姚雪垠先生的《论〈圆圆曲〉——〈李自成〉创作余墨》，是他创作历史长篇小说《李自成》之际写的一篇学术论文，主要讨论吴伟业《圆圆曲》与陈圆圆相关的史实问题。当时姚先生的小说《李自成》正风靡大江南北，极为轰动，所以他写的《论〈圆圆曲〉——〈李自成〉创作余墨》在学界就格外引人注目。姚先生认为，吴伟业《圆圆曲》具有传奇性质，其所写故事与史实并不相符，论文中引用了大量史料进行论证。虽然后来他的观点引起了一些争议，但当时的我对他的这篇文章却是无比敬佩，觉得姚先生对明季清初的相关史料实在是太熟悉了，这大概与他创作《李自成》时对材料的收集和掌握程度有

相当的关系。当然，姚先生对《圆圆曲》的考察研究，最重要
的还是他使用的以史证诗的方法，使我意识到了诗歌阅读必须
要注意到它与相关史料之间存在的深刻联系，由此对诗义才会
有更深入的领会。

　　相形之下，王季思先生的《从〈凤求凰〉到〈西厢记〉兼
谈如何评价古典文学中的爱情作品》讨论的话题似乎更容易引
起我的阅读兴趣，这大概与我们学生这个年龄层次对爱情话题
强烈的好奇心有关。王先生的文章讨论的是诗歌、戏曲中的爱
情题材问题，他从司马相如《琴歌》二首（《凤求凰》）谈到
了卓文君的《白头吟》、李白的《白头吟》、元稹的《决绝词》
三首以至王实甫的《西厢记》，肯定了古代文学优秀作品中的爱
情表达。从他后面对爱情问题的总结来看，可知其立意与同期
徐朔方先生的《〈红楼梦〉爱情题材的评价》是一样的，都是希
望通过自己对文学作品中爱情问题的研究来破冰开局，廓清过
去一些错误观念在学术界的不良影响，在当时来讲无疑具有相
当的学术指导意义。王运熙先生的《刘勰对汉魏六朝骈体文学
的评价》、杜书瀛先生的《李渔论戏剧真实》以及徐永端先生的
《谈谈李清照的〈词论〉》，是文学批评方面的文章。这几篇文
章有一个共同的特点，即在探讨问题的同时，都表达了一种摆
脱旧时思想干扰、回归学术研究本位的强烈愿望和呼声，立意
颇同于王季思、徐朔方先生的文章。如王运熙先生说："有些文
学史研究者认为魏晋南北朝骈体文学的创作倾向是形式主义，
而刘勰则是反对形式主义的。这种看法于刘勰对汉魏六朝骈体

文学的评价似乎缺乏全面的了解，值得商榷。"关于李渔提出的"人情物理"，以前有学者认为是"宣传封建道德"，杜书瀛先生则认为应该实事求是地对之进行讨论，不能简单化地作形而上学的批评。对于李清照所说的"歌词分五音，又分五声，又分六律，又分清浊轻重"，学界有斥其为形式主义者，徐永端先生对此表示了不满。他说："可惜我们后来出的一些文学史又偏到另一方面去：把讲究音律说成毫无意义的事，说成所谓'形式主义''格律派'，把'婉约派'打成'逆流'，统统是该批判的对象，这又不对头了。"当时国家正处于思想解放、拨乱反正的时期，青年人的思想正在发生深刻的变化，读到这样的文章，真可谓是"夫子言之，于我心有戚戚焉"。

对葛晓音先生的《陶诗的艺术成就》一文，我则是带着一种追星的心情去读的。葛先生当时是北大中文系研究生，可以说是我们这一代人的样板级人物。她对陶诗艺术成就的分析和研究，算得上是至细极微，其间又每每透露出极高的体悟和洞察能力，如对陶诗"带月荷锄归"和李白诗"山月随人归"的对比分析，葛先生说："两人诗中的人和月都有情，但'带'字重在写人之情，人比月主动，'随'字写月之情，月比人主动。相比之下，'带'字兴味似乎更浓一些。"这样的分析，可谓擘肌分理，能够充分领会陶诗独特的艺术魅力之所在。用今天的话来说，葛先生的研究实际上就是一种在文本细读基础上对文本内涵和艺术表现的开掘，具有阅读和研究的双重示范意义，这对于走在古代文学求知途中的我来说，实有一启蓬心之效。

复刊号还登载了一些短文，诸如湛之的《唐代诗人李敬方事迹辨正》、新合的《"长车"考》、富寿荪的《读唐诗随笔——秦韬玉〈贫女〉诗》，读来也饶有兴味，很长知识。这些文章均是着眼于解决文学史上某一个具体的小问题，采用的基本上是传统的考据方法，结论新颖，信而有征，如新合的《"长车"考》。岳飞《满江红》"驾长车"之"长车"，历来均解为"战车"，新合先生据《左传》杜注、《说苑》、《周礼·考工记》等材料，提出"长车"即古之"长毂"，"是一种爬山打仗的战车"。那时文献检索不如今天便捷，研究者完全是靠阅读来掌握文献，面对问题皆是研究者依凭积累的知识来解决，所以当时我们读到这类文章，自是不敢小觑，眼里都透着一份敬佩。

最后读到的是郭维森师的《论鲁迅研究文学史的观点和方法》一文。这篇文章属于学术史研究的范畴，当时之所以想读它，主要是缘于一个中文系学生对鲁迅先生的膜拜，想看看鲁迅先生除了思想家和文学家的贡献外，在学术研究方面又取得了哪些成就。然而郭师的文章却超出了我的这个预期，它不只是鲁迅学术成就的一个呈现，更主要的是对鲁迅研究古代文学史的观点和方法的认识和提炼，重在为现实的文学研究提供指导。其中印象最深的是郭师的这样一段话：

　　鲁迅研究古之作者，一方面掌握详尽资料并作必要的考证，另一方面又决不为死材料所局限，而重视以生活经验相印证。鲁迅常说评论作者要"兼想到周围的情形"。知人贵在知心，把握住那个时代的脉搏，想象出当时生活的画面，才能洞见古人的心思。研究一个时期的文艺是如此，研究一篇作品也是这样。

说来也巧，十余年后我有幸成了郭师的学生。在和他平常的交谈中，郭师也是强调做学问不要钻进故纸堆里出不来，应该把眼光投向广大的社会人生，书理往往就藏在世理之中。看来郭师在文章中说的话，就不仅仅是诠释鲁迅先生为学的方法，同时也是郭师本人治学经验的一个总结。

我后来一直从事中国古代文学的教学和研究工作，虽说选择这个职业未必与这次阅读经历有直接的关系，但这些前辈所做出的光辉示范，无疑是引导我进行教学和研究工作的旗帜，惠我极多。如今，复刊号上的前辈们大多已归道山。今天写下这些文字，算是一个后学献上的一份谢意吧。

[作者单位：中山大学中文系（珠海）]

早年在《文学遗产》
三次发表文章的经历

胡传志

　　如果从读硕士研究生算起，我关注《文学遗产》杂志、与之结缘已经接近 40 年。回首过去，我走上中国古代文学研究之路，与《文学遗产》编辑部对我的引导和扶持是分不开的，当我还处在摸索的早期时，这种扶持显得尤为重要和难得。

　　我的名字第一次出现在《文学遗产》上是 1988 年。当时我还是四川大学硕士研究生，在撰写王安石诗歌研究的学位论文过程中，阅读深受王安石赏识的青年才俊王令的诗歌，发现上海古籍出版社出版的《王令集》中有《岁暮呈王介甫平甫》等6 首诗歌，应为王安石妹婿朱明之（字昌叔）所作。初生牛犊，无所畏惧，我把这一小小的发现写成三四百字的短文寄给《文学遗产》编辑部，有幸被采纳，刊于 1988 年第 2 期。虽然只是一块豆腐干大小的补白，我后来也有点羞于示人，怕被人讥笑不是论文，但对我而言，仍然不失为一个激励。1997 年出版的《全宋诗》卷五一六《朱明之集》已经将《王令集》中所收这 6 首诗收入其中（但又见于《全宋诗·王令集》），从侧面印证了我这则札记的正确性。

我在《文学遗产》发表专题研究的论文要到 1994 年。1993 年 7 月，我自南京大学中文系博士毕业，答辩之后，将毕业论文打印本中的最后一章《〈中州集〉的流传与影响》复印一份，用钢笔勾去章、节等字样，就直接寄给《文学遗产》编辑部。两三个月后，收到录用通知，非常激动，没想到如此顺利。当收到 1994 年第 3 期样刊，看见半页纸的通栏竖排标题时，眼睛一亮，顿时觉得拙文随之变得高大上了，又窃喜多日。该文后来又被《中国古代、近代文学研究》1994 年第 8 期复印转载。当时，我不认识《文学遗产》编辑部任何一位老师，与编辑部老师没有任何交往，一个地方院校的年轻学者，能在《文学遗产》上发表论文，体现了该刊不存在职称歧视、学校歧视，以文章质量为录用标准、扶持年轻学人的办刊取向。拙文末尾未署责任编辑之名，几年后，我向陶文鹏先生打听，才得知责任编辑是王毅老师。陶先生说，王毅老师是编辑部有名的高手，很有水平，很有思想。后来，在山西一次学术会议上，终于有幸见到王毅老师。他 1.8 米以上的身高，让人仰望；和善的笑容，让人感到亲切；渊博深刻的学识，又让人敬佩。等我再见到他时，他已经从《文学遗产》编辑部调到哲学研究所了，如今，已经很多年没有他的消息。

4年后，我再次在《文学遗产》发表论文。1997 年暑假，我收到业师邱俊鹏先生的来信，邀请我到四川参加苏轼学术研讨会。我于苏轼缺乏研究，邱老师当时是中国苏轼研究会会长，我能接到邀请，毫无疑问是老师在提携我、鼓励我。我硕士生毕业也已将近 10 年，一直没有机会回四川大学拜望邱老师和段师母，没有与同学们相聚，所以很希望借参加会议之机，重回母校。而我那时还比较年轻，不能不提交论文就去"蹭会"，也不能写出很蹩脚的论文，有损老师的声誉。面对 8 册《苏轼诗集》、6 册《苏轼文集》、3 册《苏轼词编年校注》、5 册《苏轼资料汇编》这些基本文献，如何是好？一时陷入焦虑之中。有一天，突发灵感，类似脑筋急转弯，何不在我所熟悉的金代文学中找出一个与苏轼相关的话题？最终花了一个月左右的时间，完成《"苏学盛于北"的历史考察》一文。但毕竟仓促成文，信心不足，不知道"画眉深浅入时无"。未想到参会期间，先后得到邱俊鹏师和薛瑞兆等先生的一致称赞。会后，我又作了些修改，大概在 11 月份投给《文学遗产》编辑部。次年 2、3 月份的某一天，同时收到《文学遗产》编辑部寄来的两封书信。拆开后，才知道都是《文学遗产》副主编陶文鹏先生所写。第一封信大意说：大作已阅，我觉得甚好，已送主编签阅。第二封信大意说：主编已签发，祝贺。两封信都只有寥寥数语，每个字都龙飞凤舞，末尾都有大大的"握手"二字和陶先生的签名。这连续两封信，不仅体现了《文学遗产》编辑部处理稿件效率之高，还特别体现陶文鹏先生扶持年轻学者的热情之高。

《文学遗产》是古代文学研究界的标志性专业性刊物，历来享有很好的口碑。我与许多古代文学研究者一样，将在《文学遗产》发表论文当成一个重要的目标，不仅作者本人以在《文学遗产》发表论文为荣为傲，甚至他人也将之视为其是否进入古代文学研究界的标准之一。虽然说论文的价值不取决于所发表的刊物，但在论文数量越来越多、刊物越来越等级化的时代，高级别、高质量的刊物往往具有了评判论文价值的作用。2000年以后，我又在《文学遗产》发表《日课一诗论》等多篇论文，争取今后能继续在《文学遗产》上发表新的研究成果。

［作者单位：安徽师范大学中国诗学研究中心］

我和《文学遗产》的缘分

田玉琪

很小的时候我就喜欢古代文学，长大后，由于多方面原因，读书求学之路颇多坎坷。真正算走上学术研究道路，还是在浙江大学西溪校区中文系读博期间，当时学习氛围非常好，每天和寝室同学有非常固定的作息时间，而且十几分钟就可以漫步到西湖，学习生活既紧张又愉快。因为年龄较大的关系，读博期间，努力写了几篇小文章，鉴赏、论述的都有，共发表了五六篇。每发表一篇，都有一点小小的喜悦。其中最大的喜悦还是来自《文学遗产》的用稿通知。

那是 2001 年"十一"后的一天，应是在周六，下午我一个人去了趟保俶山，回西溪校区时已 4 点多钟，就先到中文系办公室旁边的信箱取信。我们每个年级有自己的信箱，我们的信箱叫"99级古代文学博士生信箱"。当时，不像现在，写信还是最主要的方式。而能给我写信的，主要在两方面，一是当时在武汉的夫人，二就是学报编辑部了。对这两者，我都是格外的期待。打开邮箱翻查信件，《文学遗产》编辑部的来信赫然在里面。当时感觉既紧张，又平静。这篇稿子已经投出去半年多，现在的回复或为退稿，或为录用，而以为退稿的可能性会更大些，所以需要更平静淡然。快速撕开信封，取出里面的A4信纸，《文学遗产》的用稿通知和主编陶文鹏先生的亲笔，都在上面了。现在这个用稿通知依然完整，保存完好：

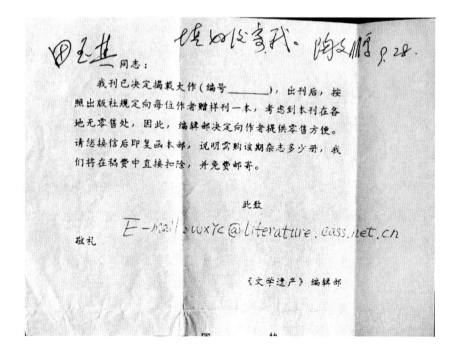

当时瞬间就心潮澎湃了，因为过于激动，出门时，门关得很快（应是铁门的关系），手却不知怎的收回得慢，我的右手食指硬生生地被铁门狠狠地挤压了一下，顿时产生一种爆裂的剧痛。"乐极生悲"四字浮上脑海，赶忙用口吸，再用冷水冲，感觉不用上医院，就回宿舍了。后来有多天，疼并快乐着。

由于家境原因，我学术研究起步较晚，但对自己依然很有期许。虽然这是一篇很小的文章，并且因为是"札记"，最后也并没有上《文学遗产》的目录。但它却是我学术研究的新起点，它让我看到了学术研究的前途，看到了希望和光明。

工作之后的前几年，又给《文学遗产》多次投稿，两三年中有近十来次吧，但都是退稿。由于当时《文学遗产》收稿要回信，退稿也要回信，我收到的《文学遗产》回复的信件真有不少。说实在的，文章没写好，频繁地打扰编辑们，真是惭愧！后来因要和刘崇德老师一起编《谢无量全集》，我将谢无量先生在民国时期出版的著作基本都买了下来，并多次到国家图书馆查阅资料，最后撰成《谢无量古典文学研究的成就与特色》一文，在2010年第4期《文学遗产》刊发，很荣幸和刘跃进先生的《刘师培及其汉魏六朝文学研究引论》在同一专栏。这一期刊发之前，我收到的是《文学遗产》非常精致的带有雕花图案的用稿"证明书"。

《文学遗产》的审稿用稿，给我最大的印象是，只要文章有创意，会尽量提携帮助作者。如果两名通讯评审专家不完全否定的话，编辑会让作者努力完善稿件，同时也会让作者对质疑意见发表自己的看法。最近在《文学遗产》发表的小文《以"韵"为核心的唐宋词调字声组织》，自我感觉是多年来最好的研究成果了，对唐宋词调的字声问题给出了一个简明的规律，对以往的相关研究或许是一个颠覆吧。文章写好后，曾兴奋地写下四句诗："星河流转千帆舞，烂漫繁花各自殊。若问词家烦恼事，如今平仄变通途。"这篇稿子投给《文学遗产》后，一位评审专家提出了很多的质疑意见。这些意见有不少是非常合理的，为我的修改完善提供了很大帮助。这里，我要特别感谢《文学遗产》的评审专家们，他们的敬业精神让我敬佩感动，他们无私地提供一些个人的思考给编辑部，从而帮助了作者。我的多篇文章，都有评审专家的意见在里面起了作用。从这个角度来说，《文学遗产》更多的时候是良师、是益友。当然在审稿专家的质疑意见中也有某些观点性意见我不能赞同，为此，也写了很多情况说明，返回给了编辑部。很幸运，编辑部最终没有给我否定。

现在我手上珍藏的《文学遗产》用稿"证明书"有4件了，这是我学术生涯中，完全不敢想的事情。看着这4份用稿证明，既有不少骄傲之情，更多的是对《文学遗产》深深的感激之意，能够遇上《文学遗产》，是我人生极大的幸运。

[作者单位：河北大学文学院]

《文学遗产》
让我深刻理解了"守正创新"

刘　宁

　　《文学遗产》即将迎来七十华诞，我感到非常激动。对我而言，《文学遗产》绝不是一份普通的刊物，而是受教极多的良师益友。多年来，我不断学习《文学遗产》上的精彩论文，开阔了视野，和学界师友有了丰富的交流。在向编辑部投稿的过程中，遇到的每一位编辑老师，都非常耐心细致，从文章内容到写作方式，都给我许多深入的指导。回想《文学遗产》带给我的丰富教益，我感触最深的，是如何坚持"守正创新"。

　　记得读博士时，我向《文学遗产》投稿，那是一篇关于欧阳修诗歌的小文。陶文鹏先生给我非常热情的鼓励，记得他回信谈完修改意见后，特别写道，虽然你的文章有这些问题，但能对欧阳修诗歌艺术做这样细致的分析很好。文学的问题很复杂，研究这些问题非常重要，值得用毕生的努力去探索。陶先生这番话给我很大的激励。毕业后我走上古典文学研究之路，经常在回味陶先生的教导。20世纪90年代以来，随着各种研究思潮的兴起，对文学研究是否要坚持文学本位，学界有了许多反思甚至质疑。陶先生一直态度鲜明地强调文学本位，多次说文学研究不要为别的学科"打工"。有的学者觉得他的想法有些保守，认为要突破旧的研究方式，就要打破对"文学"的执着。

陶先生在回应这些疑问时，强调了他坚持文学本位决非闭门造车，而是要有开放的格局。对陶先生所主张的开放，我体会很深。记得我曾撰写了《李白是浪漫诗人吗？——反思中国20世纪对李白的浪漫主义解读》一文，梳理和反思20世纪李白诗歌阐释与欧美浪漫主义诗学的关系。这篇文章关注的问题和分析的方法，都带有一定新意，一些师友感到不太理解。我怀着忐忑的心情在一次会议上发表后，陶文鹏先生热情鼓励我向《文学遗产》投稿，在根据评审意见认真修改后，文章顺利发表了，这让我对以中西互鉴的视野来理解古典文学有了很大信心。在古今中西开放的视野中，理解古典诗文艺术的文思奥秘，这是我非常向往的文学研究，而这样的向往与追求，与《文学遗产》的鼓励息息相关。

陶先生所说的开放，并不是要忘记文学的根本问题，而是在开放的视野中推进对问题的思考。在关注"文学本位"的争论时，我其实也有不少困惑，直到一次听陶先生细谈这个问题，才对他为什么坚持文学本位有了特别深切的体会。陶先生说文学研究者要有发现美、理解美的能力，我们有了这个能力，才能把古人文学创作中的美总结出来，才能帮助现代人培养和提高发现美、创造美的能力，从而提高全民族的审美素质。这段话令我很受震撼，深深感到对学术研究来讲，创新本身并不是目的，创新的目的是追求真理，是要有益于人心。中国古典诗文深厚的艺术精髓，需要认真发掘，这样的研究可以滋养现代人的心灵。学术需要创新，以往一些落入僵化套路的文学研究方法需要突破，但这不意味着要淡忘或者忽视文学所呈现出的那些深刻的问题，这也许就是学术"守正创新"中的"正"，是文学研究者在创新之路上不应忽视的根本。

我在自己的研究中，一直感到不少问题需要通过沟通文史哲来思考，但这种沟通要围绕诗文艺术的文思与脉理来展开。文思与哲思的沟通，可以更好地理解文思的创造；文史的结合，则可以理解文思出自怎样的社会背景与创作环境。在多学科的沟通与交流中体味文思的精微之处，这样的思考让我感受到很大的研究之乐。我有幸在《文学遗产》上刊发的关于杜甫五律的诗史品质、叙事与欧阳修散文"六一风神"的关系等小文，都体现了这样的努力。这些思考得到了《文学遗产》的热情鼓励，更坚定了我进一步这样做的信心。

《文学遗产》对经典研究的持续关注，也给我很大的启发。刘跃进老师一直重视经典研究，他多次阐发经典研究的意义，对具体的经典研究也给予许多支持。《文学遗产》始终关注引领学术发展，汇聚着学术的前沿探索，古典文学领域所有新的探索，都在《文学遗产》上得到呈现。但在这个过程中，它始终关注经典作家与经典作品的研究。20世纪80年代以来，学界普遍强调要以整体的眼光认识文学的时代发展，对较受忽视的中小作家，也要给予关注；综合性的群体研究、文学演进研究受到更多重视。这样的研究取向有更整体性的视野，为文学史研究打开了许多新的空间。我自己也深深受益于此。在《唐宋之际诗歌演变研究》《汉语思想的文体形式》等小书中，我都希望以整体的视野来思考文学史与文章演变的问题；但是，我也深深感到，在历史上产生深远影响的经典作家及其作品，其所呈现的问题有很重要的意义。如何将新的研究视角和方法融入经典研究，将群体研究与文体研究的丰富探索与经典作家作品的分析深入结合，是很有吸引力也很有挑战性的课题。在这一点上，我同样得到了《文学遗产》的鼓励。我的关于杜甫、李白、韩愈、欧阳修等经典作家的小文，被《文学遗产》采纳。特别是近十几年，我把思考的重心集中于古文宗师韩愈，希望以贯通文史哲的视野解析韩愈古文的文脉与思理，小文《韩愈狠重文风的形成与元和时期的文武关系》有幸被《文学遗产》（2022年第1期）采纳发表，《新华文摘》和人大报刊复印资料转载，让我很受鼓舞。2023年我出版了关于韩愈的小书《同道中国：韩愈古文的思想世界》。这本小书写了很长时间，回想思考韩愈古文经典一路走来的酸甜苦辣，内心十分感慨。在学术好尚不断变化的时代风气里，要专注思考经典问题，会面临许多挑战。经典所呈现的很多重要问题，很可能不是一时之热点，这让我对坐冷板凳的含义有了更多体会。很感动的是，多年来，无论风气如何变化，我总是不断在《文学遗产》上读到经典研究的精彩作品，看到许多师友始终关注经典、钻研经典，心中十分温暖，也增添前进的动力。

《文学遗产》对学术创新的推进，是在尊重传统的基础上展开的。几十年来，它对文献的重视、对严谨求实学风的倡导始终没有改变。我尤其感受到《文学遗产》的守正创新精神为维护人文研究的传统、赓续中华文脉发挥了重要作用，付出了艰辛的努力。

古典文学研究以人文研究为本。近 20 多年来，社会科学迅猛发展，对整体学术环境产生重要影响。人文科学吸收来自社会科学的影响，可以打开新视野，形成新方法，这是很有意义的；但另一方面，日益社会科学化的学术环境，对人文学术的研究，也有不利的影响。人文科学和社会科学多有不同，人文研究强调研究者对文本与文献的独立体悟与思考，凝聚着研究者的生命体验与社会体验，有着强烈的个性化色彩；所关注的问题，往往十分多样，有一时风会所聚而引发众多关注的课题，也有虽一时关注不多却有永恒吸引力的经典问题；研究方法更不必处处依托通行的范式。这些都与社会科学的研究有明显差异。

古典文学研究固然可以吸收社会科学的影响，开拓视野和方法，但它不能也不应彻底社会科学化。古典文学研究的精神意义和社会价值很大程度上要靠人文研究的特有方法来发挥、来实现。然而人文研究的传承弘扬，当前面临不少挑战，例如当前刊物评价方式，很多地方适合社会科学研究，但并不利于人文研究，十分流行的影响因子这个指标，就很不适合用来评价人文学科的学术成果。在这样的风气中，《文学遗产》要传承发扬人文研究的价值，就要付出更艰辛的努力。人文研究对赓续中华文脉有极其重要的意义，《文学遗产》不为时风所左右，呵护人文研究传统，让古典文学的精神魅力与艺术魅力得到代代相传，积极促进当代文化建设，如此赓续中华文脉的卓越努力，真可感佩！

在 70 年岁月里，《文学遗产》关心鼓励了无数学人，回想它对我的许许多多启发与帮助，内心充满感动。其中，它所坚持的"守正创新"给我的启迪最为深刻。值此《文学遗产》七十华诞之际，衷心祝愿《文学遗产》越办越好，以守正创新精神不断推动古典文学研究开拓新的境界。

［作者单位：中国社会科学院文学研究所］

为了古代文学研究事业的永续

徐雁平

《文学遗产》诞生 70 年，是全体古代文学研究者闪耀荣光
的时刻。阐释这一时刻丰富的意义，应该不止于推扬和肯定，
还应回顾历史，考察并体味这一著名学术刊物在古代文学研究
领域如何凝聚、传承与开拓学界的能量。以此为出发点，我们
不能孤立地审视刊物上单篇的文章，还要动态地考察刊物上一
轮又一轮的文章，思考文章背后的时代浪潮与古代文学研究的
内在动力。

在古代文学研究领域中，每位研究者参与《文学遗产》建
设的方式各异。就发表数量而言，我在这份专业刊物上只发表
过 3 篇论文，是《文学遗产》的"低产作者"。然事情可不只是

3篇论文那么简单，《文学遗产》对我的学术工作的意义和学术视野的打开，有特别的意味。

多年前，我在校读博时，有一次听张宏生老师谈及，有好事学生统计过南京大学古代文学学科师生当年在《文学遗产》发表论文的篇数，这个数量在全国高校中表现如何如何。我初步感知到，《文学遗产》暗含着衡量学科发展水平的一项指标。2002年春，我博士毕业留校任教，随张伯伟老师参加一些来访学者的接待工作。席间，张老师特别提及，文章不要多写，一年能写出2篇满意的文章，在理想的刊物上发表就很好了。此后，在南大古典文献研究所，我也听周勋初先生谈起不少学术掌故，其中有一说印象颇深。周先生说，和北京、上海相比，南京是个"小码头"，但我们不能做地方学者，要做全国性学者。后来参与整理程千帆先生书信，知"地方学者"一说，程先生也多次提及。贯通而言，那就是一个向上的学人，应致力于写出令人满意的文章，在《文学遗产》这样理想的刊物上亮相，最终将自己磨砺成全国性学者。这个道理直白而有力，也是当下研究者奋进的正轨，可惜，我领悟较晚。

我真正理解老师和前辈对《文学遗产》的看法，始于一次较特别的工作。2008年，教育部社会科学委员会组织编写《中国高校哲学社会科学发展报告（1978—2008）》（广西师范大学出版社2008年版），其中文学卷由丁帆、徐兴无主编，中国古代文学部分由我承担（苗怀明写小说研究部分）。经过2个月时间的资料调查（包括进期刊库、书库翻检、复印、拍照），对改革开放以来中国古代文学研究 30 年的大致发展情况，终于从文献层面和学术史角度有了较为完整的认识，最后提交的定稿超过 10 万字。在这份专题调研报告中，我发现，《文学遗产》在发起学术问题讨论、组织专题研究论文及发表有学术涵量的论文等方面的贡献，在诸多学术刊物中位置突出。利用关键词检索这一回顾性的报告，"文学遗产"出现凡 52 次。对于这份大刊在推动改革开放后古代文学研究复兴与发展的功绩，我至此有了深刻的认知。同时，我也察觉到，这一专业刊物已成为专业研究的竞技场，个人或团体（包括群体）都以登上这个平台献艺切磋为荣。事实上，许多优秀的学者是从这个高起点的平台出发，逐步成长为全国性学者。

《文学遗产》当然是以挑选、刊发优秀专业论文为要务，然其事业不仅局限于此，它还承担了联络作者、学术单位以及培育研究群体等重要工作。换言之，在重视文章之外，《文学遗产》还关注更为长远的研究队伍建设。博士毕业后的两三年间，我们学科几位年轻人就曾跟随莫砺锋老师参与时任《文学遗产》主编的陶文鹏老师组织的编辑部聚餐会。莫老师这种让我们见世面的良苦用心，想必是传承程千帆先生"走出去"的培育方法，让我受益良多。不过，我在《文学遗产》发表文章，却又是好些年以后了。2011 年、2012 年，我接连在《文学遗产》发表《清代家集总序的构造及其文化意蕴》（《文学遗产》2011 年第 3 期）、《批点本的内部流通与桐城派的发展》（《文学遗产》2012 年第 1 期）两篇文章，得到同行认可。或许正因为此，《文学遗产》觉得我有进一步培养锻炼的必要，于是由时任编辑的张剑出面，邀我共同张罗"越界与融合：清代文学国际学术研讨会"（2014 年 8 月 15～18 日）。这是我第一次以主力身份操办小型国际学术研讨会，与会名单由张剑与我商量邀请，会议组织工作由我承担。2014 年 7 月 4 日会务组工作会议之后，我拟定"清代文学会务工作提示"，内容包括论文、会议手册（含日程）、接送、会议报到、会议招待、就餐等六方面 31 条注意事项。当时参加会议的硕士生吴钦根、刘仁、张真现在都是高校教师，吴钦根至今还保留这份琐细的"工作提示"，说有此提示和操办国际会议会务的经验，以后自己办学术会议心里就有谱了。组织会议，就是造就一个交流空间，使参会学者和会务组学生都能在做事中观摩、学习。在此，《文学遗产》长期组织、联合论文背后的学者群体，隐约具有近似古代文学学会的功能；而高校古代文学学科的学者，作为一名教师，工作也不只是教学生写论文，还要带领学生从事学术研究的周边工作。当代学术研究，是集体事业，需要各种各样的学术参与。通过做实事，一位学者、一个师生团队，才能逐渐融入学术研究群体。受益于新的学术趋向，我和我的学生也在不断趋向这一学术平台的过程中，看到更深广的专业研究世界。

2019 年适逢新中国成立 70 周年，《文学遗产》组织多个专题研讨会，其中"返本开新：明清诗文国际学术研讨会"（2019 年 11 月 1 日～4 日）由《文学遗产》编辑部与南京大学中国古代文学学科联办。这次会议意义重大，参加学者较多，因为是国际会议，操办难度增大，会务组也随之扩容，我的学生张知强、张何斌、尧育飞、刘文龙、曹天晓、潘振方、杨珂等都加入其中。从年初开始筹划，到 11 月会议召开，在编辑部和我们的共同努力下，会议开展得顺利圆满，也成为美好的学术记忆。

文化人类学者格尔兹尝举例论文化，以为"要演奏小提琴，就必须养成一些习惯，拥有某些技巧、知识以及天份，要进入表演的情绪状态"（《文化的阐释》，甘会斌、杨德睿译，译林出版社，2025 年，第 15 页）。将此说挪用到古代文学研究中，大体也能成立。只是格尔兹所说的技巧、知识、天份较易理解，而习惯、"表演的情绪状态"则因牵涉感受层面的内容，必须在与老师、同道组成的现场交流氛围中，才能真切感受到。这种现场交流的氛围，蕴涵研究方向的波澜，有研讨、批评的技巧，更有精神层面的感召，于古代文学研究而言意义重大。我想，《文学遗产》自有一套办刊、办会、物色并扶持青年学者的理念与方法，或者说有一种"存在于行为事件"（《文化的阐释》，第 13 页）的刊物文化。这一点，是《文学遗产》主办的会议所以别开生面的重要因素。当然，这也是我鼓励学生参与会务工作的重要原因。

上文提及《文学遗产》是以论文刊发、提供交流平台等方式推动古代文学研究，而运作刊物的编辑部有自己的事业观或文化理想，因而具有更高远的目标，那就是始终重视作者队伍的培养。《文学遗产》牵头组织的全国性青年学者读书会（如周秦汉唐文学研究青年读书会、明代文学研究青年读书会、清代文学研究青年读书会等）都有较大影响。衡量这些读书会的意义，势必要回到《文学遗产》1999 年第 4 期刊发的重磅文章——《一个期待关注的学术领域：明清诗文研究三人谈》（以下简称“《三人谈》”）上来。我在写改革开放中国古代文学研究30 年进展时，曾将吴承学、曹虹、蒋寅三位老师的《三人谈》作为明清诗文研究的“节点性学术表述”。《三人谈》对有待开拓和深耕的明清文学研究课题作了整体论说，然如何进一步耕作或超过预期，求得新发展，则要展开具体的工作。而 2014 年的“越界与融合”研讨会和2019 年的“返本开新”研讨会，可视为《三人谈》表述的阶段性呈现。而持续性的工作，在一年一度的清代文学研究青年读书会上，有更直观的展示。从清代文学研究青年读书会的系列活动中，我们更能看出《文学遗产》在培养扶持作者队伍方面的新动向。这些活动，也使我的目光从关注《文学遗产》的一篇篇论文，转向一群有潜力且冉冉升起的青年学者。

我以青年或“大龄青年”身份先后参加了 3 次清代文学研究读书会，分别是第二届（2017 年 1 月 7 日，江苏师范大学）、第四届（2018 年 8 月 15 日，安徽师范大学）和第六届（2022年 8 月 21 日，湖南师范大学）。这个小型读书会的优势在于主题相对集中，参加人数一般在 15 人左右，讨论时间充足，前辈学者、同辈学者均踊跃批评并提出建设性意见。其中两次读书会在徐州和芜湖举办，因离南京近，我安排博士生去旁听，而长沙会议，只带杨珂一人旁听。我也在学校组织硕博生读书会，然与清代文学研究青年读书会相比，前沿性、学术涵量及批评力度显然不够。在古代文学研究领域中，清代文学研究在重要问题的探求方式及研究技巧方面对研究者的要求更高，闭门造车势必越趋越前。带领学生旁听清代文学青年学者读书会，在捕捉与更新研究趋向外，我还希望博士生深入观摩比他们稍长的青年学者如何提出问题、解决问题，以期从"亲近的榜样"的研究过程而不是耀眼的名家论著中汲取营养。举例而言，几位博士生现场都听过潘务正在徐州会议上提交的论文《清代对立文风融合论》，也对现场讨论有些印象。该文后刊于《文学遗产》2018 年第 1 期。我在阅读的过程中，发现这篇论文较会议论文已有不小改动，于是组织硕博生研讨，看潘务正如何改进原稿。主持那次读书会的张知强得出如下结论：（一）结构方面，初稿侧重现象的呈现，定稿则压缩现象，侧重探究原因，论文框架因之重新调整，脉络更清晰；（二）细节方面，初稿罗列太多例证，定稿则严加挑选，以"清代对立风格融合"为例，初稿用一章论述，定稿减为一段，但主要的例证，即四大诗论家（王士禛、沈德潜、袁枚、翁方纲）的观点仍予呈现；（三）比较学习启发甚多。如定稿有意识地吸收修改意见，该重写的地方重写，修改时，力图往更深、更高层面思考和提升，如文中"清代文学自性的建构"的提升就很典型。这样的总结，很有启发意义。若无现场旁听会议的感受与印象，张知强的体察也不会如此细微。对旁听博士生而言，收获如此明显，参与读书会的青年学者想必更有切身体会。这种比较、总结与转化，并非简单地揣摩，而是一种专业性的探究，代表了《文学遗产》主导的古代文学研究所走的高、精、尖专业路线。或受清代文学研究青年读书会以及潘务正论文比照分析会的启发，此后我们在读书会中也加大了批评和分析论文批评的力度，以便更好地将个人创造与群体讨论相结合，促进博士生和我的共同进步。

"周虽旧邦，其命维新"，《文学遗产》在 70 年间，积累了丰厚的传统，却始终是常为新的。它不断更新自我、砥砺前行的姿态和作风，令我受益匪浅。更让我感佩的是，《文学遗产》重视论文，然而目光却并不局限于论文，它始终能脚踏实地，与时俱进，为青年学者和在校博士生创造条件、提供机会。人能弘道，在发表优秀论文之外，培养与扶持青年学者，造就全国性乃至世界性学者，更可见《文学遗产》的远见和实践能力。倘若套用一句马克思的名言来形容《文学遗产》之于学界的推进之功，那便是：《文学遗产》的"事业并不显赫一时，但将永远存在"。

[作者单位：南京大学文学院]

《文学遗产》的两条"规矩"

张　剑

2005 年 4 月 15 日，我从首都经济贸易大学正式调入中国社会科学院文学研究所《文学遗产》编辑部工作；本来 2004 年即应入职，但因该年我获评为北京市优秀教师，被原单位慰留，故先在编辑部见习 1 年；这样，至 2018 年 10 月调往北京大学时，我在编辑部实际工作了 14 年多。

如果问我在这 14 年中，对编辑部的哪些方面感受最深，我的回答是，这是一个真正能够为学术共同体服务并推进学术发展的编辑部。我的衡量标准主要有二：一是编辑部如何要求自己的编辑，二是编辑部如何对待作者。《文学遗产》编辑部在制定了相当健全的各种规章制度之外，还有两条不成文的"规矩",恰好与之桴鼓相应。

一是低调做编辑。《文学遗产》自 1954 年创刊以来,一直在古典文学研究界保持着权威地位,编辑们分享了她的荣光,也常被学界高看一眼。但是,我们心里清楚,学界的抬爱更多是因由这份杂志而来。因此,新编辑入职后的一年内,一般不能外出开会,而是在编辑部熟悉各种流程,感受编辑部的风气和传统,培养虚心为学术共同体服务的意识。刘跃进老师戏谓之:《文学遗产》的编辑要先学会"夹着尾巴做人"。2004 年下半年,我在见习编辑期间,曾随业师陶文鹏先生外出开过两次会。2005 年 4 月调入后,编辑部主任李伊白老师就找我谈话,大意是以前你尚在见习,有些话不方便直接说,现在你已正式入职,先别忙着放飞自我,要安心在编辑部认真学习 1 年。所以,直至 2006 年 6 月,我才受编辑部委托外出参加学术会议。这一年里,陶文鹏老师的热情浪漫,刘跃进老师的谦和稳重,李伊白老师的爱岗如家,竺青老师的认真不苟,马丽老师的乐观能干……都对我有着潜移默化的影响。

二是倾心对作者。当年我应聘编辑部时,主编徐公持先生曾问及我对《文学遗产》的印象,我冲口而出的就是编辑部对作者的友好和扶植。的确,《文学遗产》在建设作者队伍方面,既注意尊重和团结老一辈学者,又注意培养中青年学者,一代代学者与我们结下真挚而深厚的友谊。特别是对年轻学者的擢拔,使《文学遗产》的作者队伍一直保持着新鲜的活力。刘跃进老师担任主编期间,《文学遗产》主办过若干个青年学者读书会，至今在学界仍有较大影响力。而且，《文学遗产》一直保持着对研究生稿件开放并积极采用的姿态，给予莘莘学子以莫大的鼓励。作为古典文学研究的龙头杂志，这一不唯身份、唯问质量，面向未来、服务学术的做法赢得了学界发自内心的认可。

"低调做编辑，倾心对作者"——与其说是《文学遗产》的两条"规矩"，不如说是其宝贵的传统。我从中获益良多，并且坚信：学术编辑的本职工作当然是为作者和学术服务，躬下身来，正是为了蓄力推动学术的进步；同样，学术的发展，也离不开那些既有学术眼光和判断力又有自觉服务意识的编辑。这样的编辑，才可以真正以学缔交、以文会友，不致过分仰仗身后的"金字招牌"。

我在《文学遗产》工作的日子，遇到许多可敬可爱的人，经历许多可书可传的事，一时无论如何是说不完的，还是留待她八十、九十、一百周年纪念时再陆续讲述出来吧。这篇千字文，权作开场的楔子。

［作者单位：北京大学中国语言文学系］

求学路上的良师益友

周兴陆

人的成长，需要老师的教诲、亲友的提点，就像草木抽芽，得东风轻抚、春雨潜润、阳光煦育，才能长得茁壮。我在探求学问的 20 多年里得到了许多老师朋友的栽培和鼓舞，指示正道，点醒愚顽。《文学遗产》也是这样一直伴随我在求学路上成长的良师益友。

我于 1989 年夏 18 岁中师毕业回到原来的初中学校任语文老师，那时教学任务重，条件也比较艰苦。自己还在求学的年龄，不甘心就这样放弃学业，于是自学汉语言文学。其实对学问、对人生都是懵懵懂懂的，不知道前面的路。学校没有图书资料室，好像是 1991 年学校允许每位教师订一份杂志，于是我订了全年的《文学遗产》。当时几乎没有什么课外书籍，教材之外，陪伴我的就是这几期《文学遗产》了。记得那时有一栏"博士新人谱"，介绍徐志啸、汪涌豪、王能宪、刘跃进、吴承学等先生的博士论文。内容看得不太明白，读他们亮丽的求学简历，我的意识深处似也延展了一条通往学术殿堂的路。那年4期上的文章我都反复阅读过，印象或深或浅。我后来的硕士学位论文题目是《传统杜诗研究的基本模式》，现在想来也许是因为读过谢思炜先生发表于1991年第3期的《杜诗解释史概述》而萌生的念头。

1994年秋负笈武汉，在华中师范大学跟随赖力行老师读古代文论硕士，之前5年大部分精力用于教书，读书少，底子薄，因此格外珍惜重新做学生的机会，抓紧时间读书。坐在文学院阅览室捧起几年不见的《文学遗产》，像是与当年教过自己的老师久别重逢，倍感亲切。我在赖老师的指导下研究杜诗学，二年级暑假借了一本金圣叹《杜诗解》回家看，回校后写了一篇论文，自己觉着有点儿心得，就无知无畏地投给了《文学遗产》，连底稿都没有留一份。在焦急中等待将近3个月，真的等到了编辑部陶文鹏先生的用稿通知。从《文学遗产》虔诚的读者一下子转成了作者，当时的惊讶欣喜之情至今记忆犹新。编辑先生把拙稿题目改为《金圣叹杜诗批解的文学批评学透视》，发表于1998年第3期，那时我博士一年级，但接受拙稿是在读硕士时。发现新人、培养新人，是《文学遗产》一贯的特点，此前与此后都刊发硕士生的文章，这是刊物的常态。但这份幸运降临到我身上，那是多么巨大的精神激励啊！似乎我与"博士新人谱"里的学术明星们的距离拉近了。

　　博士阶段我在黄霖老师指导下研究 20 世纪中国古代文学学术史，在复旦大学图书馆的过刊阅览室一遍又一遍地翻阅早年的《光明日报·文学遗产》和后来的专刊。拂去尘埃，一部鲜活的古代文学学术史立体地浮现在我面前。从副刊到专刊，经历休刊和复刊，从季刊改为双月刊，因经济困难又曾改为季刊，《文学遗产》70 年见证了新中国波澜壮阔的历史，与新中国同呼吸共命运，参与并引导文史学术的当代发展。几乎所有古代文学研究重要话题的研讨，都有《文学遗产》的参与，特别是在 20 世纪 50—60 年代，关于《胡笳十八拍》的作者，对于山水诗、陶渊明、《桃花扇》的评价等话题，多是由《光明日报·文学遗产》发起的。特别是 1956 年 7 月连续发表几组《笔谈"百家争鸣"》，20 余位研究古典文学的专家学者，满怀信心地畅想"双百"方针下古典文学研究的前景，今天读来都振奋人心。1985 年《文学遗产》还组织了关于"当前古典文学研究与方法论问题"的笔谈，1986 年开展征文，发表了数十篇关于宏观研究的文章，具有引导学术范式转型的意义。按照时间先后翻一遍《文学遗产》，就会对新中国的古代文学研究史概貌一目了然。得益于勤勉翻阅《文学遗产》等学术期刊，我完成博士学位论文，出版了《20 世纪中国古代文学研究史》，勾勒出古代文学研究的现代化进程。

　　作为一个学术新人，每一次给《文学遗产》投稿都是非常慎重的。我曾与同门留学生朴英顺合作，根据元刻本考证郭绍虞《沧浪诗话校释》在文字、排序上依《诗人玉屑》之不可靠，得到黄霖老师的肯定和指导，后发表于 2001 年第 3 期。我给本科生讲中国文学经典，发现今人对吴澄《送何太虚北游序》多有误读，于是查阅何太虚诗集等文献，发现何太虚等元初南方文士面对新政权的踟蹰心态，可以作为研究易代文士出处问题的典型个案，于是钩沉本事，撰成小文，先在校庆学术报告会上听取专业老师的意见，在课堂上读给研究生听，改定后才投稿，发表在 2017 年第 1 期上。

《文学遗产》对学术新人像培育幼苗一样用心呵护。我在上海图书馆查阅到的彭士望诗集的抄本，与后来咸丰年间的刻本内容有差异。经历易代的文士的别集在清代刊刻时多会遭到删削，这种现象有一定的普遍性。于是我撰写了《彭士望的诗集、诗论与诗作》，投给《文学遗产》，很快接到编辑部张晖先生的电话。他做过明清易代文学研究，对我的发现很感兴趣，说要来看看这部书。那是 2012 年秋天，我们第一次在上海图书馆古籍部相见，经目验此抄本后，拙稿被采用了。可惜天妒英才，这位学界翘楚次年春天离我们而去，没有见到拙稿的发表。我的导师黄霖教授是研究小说的大家，我侧重于文论，小说研究只是副业。但《文学遗产》"小说论坛"每次都给我发邀请函，就像老师催着学生交作业一样，督促我的学业。我参加了其中的两次，提交论文《"小说改良会"考探》和《〈金瓶梅〉词话本与崇祯本关系之内证》，最后都采用了。这使我更有信心拓展视野，纵贯古今，横通文体，而不拘于一朝一代、一家一体。

《文学遗产》走过了 70 年的征途，是老牌的权威学术刊物，我与《文学遗产》相伴也已 30 多年了，岁月渐老。但面对陌生的新问题，觉得自己还是一个新人，保持好奇的兴致和谨慎的态度，才不至于怠惰而疏阔。学界更多的新人正脱颖而出，《文学遗产》的作者队伍也会越来越长。这些新生力量，将使《文学遗产》永葆青春，焕发荣光。

七十年路，大道剪榛。守先待后，继火传薪。沉酣古典，其命维新。文运昭盛，欣此良辰。

[作者单位：北京大学中国语言文学系]

引领学术方向，重新确立
"文以载道"的文道传统

——庆祝《文学遗产》创刊七十周年

马银琴

在 2017 年中国社会科学院文学研究所举办的"学科评论·十年前瞻"古代文学高峰论坛研讨会上，詹福瑞先生明确指出了"文学究竟怎么研究"的问题："现在我们面临着一个很大的问题：文学究竟怎么研究。过去陶文鹏老师讲，要回归到文学，这是针对泛文化的研究提出来的。可是既然我们一再在讲古代文学就是文史哲不分的文学，那我们究竟怎么研究，什么叫回归文学本体？这就是一个很难回答的问题。我们在对古代文学即所谓的文史哲都在其中的'泛文学'做研究时，还做不做文学性的研究？文学性的研究还是不是我们古代文学研究中的核心问题？"2021 年 8 月 4 日《光明日报》刊发了贺仲明教授的文章《文学批评应回归文学本体的怀抱》，认为"回归文学本体，不是回到纯粹的形式，不是'向内转'，而是对文学独特思想内涵、表达形式的重视""文学是美的艺术，特别是语言美的艺术。关注文学的叙事、节奏和韵律等，是文学批评不可忽略的内容。同时还需要立足于文学中心的原则进行文学批评活动。也就是要尽可能排除文学外因素的影响，保持文学在其中的主导地位"。至 2022 年，张伯伟教授《回向文学研究》一书在商务印书馆出版。在该书前言中，张老师说："我理想中的文学研究，最终将通往人文主义，而百年来的现代学术传统中，就有体现了这一理想的伟大学者。"张老师并未明言"理想中的文学研究"最终通往的人文主义的基本形态，但他说到该书四辑文章，"有一个共同的方向，就是'回向文学研究'"。无论是"回归文学本体"还是"回归文学研究"，都不可避免地让作为文学研究者的我们直面一个问题：什么才是文学本体？什么才是文学研究？这是一个方面。另一方面，作为一名讲授中国古代文学课程的高校教师，多年来从事教书育人工作的经历与感受，让我常常思考另一个问题：学习和研究文学的意义与价值究竟是什么？撰写学术论文是不是目的？

习近平总书记在 2018 年 5 月 2 日与北京大学师生座谈时说："要把立德树人的成效作为检验学校一切工作的根本标准，真正做到以文化人、以德育人，不断提高学生思想水平、政治觉悟、道德品质、文化素养，做到明大德、守公德、严私德。要把立德树人内化到大学建设和管理各领域、各方面、各环节，做到以树人为核心，以立德为根本。"人文学科，尤其是文史哲并列中被置于首位的文学，其最大的功能和作用正应当表现在"立德"与"树人"上。对于个体的成长而言，人文素养的意义就在于帮助个体获得足够的社会性。让一个人能够以最具"人性"的方式融入社会，以健全的人格、高尚的品质、温雅的行为、得体的言语成为社会的一份子，应该是人文学科最基本也最重要的使命与责任。

在今天被称为"文学"，而被古人称为"文"的存在，是在教化人心的过程中产生出来的："观天文以极变，察人文以成化；然后能经纬区宇，弥纶彝宪，发挥事业，彪炳辞义。故知：道沿圣以垂文，圣因文而明道；旁通而无滞，日用而不匮。《易》曰：'鼓天下之动者，存乎辞。'辞之所以能鼓天下者，乃道之文也。"（《文心雕龙·原道》）"察人文以成化"，在教化人心的过程中产生的"文"，自然而然也就承担起了教化人心的责任。而"诗"作为中国古代最具典型意义的"文"，在发挥教化功能的过程中，也呈现出了典型的意义与价值："情发于声，声成文谓之音。治世之音安以乐，其政和；乱世之音怨以怒，其政乖；亡国之音哀以思，其民困。故正得失，动天地，感鬼神，莫近于诗。先王以是经夫妇，成孝敬，厚人伦，美教化，移风俗。"（《毛诗序》）《毛诗序》是儒家传《诗》的成果，但对"诗"之教化功能的肯定，却并非儒家的一家之言，《管子·

内业》就说过："止怒莫若诗，去忧莫若乐。"正是基于广泛的社会共识，才形成了中华文化史上源远流长的"诗教"传统，中国的诗歌史上，也才出现了屈原、陶潜、杜甫、苏轼这样的代表性作家，也才创造了辉煌灿烂的诗歌文明，成就了"诗的国度"。

与"诗"的辉煌并行不悖的，是"文"在"明道"过程中所取得的成就。早在东汉初年，王充就把"抒其义旨、损益其文句而以上书奏记，或兴论立说、结连篇章者"称为"文人、鸿儒"（《论衡·超奇》），并在辨析"文岂徒调墨弄笔为美丽之观哉？载人之行，传人之名也。善人愿载，思勉为善；邪人恶载，力自禁裁。然则文人之笔，劝善惩恶也"（《论衡·佚文》）之后，做出了"繁文之人，人之杰也"的判断。也正是在类似认识的基础上，曹丕才提出了"盖文章者，经国之大业，不朽之盛事"（《典论·论文》）的看法。之后，经历魏晋六朝的曲折变迁之后，韩愈再一次以君子"思修其辞以明其道"的宣言，强调了"文"之于"道"的意义。至周敦颐《通书·文辞》，复以车之载物为喻，明确论述了"文"之与"道"的关系："文所以载道也，轮辕饰而人弗庸，徒饰也，况虚车乎？""文以载道"的传统，自此正式确立。

中国哲学追求体用合一。在体用合一的基础上，又存在一定的重"体"而轻"用"的倾向。但是，对于事物的存在而言，如果对"用"的轻视达到一定的程度之后，"体"的意义与价值也就跟着被侵蚀殆尽了。因此，文学的"载道"与"教化"功能一旦被消解，文学一旦失落了维系社会秩序与社会道德的精神力量，无论如何强调文学修辞的技巧性与语言艺术的审美性，都无法提升文学之于人类的意义与价值。所谓"文以载道"，强调的就是"文"作为"载道"工具的意义与价值，强调的就是"文"与"道"不可割裂的特征。"道沿圣以垂文，圣因文而明道"，"道"与"文"相互成就的关系虽然在刘勰这里才得到明确的阐述，但是这个道理却是春秋时代的人们就已经明了的。《左传·襄公二十五年》曾记载仲尼之言曰："志有之：'言以足志，文以足言。'不言，谁知其志？言之无文，行而不远。""文"所呈现出来的修辞与技巧，就是以更好地表达思想情志为根本目的的。因此，当人类的思想与情志凝练成为形而上之"道"时，作为载道工具的"文"也跟着获得了崇高的地位。文以载道，道因文明。王充说"繁文之人，人之杰也"，曹丕说"文章者，经国之大业，不朽之盛事"，他们立论的前提，就是对"文""道"关系的体认。因此，当人们消解"文"作为载道工具的意义，进而把审美当成文学的本体价值大加推崇时，失落了"道"的加持，单纯追求文辞形式与技巧之美的文学，也就失去了存在的意义与价值。对此，王充论述得相当明白："观谷永之陈说、唐林之宜言、刘向之切议，以知为本，笔墨之文，将而送之，岂徒雕文饰辞，苟为华叶之言哉？精诚由中，故其文语感动人深。是故鲁连飞书，燕将自杀；邹阳上疏，梁孝开牢。书疏文义夺于肝心，非徒博览者所能造，习熟者所能为也。"（《论衡·超奇》）与王充对汉代辞赋创作中"苟为华叶之言"的反思相类，唐宋时期接续不断的古文运动以及明代出现的前、后七子的复古运动，都是对文学在形式美的追求中偏离了"载道"传统之后的纠偏之举。在传承与弘扬优秀传统文化的时代需要面前，对文学研究者而言，面对"文学究竟怎样研究"的难题，我们需要直面割裂"文""道"关系带来的困境，我们必须正视"文以载道"的传统，重新树起"文以载道"的旗帜，让既已偏离"载道"传统的文学重新回归到"文以载道"的传统之河，让文学重新承担起经纬社会秩序与道德、感化个人思想与感情的责任。

1000 多年前唐朝建立之后，人们在反思六朝以来文学发展的历史时，清醒地认识到了其中存在的问题。如唐代史家李延寿所云："盖文之所起，情发于中。而自汉、魏以来，迄乎晋、宋，其体屡变……梁自大同之后，雅道沦缺，渐乖典则，争驰新巧。简文、湘东启其淫放，徐陵、庾信分路扬镳。其意浅而繁，其文匿而彩，词尚轻险，情多哀思，格以延陵之听，盖亦亡国之音也。"（《北史·文苑传》）诗歌的创作在绮丽浓艳的追求中蜕变为"亡国之音"，撰作《毛诗正义》的孔颖达对"诗缘情"与"诗言志"的说法进行了充分的整合，他在充分肯定"抒情"的正当性之后，再次张扬了诗的教化功能："夫诗者，论功颂德之歌，止僻防邪之训。虽无为而自发，乃有益于生灵。六情静于中，百物荡于外。情缘物动，物感情迁。若政遇醇和，则欢娱被于朝野；时当惨黩，亦怨刺形于咏歌。作之者所以畅怀舒愤，闻之者足以塞违从正。"所谓的"止僻防邪""塞违从正"，实际上就是今天被我们确定为教育根本目的与任务的"立德树人"。只要让文学回归"文以载道"的传统，充分发挥止僻防邪、塞违从正的教化功能，文学在立德树人的教育活动中，也就能够自然而充分地发挥应有的作用。

需要强调的是，文学立德树人功能的发挥，并不仅仅是文学创作者的责任，更是文学研究者的责任。在历史发展的重要关节点上，思想观念上的变革，往往比具体的实践行为本身更具有扭动乾坤的力量。研究古代文学的学者，应该重新认识和评价文学的意义与价值，通过重新定位文学的社会功能，再一次引领文学的发展与走向。

2023 年 6 月 2 日，习近平总书记在文化传承发展座谈会上发表了重要讲话。他在系统论述中华文明的五大特性之后，再一次深入讨论了"两个结合"的意义。习近平总书记指出："在五千多年中华文明深厚基础上开辟和发展中国特色社会主义，把马克思主义基本原理同中国具体实际、同中华优秀传统文化相结合是必由之路。这是我们在探索中国特色社会主义道路中得出的规律性认识。我们一直强调把马克思主义基本原理同中国具体实际相结合，现在我们又明确提出'第二个结合'。我说过，如果没有中华五千年文明，哪里有什么中国特色？如果不是中国特色，哪有我们今天这么成功的中国特色社会主义道路？只有立足波澜壮阔的中华五千多年文明史，才能真正理解中国道路的历史必然、文化内涵与独特优势。"习近平总书记特别指出："'第二个结合'是又一次的思想解放，让我们能够在更广阔的文化空间中，充分运用中华优秀传统文化的宝贵资源，探索面向未来的理论和制度创新。"在当下这个传承和弘扬中华民族优秀传统文化，把马克思主义同中华优秀传统文化相结合，实现马克思主义中国化、中华优秀传统文化现代化的关键时代，我们迎来了《文学遗产》创刊 70 周年。《文学遗产》在 1954 年 3 月的《发刊词》中明确说道："运用科学的观点与方法，也就是辩证唯物主义的观点与方法，对我们的文学遗产作出正确的评价，这是我们努力的目标。"70 年来，《文学遗产》见证了新中国古代文学研究走过的道路，在引领中国古代文学研究走向的同时，也在有组织的科研与培养学术人才方面发挥了重要的作用。在当下这个努力推进马克思主义中国化、以中华优秀传统文化助力中国式现代化的"第二个结合"的历史进程中，古代文学研究者有责任重新认识"文学"的意义与价值，有责任通过指向性明确的学术研究，重新筑起文学"经国之大业，不朽之盛事"的基础，让即使"无为而自发"文学作品也能够在"畅怀舒愤"的同时发挥"塞违从正"的作用，实现"有益于生灵"的情感导引作用，让文学真正成为滋养情感与思想的精神力量，真正发挥"正得失，动天地，感鬼神"的教化功能，从而实现以文化人、以文育人的目的。作为古代文学研究领域当仁不让的领跑者的《文学遗产》，更应当积极主动地担负起历史与时代赋予的重任，有所作为，在马克思主义的指导下，构建新的"文道"传统，成为继承与弘扬"文以载道"传统的桥头堡，让具有新的时代内涵的"文以载道"的旗帜高高飘扬。

[作者单位：清华大学人文学院]

我认识的《文学遗产》

潘务正

一份优秀的学术刊物，发表高质量论文自不必说，但在此之外，还能发挥推动学术研究进展的功能。《文学遗产》作为古代文学研究领域的权威刊物，不仅刊发大量高水平的文章，同时，在培养新的研究力量、谋划学术研究版图以及引领古代文学研究的前进方向等方面也起到了积极的作用，为学术期刊树立了榜样。

《文学遗产》发表过众多名家的论文，但另一方面，编辑部有意识地提携新人，这是有目共睹的，现在越来越多的博士研究生在上面崭露头角，更加印证了这一点。2002 年第二届宋代文学国际学术研讨会在南京大学召开，当时还是硕士研究生的我接受的任务是会后送陶文鹏先生去火车站。我清楚记得，在出租车上，陶先生鼓励我们这些"菜鸟"给《文学遗产》投稿，说研究生论文并非没有被录用的可能，有好的文章要大胆地投。后来，我试着投了一篇，由于文章水平有限，不出意外被退稿了，而且前后收到两封退稿信。虽然具体原因我不清楚，但从这件事可以看出，编辑部并没有因为作者是硕士生，而将来稿置之不理。

很惭愧，读博期间我没能在《文学遗产》上发表论文，直到 2008 年才实现突破，责任编辑对拙文似乎比较青睐，并在《明清诗文研究的观念、方法和格局漫谈》（《文学遗产》2011 年第 5 期）中说："我曾在来稿中看到这样一篇论文：《王士祯进入翰林院的诗史意义》（《文学遗产》2008 年第 2 期），这篇文章以明清以来的唐宋诗之争为背景，结合王士祯诗风经历了由唐入宋以及由宋返唐的转变的事实，不仅是对王士祯个人诗风进行了分析，实际上由此揭示了清初诗风转变的契机和方向所在。如此，解决的问题就更具涵摄力了。在明清诗文研究领域，像这样的角度应该有不少，关键是学力的敦实和观察的敏锐了。"责编老师给予拙文如此高的评价是我没想到的，在此之前我和责编老师没见过面，我想学界也根本不知道有我这号人存在。不过这篇文章发表之后，责编老师还特别联系我，让我继续投稿。直到两三年之后中山大学中文系举办"《文学遗产》论坛"，我才第一次见到责编老师。也正是这篇文章的发表，以及这样的评价，让我这个生性自卑的人获得了莫大的自信，如果说我现在还在继续做学问的话，这和责编老师的鼓励和肯定是密不可分的。只是直到今日，我距离责编老师的期待还有很大的差距，即使我以驽钝的天资为借口，也化解不了心中浓浓的愧疚之情。

与有的学报明确表示不发 985 高校以外作者的文章相比，《文学遗产》并不十分注重作者的出身，像我们这样"三非"高校（非 985、非 211、非双一流高校）的作者，不论是老师还是学生，也被编辑部一视同仁看待。我指导的博士生刘亚文在读期间发表了《由苏入杜：论翁方纲学人之诗理论体系的建构》一文，这是我校古代文学博士学位点自获批以来在《文学遗产》发表的第一篇学生论文，对我们来说意义重大，对作者本人意义更大。

发表论文之外，《文学遗产》编辑部还注重学术研究的布局，精心规划以推动古代文学研究的全面发展。目前学界宋代文学研究正当其时，材料不多不少，研究尚有空间。而两头即周秦汉唐文学、明清文学，要么处在研究的饱和状态，新材料很难增加，新观点很难提出，推陈出新难以为继；要么处在研究的起始阶段，材料多，领域广，研究者蜂拥而上。为推动研究的平衡发展，在编辑部的谋划下，成立周秦汉唐文学、明代文学及清代文学青年学者读书会。

周秦汉唐读书会注重方法的创新，并就如何阅读经典取得一些共识，如引进文化记忆的理论，对文字载体有独特的理解，强调文献与文本的相互关系，等等。读书会成员围绕文本、写本展开讨论，形成一个周秦汉唐的"文本世界"。相对来说，明清文学可着手的话题很多，读书会或从宏观综合的角度提炼两代文学的总体特色，或从具体而微的个案深度揭示其中的意涵，一些新的理论和方法，如物质文明研究、全球史研究及新文化史研究等，或多或少地被尝试使用。这些读书会，对于相关研究领域的发展都有重要的促进之功。

读书会参加者以青年学者（50岁以下）为主，并请本领域的著名学者有针对性地指导。就我个人参加清代文学读书会来说，效果不言而喻。第二届读书会，我提交的是《清代对立文风融合论》一文，我并不满意这篇文章，因为还只是描述对立文风在诗词古文等文体中的表现，并未很好地揭示为何在清代出现这种非常集中的论调。这次会议邀请的指导专家是廖可斌教授和左东岭教授，二位老师针对论文提出了很多中肯的意见，激发我进一步的思考。会后，我几乎将论文彻底重写，原稿的20000多字删后只剩下2000余字作为第一部分"两种美学范式的兼熔"的内容，又增添了"清代文学自性的建构""时代审美风尚的变迁"及"文学批评传统的赓续"三节，从文学史、文化史、批评史的视角论述这种理论在清代出现的原因，也在一定程度上总结了有清一代文学的总体特征。虽然还有很多问题没能得到很好的阐释，但相较于初稿，已不啻天壤之别。我很庆幸当时提交了这篇文章参加读书会，否则可能至今仍旧走不出初稿的框架。

读书会为几个方向培养了一批研究骨干，提出一系列极有价值的学术话题，并且形成了良好的运转机制和讨论氛围。如今我已经因为"超龄"而退出读书会，遥想新一届读书会中各位学友相聚一堂论学谈文的快乐场景，不禁生出"顾瞻玉堂如在天上"的怅惘之情。

《文学遗产》编辑部还能根据学术研究的趋势和特定的时代需求，组织笔谈或座谈会，对某些重要问题集中讨论，以此引领古代文学研究的发展潮流。

就我感受最真切的领域而言，一次是 1999 年，正是明清文学刚刚引起学界关注的时候，《文学遗产》委托吴承学教授邀请曹虹教授、蒋寅教授组织一次"明清诗文研究三人谈"。这次活动意义重大，20 多年之后再回首，明清诗文研究已经由当时他们呼吁的"一个期待关注的学术领域"，发展成为拥有数量最大作者群的、论文产出量最多的古代文学研究区块。

2018 年，正是改革开放 40 周年之际，《文学遗产》编辑部组织了一系列的纪念活动。10 月，编辑部邀请部分中青年学者，在文学所召开以"贯彻十九大精神，总结四十年成就"为主题的"改革开放四十年古代文学研究中青年学者座谈会"。会议召开之前，我们这些受邀者就接到任务，每人撰写 2000 字以内的发言稿，总结相关领域的学术成就，并对未来的研究做出展望。会上，时任主编的刘跃进研究员在致辞中梳理了改革开放以来古代文学研究的几个发展阶段，总结老一辈学者的贡献，并对新一代学者提出要求：我们将来要做什么样的学问？未来几十年的学术应当如何发展？与会学者就古代文学研究取得的成就，当前研究中存在的问题及研究的前瞻等畅所欲言。座谈会上，每位代表有充分的发言时间，主持人竺青副主编作了详细的评点。会后，每位代表的文章被公众号一一推送。这次活动，得到各方面的关注，产生了极大的反响。

《文学遗产》对当今古代文学研究的贡献远不止以上三个方面，她既是一个刊物，也是一个引领学术研究的机构。现在提倡有组织的科研，《文学遗产》注重培养学术研究新人，举办读书会、笔谈和座谈会，就重大的学术问题展开讨论，无疑就是有组织的科研的典范。在古代文学研究的学术史上，《文学遗产》书写了最浓墨重彩的一笔。

［作者单位：安徽师范大学文学院］

俨骖騑于上路　访风景于崇阿

——写在《文学遗产》创刊七十周年之际

陈　君

时光总在不经意间流逝，从在《文学遗产》上发表第一篇文章到现在，差不多 20 年时间过去了，我也由青年步入了中年。回首往昔，重温旧作，深切感受到《文学遗产》对青年学者的关爱和扶持，也让我想起了个人学术成长中许多难忘的人和事。

我在《文学遗产》上发表的第一篇文章是《释"伫中区以玄览"》。"伫中区以玄览"是陆机《文赋》的第一句，汉晋时期的许多文献表明，"中区"当是指洛阳或中原地区（亦可谓天地之中），"伫中区以玄览"生动反映了以陆机为代表的吴士文化身份和心理的变化。陆机从初入洛求仕，以吴之名家，"不推

中国人士"，自傲与自卑两种心理并存，到公元 300 年前后创作
《文赋》之时，下笔自信而从容，得以"伫中区以玄览"，显示
经过多年"洛阳风尘"的吹打，陆机已完成从吴人到晋人的身
份转化。这篇文章最初是在中国社会科学院文学研究所古代文
学研究室学术论坛所作报告的一部分，各位老师提出了很好的
意见，蒙蒋寅老师推荐，陶文鹏、刘跃进两位老师垂青，得以
在《文学遗产》刊发，这对一个初入学术界的年轻人自然是很
大的鼓励。

第二篇文章《张衡〈西京赋〉与〈思玄赋〉中的小说因
素》，尝试从辞赋与小说两种文体间的关系入手，探讨东汉文化
世俗的一面。这篇短文也在古代文学研究室学术论坛做过报告，
古代室的老主任、著名古典小说研究专家石昌渝先生多予鼓励，
又赐示进一步深入思考的线索。虽然时间已经过去将近 20 年了，
但石先生那清癯和蔼的面容和循循善诱的神态，仿佛仍在眼前。
在 2022 年末的大疫中，石先生永远离开了我们，如今手捧先生
惠赐的两大本《中国小说发展史》，欲再聆謦欬却已不可得，让
人无限感伤。

第三篇文章《论汉代兰台文人及其文学活动》，主要是认为
东汉明章时代也有一个文学高峰，以班固、傅毅等为代表的兰
台文人群体以及后来的窦宪幕府文人，正是推动东汉文学走向
高峰的主力。东汉文学的这一高峰堪与西汉武宣时代相媲美，
甚至可以说是有过之而无不及。西汉有《史记》，东汉有《汉
书》；西汉有《子虚赋》《上林赋》，东汉有《两都赋》；西汉有

《封禅文》，东汉有《典引》；西汉有枚乘、司马相如、严助、枚皋，以及王褒、刘向等文人群体，他们奠定了西汉武、宣时期文学繁荣的基础，东汉则有兰台文人和"（窦）宪（幕）府文章"两大群体，他们推动着东汉文学逐步走向高峰，祥瑞、京都、巡狩与征伐是这一时期文学表现的主要题材。不仅如此，东汉因为军事上所取得的辉煌胜利而出现的杰作如班固《封燕然山铭》、崔骃《北征颂》等，更是西汉所欠缺的方面。这篇文章也曾在古代文学研究室学术论坛报告过，老师们提出了许多宝贵的意见，后来有幸被《文学遗产》录用。

第四篇文章《汉晋之间的青土隐逸及其文学与学术影响》，尝试从地域角度研究中古隐逸士人，主要想法是认为中古时代的隐逸之士形成了南方和北方两个传统，汉晋时期北方传统居于主流，关陇高士和青土隐逸是其代表，其中青土隐逸还对陶渊明的思想和创作产生了影响。这篇文章曾提交给2012年首都师范大学赵敏俐老师主持召开的"汉代文学与文化国际学术研讨会"，有幸得到诸位师友的指教，切磋琢磨，获益良多。

第五篇文章是《政治文化视野中〈汉书〉文本的形成》，希望从一个新的角度阐释传统经典，使之生发新的意义，主要观点是认为《汉书》编撰是东汉前期意识形态建构的重要组成部分，其文本形成的过程生动体现了帝制时代知识与权力之间紧密而复杂的关系。这篇文章曾提交给2015年刘跃进老师主持的"周秦汉唐经典读书会"，得到各位师友的批评指点，深受教益。关于中古隐逸和《汉书》文本的两篇文章，承蒙竺青老师和张剑兄的肯定和鼓励，才有机会在《文学遗产》刊载，向学界同道请教。

以上5篇文章，涵盖了我的主要研究领域和兴趣，恰是我以往学术轨迹的一个缩影。文字的背后，凝聚了前辈学者对年轻人的关心和帮助，更离不开《文学遗产》这个指引者和领路人。王勃在《滕王阁序》中说"俨骖騑于上路，访风景于崇阿"，70年来，《文学遗产》就为青年学者指引了这样一条"向上之路"，也希望我们每一个人都能将自己放在坦荡开阔的学术大道上，达到理想的学术境界，看到最美的风景。

[作者单位：中国社会科学院文学研究所]

其命维新：一位"80后"学人
眼中的《文学遗产》

叶　晔

　　大概在 2023 年 9 月份的时候，《文学遗产》的编辑与我联系，大意是 2024 年是《文学遗产》创刊七秩，刊物打算组织一次以"庆祝《文学遗产》创刊 70 周年"为主题的征稿活动，其中也邀请了几位"80后"的学人。这让我马上想到了 10 年前的 60 周年纪念活动，那时候我还是一名走上讲台未久的青年教师，通过前辈名家的回忆文章，了解《文学遗产》60 年波澜壮阔的发展史。现在，我从纪念活动的一位普通读者变成了亲历之人，如何下笔，难免踯躅，就算可以看着前贤文章依样葫芦，但在骨子里实在缺少那种云淡风轻的从容。

第一次接触《文学遗产》，是在大学本科的时候，那是一个还没有"中国知网"的时代，怎样写文章，怎样了解学界最新的发表动态，全靠去期刊阅览室学习，从这一点来说，我的人生履历中也有些老派的痕迹。不同的研究方向，有不同的口碑刊物，浙江大学古代文学的教授们，要求同学们多去读《文学遗产》。一群懵懂无知的学生，就跑去西溪校区图书馆的期刊阅览室，囫囵吞枣地翻读。那时候热爱乡土，印象较深的是有一次读到一篇《大历浙东和湖州文人集团的形成和诗歌创作》的文章，很是憧憬，但也只是憧憬而已。在后来相当长的时间内，《文学遗产》一直是我心目中的圣地，因为太过神圣，以致完全没有投稿的勇气。但再怎么缺少勇气，一旦告别了学生时代，面对成为教师后"非升即走"的现实，还是得壮着胆子去投，这大概是我们"80后"第一代"内卷"学人的无奈命运。

我开窍晚，第一次在《文学遗产》上发表文章，已是博士后的第二年。我想谈谈这本一直葆有"生气"的刊物对自己学问之内在理路变化的一些影响：从一位学者之自新人格养成的角度来说，她提醒和激励我走出原有的学问舒适区；从青年学人的立场来说，过去10年的读书会模式给了像我这样的同龄人很多切磋问学的机会；从地方学人的过往身份来说，她紧跟时代脉动，化身出各种形态的网络共享信息，拉近甚至拉平了国家学术中心与地方之间的空间距离。以上这些，让我感触深刻。

走出舒适区：《文学遗产》给我的几次提醒

我在《文学遗产》发表的第一篇文章，是《论李应策散曲及其散曲史意义》。这篇文章借力于新发现的文献，多少印证了当时我在论文写作上的拙劣。在我读书的时候，老师们都说一篇好的文章，必须要有新材料、新观点、新方法，但当时我对新方法和新观点一直感觉隔了一层窗户纸，怎么也捅不破。现在回过头去看，对踏入学术界未久的年轻人来说，新材料确实是最容易把握的一个维度。由于在硕士生阶段跟随周明初老师编纂《全明词补编》，我在接触稀见文献方面是有一些早期优势的。我清楚地记得，2007 年与朋友同去上海瑞金二路的新文化服务社，那边正在以 200 元的价格售卖 1993 年版的《全明散曲》，我做了许久的思想斗争才决定买下来。回到复旦大学的寝室后，拿出硕士生阶段因明词辑佚而撰写的明集阅读笔记，确认先前看过的北大藏《苏愚山洞续集》中的 488 首散曲，为《全明散曲》失收，那真是一种一生只能拥有一次的雀跃感啊。有关李应策散曲的论文，连续在《文献》《文学遗产》上发表，在很大程度上树立了我的学术自信。但这一切并非全靠我的能力，实拜李应策冥冥所赐。犹记得我鼓足勇气将文章投给《文学遗产》时，由于实在缺乏信心，还在题目的"李应策散曲"前面加了"新发现的"四个字，其目的不过就希望编辑老师能多看上几眼。通过外审后，编辑部的竺青老师专门给我打了一个电话，提醒遵照外审专家的意见，最后写一段理论性的文字，讨论那些在历史上"无声"又被重新发现的优秀作品的文学史意义。这次教诲对我影响深远，不仅告诉我稀见文献绝非文学研究的终点，还在写作技巧的层面让我明白了一篇好的文章应有怎么样的结构与波澜。自此以后，很多问题即使自己能力未及，我也会试着去读更多的周边文献和外围读物，就是希望在论述上走出自己的思维舒适区，有一个更开阔、更具洞穿力的呈现。

我的硕士论文和博士论文，都与明代文学研究有关。慢慢走出明代，走向通代，得益于博士后出站报告《风土韵文与古代文学的地志书写》的尝试。选题的确立，得益于陈广宏、周明初两位老师的包容，让我有机会一改先前对制度与文学的"阁楼"式考察，下沉至对风土文学的"地窖"式观看。因为时间有限，加上年轻学人的普遍焦虑，这篇报告远不算成熟，但其中的《拐点在宋：从地志的文学化到文学的地志化》一章，是我第一次参加宋代文学学会年会所提交的论文。会议现场是如何发表，又是如何被批评的，我已经完全不记得了，但在会议间隙，王兆鹏老师向我转达了《文学遗产》编辑部张剑老师读过文章后的感想，这在很大程度上提振了我兼治宋代文学的信心。后来我不止一次向学生们说，虽然现在的学术活动越来越多了，但务必以最敬畏的态度对待每一次学术会议的发表机会，当你觉得个别大型会议正在成为某些学者长袖善舞的名利场时，依然有很多前辈老师在认真地读着年轻人的每一篇论文。

对学术公心的敬畏，对未知读者的敬畏，应该成为我们努力写好每一篇文章的重要动力之一。

最新发表的一篇，是2023年第6期的《"风"中的啼鸣声：近古禽言诗及其文化意涵》。借此机会，我要感谢《文学遗产》规范而严谨的匿名外审制度。很幸运，我收获的每份意见都在千字以上。其中有2篇文章收到了相当严厉的审查意见，如外审专家对《禽言》一文提出的有关东亚诗学甚至中西文明比较的意见，确实超出了我的知识范围。回过头看，我在初稿中采用了将虫言纳入禽言生成机制的写作策略，多少有些避重就轻、绕开自己知识盲区的权宜。专家意见已经放在面前，对东亚汉诗和西方鸟类文化的学习只能迎难而上，虽然之前写过有关日本词、朝鲜词的论文，但这次明显更有难度。由于要查阅与恶补相关的文献知识，这次大修用了近6个月时间，直至发表出来，我还是缺少站出来直面专家的勇气，更多的是心存感激。其实这些年，我在论文题目中很少使用"意义""意涵"之类的字眼，如果不能用简要的表达把它说清楚，就会觉得对这个"意义"还没有真正吃透。有关李应策散曲的"意义"，大概就属于这种初出茅庐的情况。但十多年后，当我审视禽言诗的"意涵"时，因为有了两位外审专家异常严苛的提醒与鞭策，我确实感觉到这次"意涵"的丰富性已经超出了我对现象整体的把握能力，在慎重考虑之后，选择了一个更朴素而有容纳力的词语。事实上，这几年发表的有关"意义"的论文，见载刊物都有非常规范、严格的审稿制度，确实让我心悦诚服。这就如同一个轮回，当我走到似曾相识的原点时，对研究对象的认识和对自我的要求已有了新的精神气魄。在这个过程中，师友们的无情批评，匿名专家的苛责意见，都是青年学者人生路上不可多得的财富，虽然也有不知从何下笔的麻烦和焦虑，但学问之事不就是在痛并快乐中不断成长么？

回望这十余年，《文学遗产》一直是激励我走出研究舒适区的重要刊物。我从一位以古籍整理起家，在复旦大学古籍所拿到博士学位的新人，成长为一位对历史学理论、文学理论充满热情的中年人，学术特长从文献实证转移至文学史问题，算是走出了思维的舒适区；在各位师辈的鼓励和包容下，研究视域从明清文学前移至宋元文学，提倡"宋明文学会通"，慢慢去接触东亚汉文学的各个截面，算是走出了领域的舒适区；随着年龄的增长，思维路径的模式化在我的写作中渐露痕迹，三省吾身，还是希望自己的每一篇文章都有独特的形状，努力走出写作的舒适区。我希望自己发表在《文学遗产》上的每一篇文章，都能与上一篇有某些形质上的不同。曾几何时，辨识度是一位青年学人在学界立足的重要指标。步入中年以后，慢慢地感觉到，能否让人难以辨识，也是判断一位学者自我革命的重要标志之一。

"80后"学人与《文学遗产》

从 2013 年开始，《文学遗产》编辑部主导了一系列青年学者读书会。这大概是我们这一批"70后""80后"学人，与更早的"60后"学人不同的一段经历，而"80后"学人又多少有点提前脱颖而出的感觉。我一直参加的，有明代文学、词学两个青年论坛；因为主办单位的缘故，在周秦汉唐、宋代文学、清代文学等读书会也客串学习过，与同龄段的古代文学年轻人结下了长久的友谊。

在这里，我只谈一下对自己参与较多的两个论坛的感想。一是始于2017年的明代文学研究青年学者论坛，作为合作方，《文学遗产》编辑部的老师一直全程参与。与词学作为分体文学研究的性质不同，明代文学属于与周秦汉唐、宋代文学、清代文学并列的断代文学论坛，而且是起步最晚的一个。为了有别于其他兄弟论坛，我们专门设立了书面评议的环节，即要求评议人在参会前为匿名论文撰写一篇千字以上的书面评议，并实名编入打印的纸版论文集中，确保作者在现场发表前已读过第一波的批评意见。其初衷是希望作者在现场发表时融入了对书面评议的回应，而评议人在现场评议时又可以根据作者的最新回应作出第二次批评。事实上，青年学人大多有初生牛犊不怕虎的勇气，完全无惧"原作匿名、评议实名"的压力，几年下来，出现过多次否定意见占据上风的情况，展现出非常真诚、端正的学风，每一位学人都从这样的形式中受益良多。我近来关注度较高的一篇文章《明代古典文学的文本凝定及其意义》，首次亮相就在山东大学举办的第三届明代文学研究青年学者论坛上，当时评议人给出了3000字的批评意见，提出了七大问题，如何不让人感佩受教？

从 2021 年起，我们几位早期的发起人，倡议将每次活动的论文集正式出版。考虑到这些文章经过青年论坛的书面评议、会场讨论、嘉宾总评等环节，再由作者精心打磨，数易其稿，大多发表在较有影响力的学术刊物上，可以视为明代文学研究青年一代的代表性作品。虽不是原创发表，但作为青年论坛的一部纪念集，亦有其意义。这就是后来在社会科学文献出版社推出的《明代文学论丛》，至今已第三辑了。虽然出版业今非昔比，以致出版一本论集的费用要远高于举办一次论坛的费用，但只要青年论坛还在继续，这套《论丛》也会努力坚持下去。

词学青年同人会，同样始于 2017 年。作为合作方，《文学遗产》编辑部的编辑也参与其中。词学作为专门之学，较其他研究领域有更鲜明的知识门槛与学脉路径；唐宋词研究的"瓶颈"状态，也使其在"范式革命"的迫切性上走在了古典文学研究的最前端。有鉴于此，我们商议设立了双评议制度和"经典重读"活动。一篇文章有两份评议意见，自然意味着每人需要评议两篇文章，这不仅直接使评议人的工作负担翻番，也在无形中提早了论文交稿的最后期限，对此所有同人没有丝毫抱怨，大家都以非常严肃的学术批评姿态投入其中，由此形成了会议现场批评的"双重奏"，也是词学同人会特有的一道风景。至于"经典重读"活动，缘起于大家对唐宋词经典研究的焦虑，希望借助同人会的某种体制规范，倒逼自己去重读那些经典的词人作品。我虽非唐宋词研究出身，倒也有向前迈入的一些勇气，因此结合《花间集》《东坡乐府》《清真词》写过3篇不算成熟的文章，可惜时断时续，没能一直坚持下去。这个活动在我身上的"歉收"，全归因于我的惰性；但从集体的成果来看，还是有力地推动了近年来唐宋词经典研究的复苏。

作为一位曾经的京外青年学人，我很感谢读书会这样的组织形式，将五湖四海的学友凝聚在一起，在切磋琢磨中寻求进一步的志同与道合。其实不同的读书会，《文学遗产》在其中发挥的效能有大有小，不可一概而论。但不可否认的是，面对《文学遗产》这块金字招牌，所有青年人都在以十二分的热忱与努力，去撰写一篇让自己满意的文章。很多人都在感慨这是一个"内卷"的时代，但当新的学术活动机制和信息分享模式出现的时候，当每个人得以近距离地结识优秀的同龄学人，且意识到自己有机会赶超对方的时候，对自己的不满意与不满足，正是学术向前进步的重要动力之一。从这个角度来说，读书会的形式也只是"旧瓶装新酒"而已，"云阅读"和"云交流"才是真正机会均等的学术信息流通之新路。

"云阅读"：《文学遗产》的新"公器"

2022年1月，我调至北京大学中国语言文学系，开始了一段新的学术人生。在这之前的40年时光，除了几段出国经历外，我一直都在南方生活，浙江大学和复旦大学，是我仅有的学术底色。对南方地区的青年学者或博士生来说，《文学遗产》无论在地理距离还是心理距离上，都是有点远的。这也是我在学生阶段迟迟未敢投稿的一个原因。但另一方面，我这一代人又是幸运的，从大学本科开始就赶上了数字化时代。因为有了"中国知网"，我们再没有"50后""60后"学人订阅期刊的习惯，自然也就没有了某些前辈从《文学遗产》1980年复刊号起不间断收藏的经历。我的本科生活好歹还有些古典做派的残余，如曾经通过邮局持续订阅了3年《红楼梦学刊》；但在进入硕士阶段后，坊间的电子学术工具逐渐丰富起来，如当时最抢手的是在学生间疯狂流传的《四库全书》数据库（单机版），而通过论文数据库了解刊物的学术史、发展导向、最新动态等，也逐渐替代了对高校期刊阅览室的驻守，成为年轻人接触学术的新的日常模式。就《文学遗产》的阅读史而言，这是一个从"纸阅读"向"云阅读"转换的阶段。

《文学遗产》网络版创办于2009年，这一年正是我博士毕业之年。当时的网络版和现在不一样，有一个"新作首刊"的栏目，鼓励大家将新撰的学术成果在网络上首次发表出来，自然也就意味着不会再见载于纸质报刊了。这在当时是蛮敢为人先的一件事，毕竟大家尚未形成对网络首发文章的阅读和引用习惯，发表者也无法以此作为科研业绩去参加单位的考评。那个时候，我和林晓光兄都是浙江大学的青年教师，又都在2011年发表了人生的第一篇《文学遗产》论文，大概是年轻人没有太多包袱的缘故，一致认为这是一个很好的发表途径，有益于青年学人将自己深度整理的但并不适合发表于纸质出版物的学术笔记，在网络平台上与学界共享。这就有了后来发表于《文学遗产（网络版）》2011 年第 2、3 期的《〈全明散曲〉新辑》，以及晓光兄发表于《文学遗产（网络版）》2011 年第 6 期的《繁复考证不能脱离整体理解》和发表于 2013 年第 1 期的《王融、范云酬答诗释读兼论二人之交往模式》。这个栏目在 2023 年改版后就没有了，过往的文章也因此消失于云端，更年轻的学人未必了解这一段经历，但谢伯阳先生在增订《全明散曲》（齐鲁书社 2016 年版）的时候，在"参考文献"中专门列出了见于《文学遗产（网络版）》的《〈全明散曲〉新辑》，算是"30 后"的前辈学人对"80 后"的年轻后学借网络发表而成长起来的一次见证和鼓励吧。

　　因为《文学遗产》网络版的存在，当时的年轻学人可以第一时间了解古代文学研究领域的最新消息。如果说论文发表的信息，随着纸刊寄至各高校的期刊阅览室，大家迟早都能拜读，更多是读到文章的时间差问题，那么，那些因篇幅问题或文本性质问题不便刊载于纸版的纪要文字，如果没有网络版（包括后来的微信公众号），对青年学人来说，就是一片遥不可及的秘密空间了。其中发表于网络版 2012 年第 5 期、由张晖兄撰写的《在困惑中前进——〈文学遗产〉2011 年度编委会扩大会议纪要》一文，对我作为一名青年教师的"放眼看世界"有颇为深远的影响。我和林晓光兄在 2013～2014 年间，在浙江大学组织了持续四个学期的面向研究生的"友声读书会"，就将这篇《在困惑中前进》放在第一次活动的第一篇，时在 2013 年 3 月 2 日。现在十余年过去了，"80 后"学人是否用自己的方式完成了对"在困惑中前进"的解答，或许需要更长的时间来检验与证明，但我们的学术旨趣，确实在尽自己的力量给出一个或许可能的方向。网络信息世界让学术共同体更加紧密，这或许是我们这一代人较之前辈所享受到的一种新的福祉。近年来，"80 后"作为一个世代，在学界慢慢站稳脚跟，甚至成为一种学术现象，这固然得益于很多前辈学者的鼓励，但我想其本质并不在于"人才成群地来"，而在于这群人或主动、或在无意间把握住了信息时代的脉动。全文检索数据库的使用，期刊网络版、公众号的推送与转发，基于微博、微信等社交工具的高频次学术交流等，促成了又一场"时势造英雄"的活动。从这个角度来说，"90 后""00 后"的世代该如何捕捉大时代下的新动向，如何认识那些"唯我所能"的学术专长与利器，会在很大程度上决定他们的高度和远景；而《文学遗产》又该通过什么样的方式与时俱进，与更年轻的读者和作者同呼吸、共命运，为广大的"他们"创造更贴合时代气息的成长机会，我想也是这本创办了70 年的名刊秉持其"维新"使命的重要一环。

落笔写下这篇纪念文章的时候，我已年过不惑，又工作调动至北京大学，所谓"青年学人"和"地方学人"的标签不复存在。唯一不变的，只有务在不断反思、尝试自我更新的"学者"身份，这样倒也纯粹。70 年的学术生命对期刊来说正值壮年，而对我们这些迈入学界不过十多年的人来说，却是一位拥有丰富阅历的智慧长者。长者如何做到"日日新，又日新"，将是一种充满智慧的表现。未来的 10 年、20 年，我肯定会从《文学遗产》身上学到更多的东西，但那份青年人特有的对殿堂的敬畏、对发表的冲动、对成长的感恩，恐怕只有当下才能写出最真诚的回忆吧。

［作者单位：北京大学中国语言文学系］

《文学遗产》创刊以来宋代文学研究论文的量化分析

——为《文学遗产》创刊七十周年而作

王兆鹏

　　《文学遗产》已走过 70 年光辉而曲折的历程。从 1954 年 3 月 1 日创刊到 1966 年停刊，是以《光明日报·文学遗产》专栏的形式面世的；1980 年复刊，由报纸专栏改为杂志专刊。《文学遗产》杂志复刊后，《光明日报·文学遗产》也恢复了"文学遗产"专栏。因 2022 年以来有关数据搜罗不全，故本文主要对 1954~1966 年间《光明日报·文学遗产》和 1980~2021 年间《文学遗产》杂志所刊发的有关宋代文学研究论文进行量化分析，实际统计的时长为 55 年。《文学遗产》杂志复刊后，《光明

日报·文学遗产》的专栏论文不再涉及；《文学遗产》出版的
《文学遗产》（增刊），因没有稳定性和连续性，本文也不收入。

一　《文学遗产》年度发文量与宋代文学
研究的作者队伍比较

《文学遗产》55 年间发表的宋代文学研究论文共计 783 篇，
年均约 14 篇。各年发表的论文量（以下所说论文量，无特定说
明的，均指宋代文学研究论文）详见表 1。表 1 显示，每年发表
的论文量并不均衡，最高的 2006 年发表了 29 篇，最低的年份只
发表了 3 篇。1954 年因为 3 月 1 日才创刊，故比常年为少；1965
年仅有 3 篇，略显异常。从阶段性变化来看（参见图 1），1954
年创刊的前三年，论文量较少，每年都只有几篇；1963～1966
年，每年也只有几篇。1980 年复刊的前两年，论文量也较低。
1982 年以后，论文量逐渐提高，但其中也有回落，10～20 篇是
常态，有 7 年低于 10 篇。

表 1　《文学遗产》所刊宋代文学研究年度论文量

年度	论文量	年度	论文量
1954	3	1957	15
1955	4	1958	24
1956	6	1959	25

续表

年度	论文量	年度	论文量
1960	16	1998	15
1961	17	1999	15
1962	21	2000	22
1963	6	2001	15
1964	4	2002	25
1965	3	2003	23
1966	9	2004	26
1980	6	2005	24
1981	5	2006	29
1982	17	2007	18
1983	12	2008	25
1984	17	2009	22
1985	14	2010	15
1986	21	2011	12
1987	17	2012	20
1988	6	2013	13
1989	10	2014	16
1990	9	2015	11
1991	8	2016	15
1992	14	2017	15
1993	8	2018	7
1994	6	2019	11
1995	5	2020	22
1996	10	2021	14
1997	15		

　　《文学遗产》发表的第一篇宋代文学研究论文，是 1954 年 11 月 7 日《光明日报·文学遗产》第 28 期的魏尧西《宋代的鼓子词》。之前的 27 期都没有宋代文学论文，可见当时的宋代文学研究还比较沉寂。魏尧西（1917~1998）为四川邛崃人，精研戏曲，所著《宋杂剧金院本新证》，由其哲嗣邓小军教授整理，2021 年江西教育出版社出版。发表此文时，魏尧西是新都师范学校的普通教师。

　　《文学遗产》1980 年复刊后第 1 期所发表的宋代文学研究论文，是徐永端的《谈谈李清照的〈词论〉》。无独有偶，徐永端当时也是苏州大学的青年教师。当期的"编后记"，还特别推荐了徐永端和另一位青年学者葛晓音的《陶诗的艺术成就——兼论有关诗画艺术表现的发展》，说："我们欢迎像这样的年青同志陆续参加到我国古代文学研究队伍中来。"可见《文学遗产》很注重扶持青年学者。

　　《文学遗产》每年发表的宋代文学研究论文平均约 14 篇。那么，每年宋代文学研究的作者队伍有多大规模？作为我国古代文学研究领域指标性的重要刊物，每年有多少宋代文学研究的作者想在该刊发表论文，以获得相应的学术资本和学术评价指标呢？宋代文学研究的作者队伍暂时没有确切的数据可以统计，但有每年在各种期刊和出版社刊发、出版宋代文学研究论著的作者数据。我们团队历经 30 余年，搜罗了 20 世纪以来海内外宋代文学研究的论著目录 5 万多条，经过标引和清洗，研发了可多元检索和自动统计的数据库。

　　据我们的数据库统计，1954～1966 年发表、出版过宋代文学研究成果的有 1587 人，1980～2021 年发表、出版过宋代文学研究成果的有 24228 人。而 1954～1966 年在《光明日报·文学遗产》发表过论文的作者为 128 人，1980～2021 年在《文学遗产》发表过论文的作者有 630 人。这意味着，1954～1966 年，在《光明日报·文学遗产》发表过论文的作者占 8%，也就是说，每 100 位作者有 8 人在《光明日报·文学遗产》发表过论文。到了 1980～2021 年，在《文学遗产》发表论文的作者只占 2.6%，即每 100 位宋代文学研究的作者中只有 2.6 人在《文学遗产》发表过论文。这还是就平均数而言。

　　如果比较 1980～2021 年间每年发表过宋代文学研究论著的作者人数与《文学遗产》发表论文数（参见表 2），结果会更加惊人。

表 2　1980～2021 年宋代文学研究作者人数与《文学遗产》年度发文量比较

年度	《文学遗产》发年度文量	宋代文学研究作者人数
1980	6	465
1981	5	420
1982	17	637
1983	12	677
1984	17	622
1985	14	458
1986	21	516
1987	17	383

续表

年度	《文学遗产》发年度文量	宋代文学研究作者人数
1988	6	366
1989	10	268
1990	9	289
1991	8	266
1992	14	292
1993	8	301
1994	6	292
1995	5	336
1996	10	293
1997	15	534
1998	15	544
1999	15	620
2000	22	650
2001	15	749
2002	25	1040
2003	23	1133
2004	26	1148
2005	24	1012
2006	29	1154
2007	18	859
2008	25	1154
2009	22	1050
2010	15	1301

年度	《文学遗产》发年度文量	宋代文学研究作者人数
2011	12	1385
2012	20	1822
2013	13	1296
2014	16	2001
2015	11	1642
2016	15	2070
2017	15	1701
2018	7	2175
2019	11	2109
2020	22	2157
2021	14	2221

我们且按年度数量的变化来分段观察。

1980~2001 年，宋代文学研究的作者队伍每年在 200~800 人之间，年均 453.5 人，这 22 年间，《文学遗产》发表宋代文学研究论文 267 篇，年均约 12 篇。这表明，每年有 450 多位宋代文学研究者来竞争在《文学遗产》发表 12 篇文章的机会。到了 2002 年，宋代文学研究的作者队伍每年都在 1000 人以上，2014 年突破 2000 人，虽然 2015 年、2017 年作者人数略有回落，但 2014~2021 年，每年作者人数平均超过 2000 人。而 2014~2021 年，《文学遗产》发表的论文数共计 111 篇，年均 13.8 篇。

这意味着，2014 年以来，每年宋代文学研究作者队伍 2000 多人，只有 14 人有在《文学遗产》发表论文的机会，也就是每 1000 人只有 7 人有可能在《文学遗产》发表论文。

近年来，在各种学术评价体系中都将《文学遗产》发表的论文作为重要的评价指标。然而，每年 1000 人之中只有 7 人有可能在《文学遗产》发表论文。这样的难度系数，是否适合作为普遍性的评价指标，值得深思和反思。

二 《文学遗产》的热点分布和变化

下面来统计分析宋代文学研究的热点分布。

先看文体分布。《文学遗产》55 年间发表 783 篇宋代文学研究论文，其中研究宋词的论文最多，共 361 篇，占 46.1%（参见表 3），接近论文总量的一半。研究宋诗的论文 179 篇，占论文总数的 22.86%。宋文的研究论文 91 篇，占论文总量的 11.62%。研究宋代小说、戏曲的较少，加起来不足 10%。这跟整个宋代文学的基本格局是否相同或接近呢？

我们同时统计了国内学界 1954～2021 年宋代文学研究 49435 项论著的文体分布情况（参见表 3），其中宋词的研究论著 23391 项，占论著总量的 47.32%，与《文学遗产》所发表宋词论文的占比接近，仅相差约 1 个百分点；宋诗的研究成果为 10555 项，占论著总量的 21.35%，与《文学遗产》

所发表宋诗论文的占比同样只相差约 1 个百分点。宋文和宋代小说、戏曲的占比也相近。数据表明，《文学遗产》所发表宋代文学研究论文的文体分布，其实反映出整个宋代文学研究的基本格局，也就是宋词研究一家独大，几乎占据半壁江山；宋诗研究占两成多，宋文和宋代小说、戏曲研究，合计不足二成。

表3　《文学遗产》宋代文学研究论文与整个
宋代文学研究论著的文体分布

文体	《文学遗产》宋代文学研究论文量	占比	宋代文学研究论著量	占比
词	361	46.10%	23391	47.32%
诗	179	22.86%	10555	21.35%
总论	82	10.47%	6692	13.54%
文	91	11.62%	5639	11.41%
小说	27	3.45%	1199	2.43%
戏曲	13	1.67%	400	0.80%
其他	30	3.83%	1559	3.15%
合计	783	100%	49435	100%

分段观察，2000 年以前，《文学遗产》的论文都是宋词的研究比宋诗研究热络；而 2001 年以后，宋词研究为 94 篇，而宋诗研究有 113 篇，宋诗的研究论文量超过了宋词（参见表4），宋

文研究论文量的占比也有所提升。变化的节点始于 2003 年，这年《文学遗产》发文量为 23 篇，其中宋诗 9 篇、宋词 5 篇、宋文和宋代小说各 2 篇、其他 5 篇。之后，多数年份都是宋诗的论文多于宋词的论文。

表 4　《文学遗产》所发论文的文体分布时段变化

文体	1954～1966 年	1980～2000 年	2001～2021 年
词	90	184	94
诗	31	37	113
小说	15	3	11
文	9	10	64
戏曲	6	4	3
其他	2	14	93
合计	153	252	378

再看作家分布。《文学遗产》783 篇宋代文学研究论文，涵盖 96 位作家，有 3 篇研究论文以上的作家共 34 位（参见表 5），论文最多的是苏轼，共 87 篇；其次是李清照，共 43 篇；研究热度第三名的是辛弃疾，计 36 篇。陆游、黄庭坚、柳永、姜夔、王安石、周邦彦、欧阳修和岳飞的研究热度位居前十位。

表5　《文学遗产》宋代文学研究论文的作家分布

研究作家	论文量	研究作家	论文量
苏轼	87	汪元量	5
李清照	43	陈师道	4
辛弃疾	36	范成大	4
陆游	32	胡仔	4
黄庭坚	20	惠洪	4
柳永	18	李之仪	4
姜夔	16	钱锺书	4
王安石	15	苏舜钦	4
周邦彦	15	曾巩	4
欧阳修	13	赵师秀	4
岳飞	13	朱敦儒	4
吴文英	12	朱淑真	4
秦观	10	蒋捷	3
严羽	10	刘克庄	3
杨万里	9	梅尧臣	3
张炎	9	苏辙	3
朱熹	8	晏殊	3

有意思的是，《文学遗产》论文热点的作家分布，又与整个宋代文学研究的格局基本相同。特别是前四位热点作家，排名完全一致，也是苏轼第一，李清照第二，辛弃疾第三，陆游第四（参见表6）。欧阳修、朱熹、柳永、王安石、黄庭坚、姜夔

表 6　1954~2021 年宋代作家研究成果量前 30 名分布

研究作家	成果量	研究作家	成果量
苏轼	6955	杨万里	388
李清照	2874	晏殊	386
辛弃疾	2341	吴文英	367
陆游	1458	严羽	320
欧阳修	1437	文天祥	293
朱熹	1301	张炎	272
柳永	1133	苏辙	267
王安石	901	曾巩	248
黄庭坚	865	朱淑真	237
姜夔	818	刘克庄	214
秦观	715	范成大	213
周邦彦	568	贺铸	187
岳飞	522	梅尧臣	181
范仲淹	460	元好问	177
晏几道	396	蒋捷	173

的研究热度也是位居前十，只是名次与《文学遗产》宋代文学研究的热点作家稍有不同（参见图1）。这再次表明《文学遗产》的研究格局，反映出甚至代表着整个宋代文学研究的格局。从某种意义上甚至可以说，《文学遗产》引领着宋代文学研究的方向。

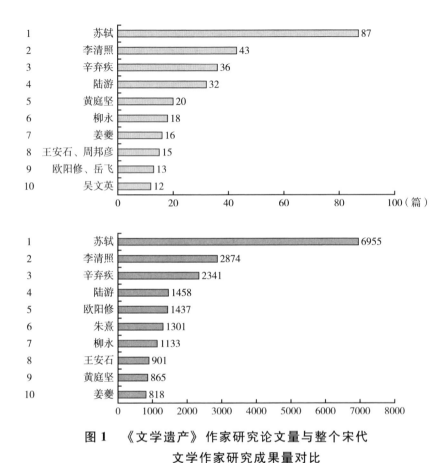

图1 《文学遗产》作家研究论文量与整个宋代
文学作家研究成果量对比

下面再从发展变化的角度看热点作家研究论文的变化。1954~1966年,《文学遗产》宋代文学研究的十大热点作家依次是李清照、苏轼、辛弃疾、陆游、姜夔、柳永、欧阳修、王安石、严羽、岳飞(参见表7)。李清照和苏轼的研究论文都是20篇,并列第一。1980~2000年,十大热点作家中,前三名还是苏轼、辛弃疾和李清照,只是李清照降到第三,而辛弃疾上升至第二名,苏轼上升至第一名;陆游、欧阳修、王安石、严羽跌出十名之后，而周邦彦、吴文英、黄庭坚、张炎进入十名之后。2001～2021 年的十大热点作家，苏轼仍稳居第一，但热度略有下降，其研究论文量与第二、第三名的差距缩小。李清照还是维持着前几个阶段的热度，稳居第三。陆游跨越到第二名，黄庭坚前进到第四，而辛弃疾跌落到第五，欧阳修、王安石重回前十，朱熹和杨万里第一次进入前十，柳永、姜夔落到十名之外。作家研究，都是学者的随机选择，研究成果量相对集中在经典作家身上，表明经典作家更有吸引力和研究空间。

表 7　《文学遗产》宋代热点作家研究论文量的阶段性变化

1954～1966 年		1980～2000 年		2001～2021 年	
作家	论文数	作家	论文数	作家	论文数
李清照	20	苏轼	43	苏轼	24
苏轼	20	辛弃疾	14	陆游	16
辛弃疾	13	李清照	9	李清照	14
陆游	11	柳永	9	黄庭坚	11
姜夔	6	周邦彦	9	辛弃疾	9
柳永	6	姜夔	8	欧阳修	6
欧阳修	6	吴文英	8	王安石	6
王安石	6	黄庭坚	7	周邦彦	5
严羽	6	岳飞	7	朱熹	5
岳飞	6	张炎	6	杨万里	4

从整体上看，《文学遗产》十大热点作家的热度是稳中有变，苏轼、李清照、辛弃疾三大家长期稳居前列，柳永、欧阳修、王安石、黄庭坚、周邦彦、岳飞、陆游、杨万里、朱熹、姜夔、严羽、吴文英、张炎等经典作家也备受青睐，只是热度时有升降。

再看三个时段作家研究范围的变化。1954～1966年，《文学遗产》的宋代文学论文涉及22位作家，除表7第一栏所列10位作家外，陈亮、陈师道、范仲淹、黄庭坚、秦观、沈括、苏洵、王禹偁、文天祥、晏殊、杨万里、张炎都有专文研究。到了1980～2000年，有专文研究的作家扩大到51位，部分作家如陈亮、范仲淹、沈括、苏洵、文天祥、张炎等暂时退出《文学遗产》的研究视野，而新增了陈与义、陈允平、范成大、贺铸、胡仔、蒋捷、李之仪、吕本中、梅尧臣、史达祖、史浩、苏舜钦、苏辙、汪元量、谢翱、谢逸、严蕊、晏几道、杨亿、曾巩、张元干、张孝祥、张先、张镃、赵师秀、赵湘、周密、朱敦儒、朱淑真、朱熹等30人。2001～2021年，《文学遗产》的论文考察了77位宋代作家，其中晁补之、晁说之、陈世隆、陈世修、杜默、方回、高观国、葛立方、龚开、韩琦、韩元吉、何士信、洪适、惠洪、姜特立、李觏、林之奇、刘辰翁、刘将孙、刘克庄、吕祖谦、毛滂、任渊、石介、滕甫、王厚、王钦臣、王铚、王灼、魏了翁、魏天应、尤袤、曾巩、杨蟠、叶梦得、叶适、余靖、曾原一、张侃、张良臣、张载、张震、赵鼎臣、周必大等44人系首次进入《文学遗产》的研究系列。去其重复，截至

2021 年，共有 96 位宋代作家进入《文学遗产》的作家研究谱系。

研究范式也有明显的阶段性变化。1954~1966 年，《文学遗产》的论文以个体作家作品研究为主，很少宏观性的整体研究。此时 153 篇论文，只有魏尧西《宋代的鼓子词》（《光明日报·文学遗产》1954 年 11 月 7 日）、程毅中《略谈宋元讲史的渊源》（《光明日报·文学遗产》1958 年 6 月 1 日）、黄墨谷《谈"词合流于诗的问题——与夏承焘先生商榷》（《光明日报·文学遗产》1959 年 10 月 25 日）、王水照《宋代散文的风格》（《光明日报·文学遗产》1962 年 11 月 11 日）与《宋代散文的技巧和样式的发展》（《光明日报·文学遗产》1963 年 3 月 31 日）5 篇论文属于整体性研究。宏观研究论文仅占同期论文总数的 3.3%。

到了 1980~2000 年，宏观研究论文明显增加，此期《文学遗产》共刊发 252 篇宋代文学研究论文，宏观研究论文有 34 篇，占同期论文总量的 13.5%，占比提高了约 10 个百分点。变化的时间节点是 1986 年下半年。这年《文学遗产》共发表 21 篇宋代文学研究论文，其中第 3 期发表 7 篇宏观研究论文，具体篇目是：白敦仁《宋初诗坛及"三体"》、曾枣庄《宋代文学研究刍议》、谭青《北宋古文与道学》、吴庚舜《加强宋代文学研究之我见》、谢桃坊《略论宋代理学诗派》、谢宇衡《宋诗臆说》、周义敢《北宋的禅宗与文学》。第 4 期又发表陈植锷《宋诗的分期及其标准》、薛瑞兆《论宋代戏曲形成的标志及原

因》2 篇宏观研究论文。此后每年都会揭载几篇宏观性的整体
研究论文。

2001~2021 年，《文学遗产》的宏观研究论文更多。这一阶
段共发表 378 篇宋代文学研究论文，宏观性整体研究论文达到
164 篇，占同期论文总数的 43.4%，几近一半。数据表明，21
世纪以来的宋代文学研究，宏观性的整体研究趋势越来越显著，
个体作家和具体作品研究的选题虽然还略占优势，但大多是从
个体作家和具体作品集入手，而立足于宏观的考察，即把个体
作家或具体作品放在宏观性的文学背景或文化生态中来考察。
宏观或中观性的研究，将是今后宋代文学研究的趋势。

三 《文学遗产》的活跃作者

最后统计《文学遗产》的活跃作者。

某一科学领域的活跃作者的数量标准，根据计量文献学的
普赖斯定律，是单个作者最高成果量的平方根乘以 0.749。而
《文学遗产》发文量最高的作者有 15 篇，因此，15 的平方根
3.87 乘 0.749 等于 2.9，四舍五入为 3 篇。即是说，在《文学遗
产》发表 3 篇以上论文的作者，可称为活跃作者。

因为不同时期有不同的特点，我们还是分段观察统计。

1954~1966 年，《文学遗产》发表宋代文学论文最多的作者
为 6 篇，因此发表 2 篇以上论文的作者为活跃作者。数据显示，

有 24 人发表过 2 篇以上宋代文学研究论文（参见表 8），这些作者可称为活跃作者。活跃作者中，发表论文最多的是夏承焘先生，共 6 篇，其中 5 篇是宋词论文：《楚辞与宋词——为辛弃疾逝世 750 周年纪念作》（《光明日报·文学遗产》1958 年 2 月 2 日）、《辛稼轩的农村词》（《光明日报·文学遗产》1958 年 5 月 18 日）、《评李清照的〈词论〉》（《光明日报·文学遗产》1959 年 5 月 24 日）、《读张炎的〈词源〉——词史札丛之一》（《光明日报·文学遗产》1960 年 5 月 24 日）、《说陈亮的龙川词》（《光明日报·文学遗产》1962 年 1 月 21 日）；剩下 1 篇是有关钱锺书《宋诗选注》的书评：《如何评价〈宋诗选注〉》（《光明日报·文学遗产》1959 年 8 月 2 日）。其次是唐圭璋先生，有 4 篇，都是词学研究论文：《论柳永的词》（《光明日报·文学遗产》1957 年 3 月 3 日）、《再论柳永的词》（《光明日报·文学遗产》1958 年 3 月 28 日）、《文天祥〈念奴娇〉词辩伪》（《光明日报·文学遗产》1959 年 4 月 19 日）、《也论李清照》（《光明日报·文学遗产》1959 年 6 月 14 日）。夏、唐二先生是公认的词学大师，他俩的发文量最高，从一个侧面体现出其知名度和影响力。

其他发表 3 篇宋代文学论文的作者是马茂元（1918~1989）、金启华（1919~2011）、郭豫衡（1920~2010）、程毅中（1930~2024）、王水照（1934~　）。马、金、郭三位都是当时著名学者，而程毅中和王水照先生则是青年学者。1957 年 1 月 28 日程毅中在《光明日报·文学遗产》发表《东坡词的意境》，仅仅

27 岁；王水照 1961 年 1 月 8 日在《光明日报·文学遗产》发表《谈谈宋词和柳永词的批判地继承问题》，也年仅 27 岁。可见《光明日报·文学遗产》早就注意发表青年学者的论文。

表 8　1954~1966 年《文学遗产》作者宋代文学研究发文量

作者	成果量	作者	成果量
夏承焘	6	郭绍虞	2
唐圭璋	4	黄海章	2
程毅中	3	黄伟宗	2
郭豫衡	3	江九	2
金启华	3	孟周	2
马茂元	3	钱仲联	2
王水照	3	邱振声	2
曹思彬	2	夏菁	2
程千帆	2	俞平伯	2
戴不凡	2	张玄浩	2
邓广铭	2	郑定远	2
冯其庸	2	周汝昌	2

1954~1966 年，在《文学遗产》发表过 1 篇宋代文学论文的作者有 104 人，占当时全部宋代文学论文作者 128 人的 81.25%。这表明，《文学遗产》的普通作者超过了八成。活跃作者是少数，24 位活跃作者只占当时作者总数的 18.75%。

1980~2021 年，《文学遗产》发表了 440 位作者的宋代文学研究论文，其中发表过 1~2 篇论文的普通作者为 391 人，占发表论文作者总数的 88.86%。而发表过 3 篇以上论文的活跃作者为 49 人，仅占作者总数的 11.14%，活跃作者仅占一成多。

1980~2021 年，在《文学遗产》发表过 3~5 篇宋代文学研究论文的活跃作者有 38 人（按姓氏音序排列）：曹济平、程杰、程毅中、崔海正、邓乔彬、高利华、葛兆光、巩本栋、韩经太、刘庆云、刘扬忠、刘尊明、龙建国、路成文、马东瑶、马里扬、彭国忠、钱建状、钱志熙、施议对、孙虹、孙克强、陶尔夫、陶文鹏、肖鹏、杨海明、姚华、曾维刚、张海鸥、张剑、张廷杰、张兴武、张毅、赵惠俊、赵晓岚、钟振振、朱刚、诸葛忆兵。

发表过宋代文学研究论文 6 篇以上的高产活跃作者有 11 位，他们是（按姓氏音序排列）：胡传志、孔凡礼、刘成国、莫砺锋、沈松勤、王水照、王兆鹏、谢桃坊、曾枣庄、周裕锴、祝尚书。王水照和程毅中先生在第一阶段就是活跃作者，到了第二阶段，仍是活跃作者，表明他们持续数十年致力于宋代文学研究。

高产的活跃作者中，最引人注目的是青年学者刘成国（1977~），他在《文学遗产》发表了 7 篇论文，2006 年发表《"荆公体"别解》时，还不到 30 岁。路成文、马东瑶、曾维刚、张剑等 20 世纪 70 年代以后出生和马里扬等 80 年代后出生的新生代学者，发展势头强劲。而 1990 年出生的赵惠俊，2016 年发表《〈渭南文集〉所附乐府词编次与陆游词的系年——兼论〈钗头凤〉的写作时地及其他》时，仅 26 岁，30 岁出头就成为

《文学遗产》的活跃作者，表明宋代文学研究后继有人。

我们发现，活跃作者之间很多都有学术渊源，如王水照与张海鸥、朱刚、赵惠俊是师生；陶尔夫和诸葛忆兵为师生；邓乔彬和赵晓岚、彭国忠也是师生；施议对、陶文鹏、刘扬忠出自吴世昌先生门下，而张剑又是陶文鹏的学生；杨海明、钟振振、肖鹏、王兆鹏、刘尊明同出唐圭璋先生门下，而孙虹是杨海明门下的博士，曾维刚为王兆鹏门下博士；莫砺锋和巩本栋同出程千帆先生之门，而路成文又是莫砺锋的学生；沈松勤、张兴武、钱建状同出吴熊和先生之门，刘成国则是沈松勤门下的硕士。薪火相传，渊源有自，故学术得以延续和发展。古人很重视师授传承，南宋张元干《亦乐居士文集序》曾说："文章名世，自有渊源，殆与天地元气同流，可以斡旋造化，关键顾在人所钟禀及师授为如何。"（《芦川归来集》卷九）学术传统的延续，也需要师授和传承。

上述活跃作者，以词学研究的专家居多。曹济平、崔海正、邓乔彬、龙建国、刘庆云、刘扬忠、刘尊明、路成文、马里扬、彭国忠、钱建状、沈松勤、施议对、孙虹、孙克强、陶尔夫、陶文鹏、王兆鹏、肖鹏、谢桃坊、杨海明、张廷杰、赵惠俊、赵晓岚、钟振振、诸葛忆兵等26位学者，在《文学遗产》上发表的多是词学论文。词学研究的活跃作者占了宋代文学研究的半壁江山。其他学者多研究宋代诗文或小说，间或兼治词学。

《文学遗产》刊载的宋代文学论文中，宋词研究论文约占一半，而宋词研究的活跃作者也占了全部活跃作者的一半。正因为宋词研究的活跃作者多，故而宋词研究的论文量也占优势。

以上用计量学术史的研究方法，对《文学遗产》创刊以来发表的宋代文学研究论文做了初步的计量分析，深入的研究内容和方法、研究视角和领域的量化分析还有待来日。本文只是量化分析，而不是量化评价。量化评价，需要完善科学的量化评价体系。而人文科学成果的量化评价体系，还没有建立。大数据时代的文学研究，既需要量化分析，也需要对研究对象（作家作品）和研究成果进行量化评价。期待学界共同努力，来思考和建立文学研究和研究成果的量化评价标准和评价体系。

[作者单位：四川大学文学与新闻学院]

《文学遗产》七十年与唐宋文学研究[*]

吴夏平

  《文学遗产》1954 年创刊，1963 年因故停刊，1980 年复刊。据笔者统计，自创刊迄今的 70 年间，《文学遗产》共发表唐宋文学论文 2000 余篇：其中 1954—1963 年，以《光明日报》"文学遗产"学术专刊形式，发表相关文章 300 余篇；1980—1999 年，发表相关论文 800 余篇；2000—2023 年，发表相关论文 1100 余篇。以下依据三阶段划分，对其 70 年来唐宋文学研究成果进行分析。

---

  * 本文为国家社会科学基金重点项目"中古书籍制度文献整理及其与文学之关系研究"（项目编号 21AZW006）阶段性成果。

一 《文学遗产》1954—1963 年唐宋文学研究

1954 年 3 月 1 日，《文学遗产》在北京创刊，以《光明日报》学术专刊的形式出刊，两周一期。自第 10 期开始改为每周一期，周六出刊。《发刊词》特别强调："运用科学的观点与方法，也就是辩证唯物主义的观点与方法，对我们文学遗产作出正确的评价……一方面以上述目标为我们的方针，努力提倡以科学的观点和方法来研究我们的古典文学中的作家和作品；另一方面又必须照顾实际水平，容许发表各种不同的意见，并不要求每一篇研究文章都成为最后的结论。我们希望有些重要问题，能够在这个刊物上展开活泼的自由论辩。"① 1963 年 6 月 9 日，《光明日报》"文学遗产"因故停刊。综观此阶段唐宋文学研究论文，确以"运用科学的观点与方法""展开活泼的自由辩论"为基本原则。

（一）总体情况

此阶段共发表唐宋文学论文 324 篇。从时代看，唐代 187 篇，宋代 92 篇，五代 24 篇，综论唐宋、唐五代、宋元、宋金的

---

① 《光明日报》"文学遗产"专刊《发刊词》，《光明日报·文学遗产》1954 年 3 月 1 日总第 1 期。

21 篇。从体裁看，诗歌 194 篇，词 86 篇，小说 12 篇，散文 9 篇，戏曲 6 篇，变文 2 篇，其他 15 篇。从对单个作家研究的论文数量看，唐代依次为：杜甫 37 篇，李白 31 篇，白居易 22 篇，李商隐 16 篇，王之涣、柳宗元各 6 篇，元稹、韦庄各 5 篇，王维、孟浩然各 4 篇，王昌龄、岑参、杜牧各 3 篇，高适、韦应物、李贺、韩愈、聂夷中各 2 篇，其他如贺知章、崔颢、孟郊、骆宾王等各 1 篇。五代主要有李煜 19 篇，李璟李煜合论、张泌各 1 篇。宋代依次为：李清照 19 篇，苏轼 15 篇，陆游 6 篇，柳永 6 篇，辛弃疾、姜夔各 4 篇，欧阳修 3 篇，王安石、黄庭坚、范仲淹各 2 篇，其他如陈师道、秦观、张炎、杨万里、吴文英、文天祥等各 1 篇。从单篇作品看，关注较多的依次为：李煜《虞美人》19 篇，白居易《长恨歌》9 篇，王之涣《凉州词》6 篇，李白《清平调》、姜夔《扬州慢》、杜甫《秋兴八首》各 3 篇，苏轼《念奴娇·赤壁怀古》、韦庄《秦妇吟》各 2 篇。

从以上数据可知，此期主要围绕重要作家和重点作品展开研究。其中有关杜甫的讨论，集中于杜诗的艺术风格、浪漫主义手法、人道主义、题画诗、诗歌主张、美学观念、宋人论杜诗，以及对《登岳阳楼》《旅夜书怀》《阁夜》《八哀诗》《洗兵马》《秋兴八首》等作品的评价。时间主要集中在 1962 年，从第 410 期到 414 期，专门设置了"我国伟大诗人杜甫诞生 1250 周年纪念"专栏。李白研究，主要集中于李诗的人民性、思想性、现实性、艺术形象、诗人求仙学道与政治活动、经济来源，以及对《蜀道难》《清平调》《梁园吟》等作品的分析。白居易研究，主要围绕其诗歌写作方法、主题思想、艺术成就展开，并对《长恨歌》主题反复讨论。李商隐研究，主要关注其七言律诗、诗歌用典、风格特色、政治诗、李商隐与令狐父子的关系，以及对《锦瑟》《行次西郊》《碧城三首》《回中牡丹为雨所败二首》《出关宿盘豆馆对丛芦有感》等的评价。李煜研究，集中于对《虞美人》的讨论。例如，第 69 期同时发表陈培治《对詹安泰先生关于李煜的〈虞美人〉看法的意见》和詹安泰《答陈培治同志》二文。陈文对詹安泰《学习苏联，改进我们的古典文学教学》（1954 年 4 月 12 日总第 4 期）① 一文有关李煜《虞美人》的看法提出不同意见。嗣后，楚子、夏兆亿、吴颖、谭丕模、元页石、陈赓平、游国恩、邓魁英、聂石樵、毛星、许可等纷纷加入讨论。北京师范大学中文系中国文学教研组、北京大学中文系文学史教研室、北京大学文学研究所古代文学组、中山大学中文系中国文学史教研组也多次集体讨论。最后，《文学遗产》对李煜词讨论作出总结：一是"李煜的词是不是具有爱国主义思想和人民性"；二是"李煜的词为什么千百年来受到读者的爱好"；三是"李煜的词的艺术性和思想性"②。柳永研究，主要集中于柳词评价。唐圭璋、金启华《论柳永的词》，何芳洲《关于柳永及乐章集》，丰嘉化、刘芝中《柳永和慢词》，

---

① 按：为免繁冗，文中引文仅括注该文在《文学遗产》发表刊期。

② 《光明日报》"文学遗产"专刊编辑部《关于李煜的词的讨论》（来稿综合报导），《光明日报·文学遗产》1956 年 9 月 9 日总第 121 期。

唐圭璋、金启华《再论柳永的词》等文，聚焦两个问题：一是柳永到底是慢词的开创者还是继承者；二是《乐章集》的残缺问题。南京师范学院中文系三（1）班宋代文学科研小组的柳词论文，以及王水照的论文（1961 年 1 月 8 日总第 346 期），讨论了柳词的批判继承问题。苏轼研究主要有程千帆《苏词札记》《苏诗札记》，前者指出："苏词的出现，标志着词这一样式，在北宋时代，于柳永的创作之外，再来一次更新的、更其彻底的变革。"① 后者强调："苏轼豪迈不羁的心灵、热爱生活的性格以及以消极形式表现积极内容的战斗形式，都在他清新流畅、'触处生春'的语言中得到充分的表现。"② 其后，程毅中、黄海章、陈志宪、廖仲安、郭预衡、曹思彬等，分别就苏词意境与文学主张、苏词与北宋词坛、变法与苏轼作品评价、苏轼政治态度、苏文艺术特色、苏轼在海南岛时期的思想和创作等展开论述。李清照研究，主要集中于其词的思想性和艺术性，特别对李词的爱国主义精神展开了讨论。陆游研究，集中于其生卒年、论诗文、思想性等方面。辛弃疾研究，主要有夏承焘论其农村词等。

---

① 程千帆：《苏词札记》，《光明日报·文学遗产》1956 年 12 月 23 日总第 136 期。
② 程千帆：《苏诗札记》，《光明日报·文学遗产》1957 年 5 月 19 日总第 157 期。

（二）运用科学的观点与方法

运用科学的观点与方法主要体现在这样几个方面：一是注意原创性，亦即论题具有创造性；二是在前人基础上，就某一问题继续拓进；三是纠正以往认识的不足或错误。概括起来就是科学地实事求是地讨论问题。以下略举数例。

袁行霈《白居易诗歌的艺术成就和缺陷》指出白诗艺术成就的不同表现，同时也实事求是地分析其缺陷：一是理周辞繁，意切言激，"其实就是一个问题的两个方面，不含蓄是指内容而言，不简练是指语言而言"①。二是白诗在艺术上存在概念化、公式化的毛病。之所以产生这些弊病，主要是因为白居易观察现实缺乏理想高度，往往局限于某些具体事情。此外，袁先生还认为白居易过于强调诗歌的真实性，排斥虚构，因而限制了他的艺术才能。

再如，孟浩然一生绝大部分时间都在襄阳过着隐者的生活，这本无疑问。但闻一多曾在《孟浩然》一文中，认为孟浩然生逢开元盛世，既为盛世，隐居似不相宜。为解答这个矛盾问题，闻先生提出孟浩然隐居是由襄阳历史地理环境决定的观点。陈贻焮认为，闻先生所说的襄阳历史地理环境论以及孟浩然"为隐居而隐居"，部分地解答了孟氏隐居原因，但回答得很不完

① 袁行霈：《白居易诗歌的艺术成就和缺陷》，《光明日报·文学遗产》1963 年 6 月 9 日总第 463 期。

全。其《谈孟浩然的"隐逸"》一文指出：40 岁之前，孟浩然隐居是为入仕做准备的，隐居是"一种姿态，一种方式……这种隐逸可以造成名誉，于进于退都是有利的。因此它与求仕进的思想是统一而不是矛盾的"①，文章进一步强调，不能因为孟浩然身处开元盛世，便可以强调他积极入仕，而事实是孟浩然本身就是那样的。同理，也不能因为史传中说他"骨貌淑清，风神散朗"，就认为他天生清高出尘。孟浩然 40 岁之后的隐逸，正如陶渊明那样，是遭受现实挫折之后的生活选择。

程千帆《略论王安石的诗》认为王安石《明妃曲》二首，"这样两篇好得出奇的诗却长期被人误会着，甚至于被人用来作为对诗人进行人身攻击的资本。他们将'人生失意无南北'与'汉恩自浅胡自深'等诗句鲁莽地或故意地算作诗人自己的意见，从而作出错误的论断来"，实际上"诗篇用意在痛惜这一著名古代女性的遭遇，珍惜和同情她怀念祖国的心情，完全是无可怀疑的"②。这样就回到了王诗的历史语境，结论也就更为平允。

王运熙《试论唐传奇与古文运动的关系》对郑振铎称"传奇文是古文运动的一支附庸，由附庸而蔚成大国"，及陈寅恪谓

---

① 陈贻焮《谈孟浩然的"隐逸"》，《光明日报·文学遗产》1954 年 8 月 22 日总第 17 期。

② 程千帆《略论王安石的诗》，《光明日报·文学遗产》1957 年 2 月 17 日总第 144 期。

"古文之兴起，乃其时古文家以古文试作小说而能成功之所致"①
等观点提出怀疑，认为唐传奇文体是在汉魏六朝志怪小说基础
上发展起来的，中唐古文运动兴起，并不是促进传奇发展的一
种动力，传奇不是古文运动的支流，韩愈和柳宗元等人的试作，
只表明在此风尚影响下，他们也不能免俗。很显然，文中运用
的研究方法，充分体现了"科学的观点和方法"等学术原则。

（三）展开活泼的自由辩论

编辑部在强调"运用科学的观点和方法"的同时，还提倡
"展开活泼的自由辩论"。综观此阶段论文，其论辩形式是多样
的，有时以集体形式呈现。例如北京大学中文系古典文学教研
室对林庚《诗人李白》一文进行集体讨论，论题主要集中在两
方面：一是"对'太平盛世'的估价问题"，何其芳、王瑶、赵
树理等人提出不同看法；二是"关于'布衣'的定义，'布衣'
斗争在历史发展上的意义以及它与农民起义的关系问题"②，游
国恩、季镇淮等人作了具体分析。此后，围绕《诗人李白》进
一步展开讨论，先后发表胡国瑞《评〈诗人李白〉》、华先宏
《读〈诗人李白〉后的感想》、杨超《与林庚先生商讨关于李白

① 王运熙：《试论唐传奇与古文运动的关系》，《光明日报·文学遗
产》1957 年 11 月 10 日总第 182 期。
② 陈贻焮整理《关于李白的讨论——北京大学中文系古典文学教研
室会议记录》，《光明日报·文学遗产》1954 年 10 月 24 日总第
26 期。

和他的时代问题》等文。

"活泼的自由辩论"有时又在几个作者之间进行。例如李嘉言、霍松林就白居易诗歌"卒章显志"与现实主义的关系问题反复辩论；刘乾、王瑶就词与音乐的关系展开辨析；程千帆、侯镜昶等就《唐诗三百首》编者"蘅塘退士"是否为孙洙进行讨论；曹济平、陈贻焮就王维《辋川集》写作年代进行辩论。1961 年至 1962 年，第 389、395、421 期，发表林庚《略说"凉州"》、孙祚民《王之焕的〈凉州词〉》、廖仲安《关于王之涣及其〈凉州词〉——并与孙祚民同志商榷》、孙祚民《再谈王之涣的〈凉州词〉——兼答廖仲安同志》、廖仲安《答孙祚民同志》、王汝弼《对王之涣〈凉州词〉的再商榷》等文。其后，编辑部对有关《凉州词》的讨论作出总结："王之涣的《凉州词》所反映的景象究竟为边塞的荒凉抑或祖国山川的壮丽，历来就有不同的看法，估计一时尚难得到一致。"①

"活泼的自由辩论"还体现在书评中。此阶段评述的著作主要有王国维《宋元戏曲史》、陈寅恪《元白诗笺证稿》、钱锺书《宋诗选注》、岑仲勉《唐人行第录》、夏承焘《姜白石词编年笺校》《唐宋词人年谱》、高步瀛《唐宋诗举要》、胡云翼《宋词选》、黄公渚《欧阳修词选译》、唐圭璋《唐宋词选》、詹安泰《李璟李煜词》、苏仲翔《元白诗选》《白居易传论》、缪钺《杜

---

① 《光明日报》"文学遗产"专刊编辑部《编后记》，《光明日报·文学遗产》1962 年 7 月 1 日总第 421 期。

牧诗选》、马茂元《唐诗选》、陈贻焮《王维诗选》、胡忌《宋金杂剧考》、傅惜华《宋元话本集》、蒋礼鸿《敦煌变文字义通释》、傅庚生《杜甫诗论》、冯炳文《杜甫论稿》、萧涤非《杜甫研究》、舒芜《李白诗选》、林庚《诗人李白》、王拾遗《白居易研究》、范宁《白居易》、陈友琴《白居易诗评述汇编》、陈迩冬《苏轼词选》、游国恩等《陆游诗选》、齐治平《陆游传论》、钱东甫《辛弃疾传》、邓广铭《稼轩词编年笺注》等。书评大多直接讨论其中存在的学术问题。例如夏承焘《如何评价〈宋诗选注〉》，一方面肯定该书选篇之功劳，另一方面也指出注的不足，如："曾几的'五更桐叶最佳音'，引上刘媛、温庭筠乃至白仁甫的《梧桐雨》杂剧，而其实与曾诗的句意并不很贴切。必须像尤袤的小序里说'胸中襞积千般事，到得相逢一语无'这样的有原有委，才正是惬心贵当，能解人颐的。"① 朱金城《从唐代文学的人名工具书谈到岑著〈唐人行第录〉》，高度肯定了岑著对于唐代文学研究的作用，但也指出其中存在考证不确切，以及校勘、标点等方面的错误。郑定远《对〈稼轩词编年笺注〉的一些意见》，指出书中存在"误者应正""略者应详""缺者应补"等可完善之处。如稼轩词"好卧长虹陂十里，是谁言，听取双黄鹤"，当引自《汉书·翟方进传》，而非《云笈七签》。稼轩词"文烂卿云"，"卿"应指司马相如，"云"

---

① 夏承焘：《如何评价〈宋诗选注〉》，《光明日报·文学遗产》1959年8月2日总第272期。

即扬雄，而非引用《卿云歌》。① 这些正误工作确为有识，正如邓广铭答词所言："这篇文章所指出的《稼轩词编年笺注》中的一些错误和疏漏之处，都是很正确的。"② 可见，凡实事求是讨论学术问题的书评，确实有助于提升著作质量，同时也易被作者接受和认可。

二 《文学遗产》1980—1999 年唐宋文学研究

1980 年 6 月 29 日，《文学遗产》改版复刊。《复刊词》强调："复刊后的《文学遗产》像过去那样仍然注意文章的学术性和科学性，同时，力求密切联系实际，为发展和繁荣我国的社会主义文学事业服务。"③ 复刊后第 1 期所附"稿约"，对稿件提出五个基本要求：一是中国古代文学作家、作品的研究，中国古代文学史上的问题的研究；二是关于中国古代文学史上的作家、作品、问题的资料和考证；三是有关中国古代文学研究的有学术价值的读书笔记、札记、随笔；四是对国内新出版的中国古代文学研究著作的书评；五是讨论、研究中国古代文学

---

① 郑定远：《对〈稼轩词编年笺注〉的一些意见》，《光明日报·文学遗产》1962 年 10 月 21 日总第 437 期。

② 邓广铭：《写在郑定远同志的意见之后》，《光明日报·文学遗产》1962 年 10 月 21 日总第 437 期。

③ 《文学遗产》编辑部《复刊词》，《文学遗产》1980 年第 1 期。

问题的通讯报道。自复刊至 1999 年，共发表唐宋文学论文 800
余篇，其中唐代 400 余篇，宋代 300 余篇，其余为唐宋、唐五代
综论，研究的问题主要有以下几个方面。

（一）作家研究

一是生卒年。陈尚君《杜牧卒年订正》（1983 年第 2 期），
提出作家生卒年考证应注意中国的夏历纪年与公元纪年，首尾
相差约一个月。夏历岁末正值公历次年岁首。用公元纪年著录
古人生卒年，凡能查到具体月日，应考虑到历差的因素。据
《二十史朔闰表》，杜牧卒年大中六年（852）十一月十八日为公
元 853 年元旦，故系年当以 853 年为正。戴伟华《读唐诗札记二
则》（1990 年第 1 期），考卢纶应卒于贞元十九年（803）或二
十年（804），并指出两《唐书》于大历、贞元诗人卒年及卒官
记载，可疑处甚多。陶敏《杨炯卒年求是》，认为傅璇琮《唐代
诗人丛考·杨炯考》结论略可修正，同时指出有学者据《金石
录》将杨炯卒年推后十余年的看法有误，原因是通常所认为的
撰碑后不久即立碑并不完全正确，因此不能将杨炯所撰《周晋
州长史韦公碑》的立碑时间"长安三年四月"当成撰碑时间。
此外，关于储光羲、李华、萧颖士、张志和、方干、罗隐、张
祜、皇甫湜、韦庄、黄庭坚、朱敦儒、胡仔、谢逸、吴文英等
人的生卒年亦有详细考证。

二是生平事迹。葛晓音《关于卢照邻生平的若干问题》，对
卢照邻任邓王府典签、三次入蜀时间等作了详细考证，对此前

傅璇琮、任国绪、陈贻焮等人的相关研究，具有重要修正作用。陈尚君《张碧生活时代考》指出《新唐书·艺文志》称张碧为"贞元人"，当出自宋敏求手笔，而宋氏之依据，当因孟郊有诗涉及张碧，据以推知其时代。但事实上，依据其他材料，可知张碧生活时代并非中唐，而应为唐末，甚至可能存活至五代初。郁贤皓《李白与玉真公主过从新探》重考二人交往，指出解决问题的关键点是确定"卫尉张卿"到底是谁。陈铁民《由新发现的韦济墓志看杜甫天宝中的行止》重考天宝六载（747）后杜甫行踪。孔凡礼《范成大早期事迹考》《关于汪元量的家世、生年和著述》《陆游的老师丹阳先生》《关于苏轼生平的若干资料》等，为认识宋人生平提供了重要材料。

三是人格评价。主要集中于唐宋著名文学家。如对杜甫，多从民胞物与情怀、伦理道德等方面进行评价。对李白，则多从豪放积极、自由精神、理想主义等方面来评价。也有学者指出李白人格中矛盾性的一面，如唐异明《李白的失败与成功》等。对白居易，主要肯定其积极用世、博施济众、独善其身、乐天知命等人生价值观念。傅璇琮《白居易评价中的一个问题》（1982 年第 3 期），则指出有人认为白居易赞成和支持永贞革新的看法，不符合历史事实，因为贞元二十一年（805）二月二十九日白居易作《为人上宰相书》，"为人"虽可理解为白居易本人，但信中所述希望新任宰相韦执谊善政，只是干谒文常用语，而上书时新政还未实施，连新政主持者尚未登场，何来支持和拥护呢？王水照《苏轼的人生思考和文化性格》，认为苏轼的狂、旷、谐、适构成一个完整的性格系统，统一于人生思考之上，这些性格因子随着生活经历起伏，发生变化、递嬗、冲突，但都能取得动态平衡。杜晓勤《从家学渊源看陈子昂的人格精神和诗歌创作》，指出陈子昂受家学影响，形成独特的以儒家"仁义""礼乐"为政治理想，以纵横家的出奇制胜为济世方式，以道家道教的饵食养生为人生归宿，闪烁着初唐其他诗人少有的忠、义、豪、侠的人格精神。此外，姜夔、蒋捷等人的文化人格、人品等亦有相关评价。

（二）作品研究

一是文献研究。其一，总集。傅璇琮、张忱石、许逸民合撰《谈〈全唐文〉的修订》（1980年第1期），指出《全唐文》存在漏辑、误收、人名误、小传误，及合数人为一、分一人为二等错漏情况。孔凡礼《关于〈全宋词〉的辑补》，对其利用明抄本《诗渊》辑得400多首宋词做了详细说明。张步云《唐代逸诗辑存》利用日本保存的中国古籍和日本的旧籍，辑得《全唐诗》《全唐诗逸》未收录的唐诗77首。吴企明《〈唐代逸诗辑存〉中的一些问题》，对张文作了进一步修正：一是国内现存的并非日本尾张国真福寺旧藏唐卷子本《翰林学士集》，而是这个卷子本的传钞本，得钞本《翰林学士集》并携之回国的，并非黎庶昌，而是刊刻此集者陈田的胞弟陈衡山；二是孙望所补褚遂良诗3首，其源亦为《翰林学士集》；三是作者钞录《翰林学士集》诸人诗，文字与原书有出入。胡可先《〈全宋诗〉琐考》，对《全宋诗》存在的诗人小传舛误、生卒年缺考、作品误收、资料溯源失当等问题作了辨析。其二，辑佚。主要有刘尚荣辑考苏洵佚诗、苏辙佚著，冀勤辑补朱淑真佚作，赵昌平考郑谷佚诗，谢先模论唐宣宗佚诗，许振兴考《宋文鉴》所收杨亿佚诗，彭石居论柳宗元佚文《幸南容墓志铭》等。其三，辨伪。关于《满江红》是否为岳飞作品的争论较为热烈。王克等人认为《满江红·怒发冲冠》中的贺兰山位于河北磁县，属于金宋争战之地，而非如其他学者所说的那样是在当时无战事的宁夏境内，故该词确为岳飞所作。周少雄则认为以《须江郎峰祝氏族谱》来考察《满江红》真伪应需谨慎。李白《清平调》三首是否为伪作亦有争论，吴企明、李廷先有过论辩。曾枣庄指出叶瑞汶对苏轼佚文《叶氏宗谱序》的考证（1997 年第 3 期）不可靠，苏序纯为伪托（1997 年第 6 期）。

二是思想、主题研究。其一，爱国精神。20 世纪 80 年代，古代文学中的爱国精神得到密切关注。佘正松《九曲之战与高适诗歌中的爱国主义》为其发轫之作，此后有侯百朋论林景熙的爱国诗、喻朝刚论陆游的爱国诗、王学泰综论古代文学中的爱国主义问题、王冰彦论文天祥诗歌的爱国思想等。王学泰、谢纪智、郭预衡等对爱国主义的范畴与内涵进行了讨论。其二，文学思想。顾易生从认识论、艺术论、发展论等角度，分析了苏轼的文艺思想（1980 年第 2 期）。徐中玉指出苏轼辩证地统一了迹与妙、数与精、形与神的关系（1980 年第 3 期）。林继中从致用与务本角度，分析杜诗经典化过程中王安石所起的重要作用。胡晓明从夺胎、活法论宋人的尚意诗学及其蕴含的宋代人文精神。其三，文学主题。杨海明分析了唐宋词中"南国情味""富贵气"等主题。金学智对《长恨歌》主题的多样性、蓝旭对杜甫诗的自适主题、罗时进对唐代寒食题材的二重意趣等作了深入分析。

三是艺术研究。刘扬忠《清真词的艺术成就及其特征》（1982 年第 3 期），具体分析了周邦彦词法的创造性：一是在抒情作品中纳入了较多叙事成分和简单情节描写；二是清真词所写人物皆有非常鲜明、生动、丰满的形象特征；三是为了更生动地描述情事和人物，达到寄托作者丰富感情的目的，采用了腾挪跌宕、穿插变化的多种曲折复杂的章法；四是为使所创意境、故事、人物鲜明感人，创造了一种重在细致的形象描绘的写实笔法。张璋《谈李清照的词学成就》（1990 年第 1 期），对"易安体"特征作了具体论述，细致分析了多样化笔法，包括烘托、反衬、比拟、隐喻、影射、对比、问答、夸张、强化、脱开等。钱志熙《论黄庭坚的兴寄观及黄诗的兴寄精神》（1993 年第 5 期），指出黄庭坚是在肯定诗的情性本质，提倡在合乎"道""义理"的艺术境界的前提下提出"兴寄高远"的美学理想。陶文鹏《论苏轼诗塑造人物形象的艺术》（1994 年第 1 期），指出苏轼写人物，总是以情写人，在再现中表现，借叙事以抒情。葛晓音《创作范式的提倡和初盛唐诗的普及——从〈李峤百咏〉谈起》《初盛唐七言歌行的发展——兼论歌行的形成及其与七古的分野》《关于"行"之释义的补正》，对唐代诗学教育、歌行与古体关系进行分析，并指出"行"诗的基本特征即重叠反复，因而适合于大曲的多遍演奏。刘学锴《李商隐咏史诗的主要特征及其对古代咏史诗的发展》指出李商隐咏史诗的讽时性，并对解决历史真实与艺术虚构问题提出看法。莫砺锋《论黄庭坚诗歌创作的三个阶段》，指出依据仕历作诗歌分期并没有多大意义，因为黄诗实际发展过程并未呈现如此清晰的阶段性，"黄山谷体"成熟的早期标志是其文字之清奇简古与声调之拗峭刚健相得益彰，以及意脉的表面断裂与内在连贯相结合，但这种情况在后来也不断变化。

此外，还有不少对作品名物、创作时地考证的文章。如周寅宾考杜甫诗中的"晚洲"，不在长沙以北，而是在长沙以南，不是位于岳阳与长沙之间，而是位于长沙与衡州之间。钟振振认为李商隐诗"长乐遥听上苑钟"，冯浩笺"长乐"为长乐坡、长乐驿，恐非是。"长乐"当指长乐宫，此句实是"遥听长乐上苑钟"或"遥听上苑长乐钟"的倒装。创作时地考证，如蒋寅考常衮《晚秋集贤院即事寄徐薛二侍郎》作于大历九年，胡振龙考宋之问《宋公宅送宁谏议诗》作于荆州江陵府等。

（三）综合研究

综合研究主要有唐宋文学总体风貌、各时代文学总体情况及其发展变化、各文体演进及其相互关系、唐宋文学与文化的关系等。例如，陈植锷、倪其心、吴承学等对唐宋诗歌分期的讨论，韩经太论两宋词风递变，程毅中论唐代小说演进，赵昌平论唐诗演进规律，王祥论初盛唐文的演进与古文运动，曾宪祝论作家队伍结构演变与文学发展的关系，郭预衡论唐代文章变迁，莫砺锋论晚唐五代词风转变，蒋寅从时空意识论大历诗风演变，王兆鹏论宋词审美观念层次及其嬗变，杜晓勤论龙朔诗风新变，余恕诚论文学演进中穿透与移位现象，张雁论宋人词学观念的演进等，体现了宏观的、系统的、动态的学术视野。

自傅璇琮发表《关于唐代科举与文学的研究》（1984 年第3 期）并出版《唐代科举与文学》以后，文学与文化综合研究类论文大量出现。例如，陈飞论唐代科举制度与文学精神品质，尚永亮论元和诗人与贬谪文学，戴伟华论贬谪制度与南贬作家的"骚怨"精神、幕府制度与边塞诗，查屏球论元、王集团与大历京城诗风，李浩论唐代关中士族与文学，沈松勤论北宋党争与"荆公体"等。此外，文学与地域文化的关系也得到关注。例如，王水照《北宋洛阳文人集团与地域环境的关系》（1994 年第 3 期），具体分析了洛阳的地域文化、自然景观和人文景观对钱惟演文人集团文学活动的作用。论文学与宗教关系者，主要有孙昌武论王维佛教信仰与诗歌创作、柳宗元的禅思想、苏轼与佛教，葛兆光论道教与唐诗，周义敢论北宋禅宗与文学，钱志熙论黄庭坚与禅宗，陈铁民论王维与道教，张晶论宋诗"活法"与禅宗思维方式，吴言生论李商隐诗歌佛学意趣等。朱易安论元和诗坛与韩愈的新儒学，则讨论了儒家诗教等问题。

（四）著作述评

此阶段评论的唐代研究著作主要有傅璇琮《唐代诗人丛考》
《李德裕年谱》《唐代科举与文学》《唐诗论学丛稿》，傅璇琮等
编《唐五代人物传记资料综合索引》，詹锳《李白全集校注汇释
集评》，任半塘《唐戏弄》，周勋初《全唐五代笔记小说考索》
《诗仙李白之谜》，陈允吉《唐音佛教辨思录》，吴文治《韩愈资
料汇编》，董乃斌《李商隐的心灵世界》，钱学烈《寒山诗校
注》，余恕诚《唐诗风貌》，郁贤皓《天上谪仙人的秘密——李
白考论集》，陈伯海主编《唐诗汇评》，陈尚君《唐代文学丛
考》，张瑞君《大气恢宏——李白与盛唐诗新探》，刘衍《李贺
诗校笺证异》，肖瑞峰《刘禹锡诗论》，任国绪《卢照邻集编年
笺注》，张伯伟《全唐五代诗格校考》，蒋寅《大历诗人研究》，
宇文所安（Stephen Owen）《初唐诗》《盛唐诗》，赵谦《唐七律
艺术史》等。评论的宋代研究著作主要有施议对《建国以来新
刊词籍汇评》，钟振振校注《东山词》，郑永晓《黄庭坚年谱新
编》，张宏生《江湖诗派研究》，孙玄常《姜白石诗集笺注》，王
学初《李清照集校注》，徐培均《淮海集笺注》，吴世昌《词学
论丛》《词林新话》，张惠民《宋代词学审美理想》，饶宗颐
《词集考》，王水照《宋代文学通论》《苏轼论稿》，李剑国《宋
代志怪传奇叙录》，沈松勤《北宋文人和党争》，吉川幸次郎
《宋诗概说》，许总《宋诗史》，张高评《宋诗之新变与代雄》，
周裕锴《宋代诗学通论》，胡士莹遗著《话本小说概论》，孔凡

礼《苏轼年谱》，杨海明《唐宋词美学》，程千帆、吴新雷《两宋文学史》，许志刚《严羽评传》，郑西村《词源解笺》，程毅中《唐代小说史话》《宋元小说研究》，刘尊明《唐五代词的文化观照》等。上述著作反映了 20 世纪 80 年代以来唐宋文学研究的新变化和新气象。书评总体上突出了方法论和问题意识。例如，王兆鹏评傅璇琮著作，特别强调其在开创其群体研究、立体研究、文学的历史研究与文学历史的研究等方面的方法论意义。罗宗强评周勋初《诗仙李白之谜》，认为该书从一个全新角度提出了不少问题，这些问题虽未全部解决，但却极大地拓宽了李白研究的视野，展现了李白研究的一个更为宽阔的领域。

（五）其他研究

此期与唐宋文学有关的其他研究主要有三方面。一是学术史研究。主要有曹济平论唐圭璋词学贡献，施议对论夏承焘与中国当代词学，王小盾、李昌集论任中敏及其所建立的散曲学、唐代文艺学，葛景春论裴斐的李白研究等。二是域外研究。主要有王丽娜分述高适、岑参、王昌龄的边塞诗，司空图《二十四诗品》，王维诗歌等海外研究情况。此外有肖瑞峰论浙东唐诗之路与日本平安朝汉诗，金卿东论高丽、朝鲜时代士人对白居易的"受容"等。三是计算机辅助及计量分析。主要有巴力对王秀惠氏电脑系统在《夷坚志》研究中应用的介绍，田奕论唐诗的电子化及相关研究，王兆鹏、刘尊明运用定量分析方法研究宋代词人历史地位、20 世纪东坡词研究史等。

三　《文学遗产》2000—2023 年唐宋文学研究

20 世纪以来《文学遗产》共发表唐宋文学相关论文 1100 余篇，主要包括学术论文、会议纪要、书评等。研究的问题主要集中在以下几个方面。

（一）作家研究

一是个体研究。主要是生平事迹考证。如陶敏考宋之问卒于桂州，并考其流钦州路线。齐文榜考张籍卒年应为大和九年（835），与胡适《白话文学史》上卷所载张籍卒年约在 830 年略有不同。傅璇琮等《陆游南郑从军诗失传探秘》（2001 年第 4 期），指出陆游实际在第一线从军时间是乾道八年（1172）在南郑（今陕西汉中）王炎四川宣抚使幕府的 7 个月，其间所作百余篇诗受到王炎牵累而失传，表明政治事件对文学的损害。杨松冀考苏舜钦生卒年应为 1009—1049 年，吴伯雄则认为推算古人生卒年应注意阴历与阳历差异，特别要注意出生在阴历年底的人，换算成公元纪年多进入第二年，据此及其他新证，可推知苏氏应生于大中祥符元年（1008）。戴伟华《张九龄"为土著姓"发微》（2011 年第 4 期），指出张九龄与张说所通谱系并不可信，但帮助张九龄解决了身份和地域卑微的困扰。马里扬《李清照南渡事迹考辨》，对李清照仓皇南渡成因、出发地及起讫时间作了相关考证。刘成国《新见史料与王安石生平行实疑难考》指出王安石嘉祐五年（1060）春送辽使归国，曾越过宋辽边界进入辽国，撰有四篇描写辽国境内景物的诗歌。尚永亮《韩愈两度南贬行程行期考辨》，对韩愈两次南贬行程作了详细计算，较好还原了具体日程。此外，杨炯、孟浩然、刘禹锡、白行简、夏侯审、赵嘏、杜光庭、晏几道、毛滂、尤袤、蒋捷、周邦彦、李之仪、葛立方、文天祥等生平问题也被关注。文人思想和心态亦有相关研究。如侯体健论刘克庄的文化性格与其文学精神，蒋凡论陆游晚节，钱志熙论黄庭坚哲学思想体系，詹福瑞以李白为例论中国古代文学"生命意识"等。

二是群体研究。主要有尹占华论大历浙东和湖州文人集团，贾晋华论《汉上题襟集》与襄阳诗人群关系，尚永亮等从定量角度分析唐知名诗人层级分布与代群发展，陈才智论张祜与元白诗派离合，曲景毅论开元前期张说及其周围诗人群体，罗宁考北宋庐山诗社群体，李小荣论庐山诗社与江西宗派关系，罗时进论贞元时代南北文学集群及其诗风趋尚等。文人群体研究有助于从时、地横截面综合考察文学现象。

（二）作品研究

一是作品考证。此类论文数量较多，主要集中于作品辨伪及系年等。如莫砺锋考《唐诗三百首》中的宋诗，李剑国考《李娃传》疑文，叶修成辨韩愈《黄陵庙碑》之误，张燕婴考故宫博物院藏稿本《故中书舍人南丰先生曾公谥议》，凌郁之考

《全唐诗》张继诗中混入元明人诗 11 首，咸晓婷考李白赠何昌浩诗的时间，邓小军据永王李璘案重释李白《永王东巡歌十一首》等。

二是文集研究。其一，总集。许隽超就 1999 年新版《全宋词》中存在的辑佚、考订、校勘、检索等问题作了具体分析。邓绍基、曾枣庄、王水照、陈尚君、舒大刚《〈全宋文〉五人谈》（2007 年第 2 期），对《全宋文》编纂过程、学术价值等作了系统论述。其二，别集。周祖譔具体辨析了《韩偓诗》一卷本与《直斋书录解题》著录三卷本的关系。陈建森考证南海潘氏藏《唐丞相曲江张先生文集》应出自湛若水刊本，刊刻年代当在嘉靖十五年（1536）以后。文师华认为姜夔诗集祖本当是陈起《江湖小集》或《南宋六十家小集》，现存各版本可分编年、分体两个系统，其间存在互校现象。其三，编集和成书过程。如朱刚论麻沙本《类编增广颍滨先生大全文集》的编纂问题，卢燕新论《极玄集》、《诗例》与《极玄律诗例》的关系，张巍论唐宋时期类编诗文集及其与类书关系，戴伟华论《河岳英灵集》成书过程，日本户崎哲彦论刘禹锡编《唐柳先生文集》的"编次"及其用意，浅见洋二论苏轼尺牍与文集编纂，巩本栋论南宋古文选本编纂及其文体学意义，项鸿强论唐人诗体编次观与自编文集之关系，马旭论《集千家注分类杜工部诗》类编体系等。其四，文集题注。如巩本栋论《王荆文公诗李壁注》，查正贤论自注所示白居易诗歌创作的若干特征与意义，李成晴论李白集诗题、题下自注的写卷本原貌与义例等。其五，文集复原。曾祥波对《杜工部草堂诗笺》注文的复原、宋刊东坡集的复原等问题提出了较好的解决思路。

三是主题、题材。唐诗主要有汪聚应论唐人咏侠诗，陶文鹏论李商隐梦幻诗，池洁论唐人应试诗，莫砺锋论杜甫暮夜诗，霍松林论杜甫赠别诗，钱志熙论李白游仙诗，肖瑞峰论刘禹锡唱和诗等。宋诗主要有常玲论杨万里谐趣诗，诸葛忆兵论宋代采莲诗、宫廷诗，高峰论宋代宫怨诗等。宋词主要有吴帆论苏轼咏物词，陈玉兰论李清照南渡词，王晓骊论宋代山水词等。此外，唐宋饮食题材也得到关注。

（三）文体研究

一是诗体。研究唐诗古体的主要有刘青海论李白五古，刘宁论杜甫五古，王次梅论杜甫七古，魏祖钦论王维七古，吴相洲论王维乐府诗，钱志熙论李白乐府诗，葛晓音论杜甫长篇七言"歌""行"等。唐诗近体主要有刘学锴论李商隐七绝，孙绍振论李白绝句，李翰论杜甫七绝，刘青海论杜甫变体七绝，陶文鹏论韩愈七绝，张培阳论五律的律句，葛晓音论杜甫五律，谢思炜论白居易五律，孙立尧分析杜甫七律语序，吴晋邦论杜牧七律拗峭风格。此外有尚永亮论柳宗元古近体关系，莫砺锋论杜甫排律，刘顺论唐前期七言近体的韵律与句法，郝若辰考近体诗律特殊句式等。李广定、刘成国、朱刚、黄琪、杜晓勤分别对"晚唐体""荆公体""太学体""上官体"以及唐代"格诗"的体式等问题作了具体分析。

二是词体、词调。主要有陈祖美论《放翁词》"创调"和"压调"，白朝晖论三言句式及其词体意义，龙建国论宋代书会与词体发展，谢桃坊论唐宋词调以及唐宋词定体问题，朱惠国论《放翁词》用调特色，田玉琪论唐宋词调字声、唐宋词调入声用韵、唐宋词调字声组织，刘学论唐宋词二字句的功用体式，昝圣骞论《乐章集》创调特征，王卫星论柳永长调，李昌集论词之变体机制等。

三是文体交叉。主要有霍松林论杜甫五古取法纪行赋（2006 年第 4 期），刘尊明论李白乐府诗与曲子词关系，余恕诚论李贺诗歌的赋体渊源等。

（四）文学理论

一是诗学理论。主要有张伯伟论佛经科判与初唐文学理论，张剑论晁说之的诗学观，周裕锴论宋人与自然、艺术及自我之关系、宋诗中的"诗战"之喻及其创作心理，董乃斌论李商隐诗的叙事学，李瑞卿论王勃易学及其诗学思想，胡传志论元好问与戴复古论诗绝句异同，周剑之论宋诗纪事与宋代诗学的叙事性转向，陈伯海考释唐人"诗境"说，钱志熙论唐诗境说的形成及其文化与诗学上的渊源，蒋寅论李杜优劣论背后的学理问题等。

二是词学理论。主要有顾易生、余恕诚、彭国忠论李清照《词论》理论价值。谢桃坊论南宋词复雅现象，韩经太论唐宋词学的自觉与乐府传统的新变，邓乔彬论宋词"骚""辩"之旨，徐安琪论宋初词学思想，郑园论东坡词中的"清"及东坡檃括词，孙克强述词学史上的清空论、唐宋词坛词体观演进、词学史上的柳词批评，李昌集解读宋代柳词论案，沈松勤论花间词的规范体系，彭玉平论词学批评学的现代发生与"三大体系"建设，杨传庆论词学史上的东坡艳词批评等。

三是文章学理论。主要有朱迎平论宋代题跋文的勃兴及其文化意蕴，祝尚书论宋元文章学"认题""立意"，沈松勤论宋体四六的功能与价值，刘成国论宋代俳谐文，张兴武论曾巩应用文，吴夏平论中唐"六经皆文"观念生成，方笑一论宋代殿试策文，叶晔论南宋文章文本生成等。

四是赋学研究。主要有张宏生论文赋的形成及其时代内涵，曾枣庄论宋代律赋，刘培论北宋后期辞赋特征，刘青海论初盛唐献赋活动，吴怀东论杜甫《天狗赋》"献赋"性质等。

（五）综合研究

一是唐宋会通。主要集中在两方面。其一，唐宋会通研究实践。例如，对唐宋词调、词体、梦幻词、牡丹词、青词等系统考察，对乐府诗与曲子词分流、唐宋转型与诗人形象转换、唐宋时期诗歌经典化、唐宋时期文艺思潮与古文运动关系、唐宋伎艺与戏剧"合生"关系、唐宋时期文道关系变化等深入分析。其二，唐宋会通研究方法。为回应日本学界提出的"唐宋变革"说，《文学遗产》2017 年第 6 期约请学者围绕此问题展开讨论。莫砺锋指出，会通唐宋的主要理由，在于唐宋两朝的文学之间存在着千丝万缕的复杂关系，以会通眼光对唐宋两代的文学进行整体观照，肯定会使某些发展脉络或时代特征变得更加清晰。陈尚君具体分析了唐宋两个时期的文化思想、礼仪制度、社会结构等方面的渐变过程。卢盛江提出，将唐宋一些文学现象放在更准确的历史坐标上来观察，有助于更全面深入地了解发展轨迹、发现规律、解读史料。周裕锴认为，文本通读有助于了解唐宋文学大格局，文本细读可对成见提出质疑，发现基本义例可发明形而上的义理，亦即文学史、文化史的一般规律。查屏球以宋人崇唐现象为例，强调唐宋文学会通的核心问题是社会结构变化以及所造成的社会文化改变。李贵认为，唐宋文学会通研究可从文人、文本、文体和文化这"四文"入手。

二是制度文学。傅璇琮《唐玄肃两朝翰林学士考论》（2000年第4期），将初始阶段翰林学士制度与中书舍人作对比，重点揭出玄肃时期一部分知识分子的生活道路。傅璇琮的"制度与文学"研究具有重要示范意义，此后主要有戴伟华论李白待诏翰林及其影响，陈铁民等论守选制与唐人登第释褐时间，马自力论谏官制度与中唐文学，谢思炜论白居易拟制现象，查正贤论唐代制举与隐逸风尚，王勋成论选举制与唐人及第登科入仕，杜晓勤论开成试诗变体与文宗朝党争，陈飞论唐代试策的形式体制、表达体式、明经试策内容体制，吴夏平论官学制度与初唐诗歌演进、唐人别集国家庋藏制度及相关文学问题等。宋代制度与文学研究主要有沈松勤论"绍兴和议"期间的文学生态、"崇宁党禁"与文学创作趋向，陈元锋论北宋翰林学士与诗史演进、宋太宗朝翰林学士，钱建状论糊名誊录制度与宋代进士行卷，管琴论南宋"词科习气"，侯体健论南宋祠禄官制与祠官文学，慈波论南宋科举试策与策学等。

三是传播接受。其一，传播方式。王兆鹏对宋代诗词的口头传播、题壁传播、"多媒体"传播等问题作了深入研究。此外有吴淑玲论唐代驿传与唐诗发展之关系，张鸣考宋代词的演唱形式，李小荣论唐诗名篇在丛林的传播与接受等。其二，传播与作品经典化及诗人形象转换。主要有朱易安论西昆体传播接受，刘明华论中国现代学制文学教育中的杜甫形象，詹福瑞论唐宋时期李白诗歌的经典化，罗时进论宋代图像传播对唐代诗人与作品的经典化形塑，查屏球论唐宋时期白居易形象的转换等。其三，文学传播隐含的理论问题。例如，莫砺锋《论后人对唐诗名篇的删改》（2007年第2期），指出这种现象体现了中国古代诗歌写作的一个普遍倾向即追求精炼，同时也反映了后代诗人对唐诗艺术规范的批评和修正。张毅《宋人心仪唐诗句法现象分析》，指出这种接受方式的背后是宋人学习唐诗过程中自成一家始逼真的创造精神。

四是文学地理。主要有许伯卿论宋词题材演进的新型南方文化背景，钱建状论南渡词人地理分布与南宋文学发展新态势，李德辉论多景楼与两宋文学，陈玉兰论辛弃疾词中的齐鲁文化与江南文化叠合，沈松勤论宋词中的"西湖意象"及其文化蕴涵，李定广论"花间别调"与晚唐五代蜀粤商贸活动，肖瑞峰论苏轼诗中的西湖镜像，李贵论宋代文学中的小县镇与大时代，康震论都城与文学的双向建构及其文学史价值等。

（六）文学史料

一是敦煌写本。敦煌写本文献无疑是唐宋文学研究的重要材料。例如，张子开利用敦煌写本《历代法宝记》补岑参在成都时的行止。陈铁民对此文有补正，认为张文所考岑诗人名、解读诗意等不无可商之处。此外有吴光正论 1949 年前敦煌文学研究的特点，王立群论敦煌本《文选》李善注等。

二是新发现碑刻类文献。墓志是文学研究的重要史料，有助于重新认识作家生平、重辑作品、进一步理解文学背景等。李浩《新发现唐李百药墓志铭及其价值》（2015 年第 6 期），指出利用墓志可订正两《唐书·李百药传》所载之误，还可据此了解唐初新旧葬俗交替转型等现象。胡可先依据新出土《耿湋墓志》，补正其生卒年、家世和历官，依据新出土《唐李幼卿墓志》，考其文学交游。此外有车文明论北宋"舞楼"碑刻发现及其戏曲史价值，黄清发以新出土卢纶家族墓志考其早年经历并解读其诗歌，杨琼利用新出《韦璀墓志》纠正和补充传世文献失实、失载之处，延保全论宋初"舞亭"碑刻发现及其戏剧史价值，陈铁民利用墓志重考李益五入边地幕府史实，李芳民论柳宗元自撰家族墓志碑铭文所构建的家族图谱与家世记忆，管琴论宋代碑志中的徽宗朝舍法与新学等。

三是域外文献。域外文献利用主要集中于东亚和俄藏汉籍，解决的问题主要是文集早期写本形态及其流传等。例如，对于俄藏敦煌写本 φ242 号《文选注》，傅刚认为此本很可能产生于李善注本之前，应是李善作注所依据的初唐注本（2000 年第 4 期）。刘明认为当由曹宪撰写于唐太宗贞观十五年（641）至高宗永徽元年（650）之间。黄伟豪则认为该写本应为穆宗以后的唐写本，或为当时士人参考李善注与五臣注的应付科举之书。对于日藏《文选集注》的讨论，主要有傅刚论此书的发现、流传与整理，刘志伟论其成书过程，金少华论其来源和编纂体例，陈翔再考其作者，高薇论其与日藏《文选》白文古钞的关系。此外，域外汉籍研究还有张国风论韩国所藏《太平广记详节》的文献价值，王勇论佚存日本的唐人诗集《杂抄》，李铭敬论日本及敦煌藏《文场秀句》，陈翔论日藏《白氏文集》佚文，咸晓婷论正仓院唐写本王勃《滕王阁序》，卞东波论日藏宋人所编唐宋诗合选本《重广草木虫鱼杂咏诗集》、域外汉籍与宋刊本施顾《注东坡先生诗》，张光宇论朝鲜藏《陆宣公奏议》，胡凌燕论正仓院藏《王勃诗序》等。

（七）文学计算

随着古籍数字化进程日益加速，古典文学研究的数字理论技术及其应用也得到密切关注。李铎等人指出文献信息化之后，古典文学研究已由全文检索转移到数据分析，开启了智能化发展方向，并以《全宋诗》为例，具体分析了计算机对重出误收诗的过滤方法，以及通过文本比对重研宋诗风格、流派等问题

（2005 年第 1 期）。李铎还以《全宋诗分析系统》为例，详述标注和本体库建设方法。罗凤珠以唐宋词为例，分析了语义概念分类基础上的情感计算对于古典文学研究的意义。郑永晓强调古籍数字化是研究基础，将数字文本转变为结构化数据，古典文学研究可生发出无穷新空间。刘京臣指出对结构化文本的数据分析、对非结构化文本的数据挖掘，是文本研究领域发展方向。李飞跃采用自动标引与人工校补结合的方式，分别按《广韵》和平水韵对《全唐诗》注音，实现了对诗歌声律的精确标引。2022 年第 6 期发表了一组"数据科学与古典文学研究笔谈"，刘石、王兆鹏、唐宸、诸雨辰等分别就文献学的数字化转向、古典文学研究数据化的可行性、天象模拟技术与古典文学经典作品研究、自然语言处理与古代文学研究等问题提出各自看法，对于转变研究意识、开拓唐宋文学研究领域具有重要意义。

（八）学术史述

一是研究综述。主要是对不同阶段较突出的学术现象进行综述，其对象主要有变文、敦煌小说、陆游、钱锺书《宋诗选注》、苏洵、《长恨歌》、陈友琴的古典文学研究、僧诗文献、盛唐气象、唐代小说、文言小说、戏剧通史、李杜研究、李清照研究等。

二是通讯报道。对单个作家学术研讨会议的报道，主要有杜甫、李白、孟浩然、王昌龄、李商隐、柳宗元、苏轼、辛弃疾、陆游等学术会议。综合性学术会议报道主要集中于唐代文学、宋代文学、唐诗学、词学、骈文、出土文献、辞赋学、古代散文、古代小说、古典戏曲、散曲、文选学、文体学、文学史料学、写本学等。

三是书评。董乃斌《论文学史范型的新变——兼评傅璇琮主编的〈唐五代文学编年史〉》，从文学史编撰范型角度，揭示此书在文学史观、资料性、实证性等方面的贡献。潘明福《〈全宋词审稿笔记〉的学术价值》，指出王仲闻对于《全宋词》最终成书的重要作用主要是词作辑补与校正、词人小传补撰与修改、书稿内容体例调整与编次等。此阶段还对钱锺书《管锥编》《宋诗选注》、王国维《宋元戏曲史》、王仲镛《唐诗纪事校笺》、杨义《李杜诗学》、徐俊《敦煌诗集残卷辑考》等作了评述。

四 唐宋文学研究未来展望

上述《文学遗产》70 年唐宋文学研究的三个阶段，大致形成发轫、发展、繁荣的历史脉络。这表明唐宋文学研究已取得重要成绩，为今后学术发展奠定了厚实基础。从未来着眼，以下几方面似可进一步思考。

一是文学理论研究。其一，文学定义。应在更宽泛范围看待唐宋文学。这并非有意扩大，而是还原历史语境、回归历史现场等研究所需。事实上，唐宋时期对"文"的认识，类书和总集中有充分体现。例如，《艺文类聚》《初学记》《文苑英华》等，选文都较为宽泛，并不局限于诗赋之类。因此，深入研究唐宋时期"文"的本质内涵，当有助于突破观念藩篱。其二，"会通"理论。既要加强唐宋文学会通研究实践，同时也要从理论上深揭"会通"本质。从时间上将唐宋作为整体加以考察，当然是会通的题中之义，但还应从学理层面思考会通的理论和方法。如从"学"的层面看，四部会通或许更能展示唐宋时期学术与文学融合、学者与文人一体化的深层次内涵。简言之，唐宋会通不仅是时间的整体性，更重要的是学理的系统性。其三，文学哲学。文学哲学可以说是"文学理论"的理论。其意义在于由现象而深入本质，从"技""术"进乎"道""理"。

二是新材料和新知识。已有成果充分表明研究者的新材料意识。不过，材料之"新"的含义比较丰富，应包含以下内容。其一，新发现。如上述新发现碑刻、敦煌文献等即是。这方面具有深度发掘潜力的主要是海外汉籍。目前从事这方面研究的学者虽不少，但受各种因素所限，亟待加强。其二，新形态。例如，在已有传世文献中，图像在唐宋文学研究中虽有利用，但还有不少深掘空间。以往研究题画诗词多从文本着力，实际上文本的背后是或存或佚的绘画图像。再如，在学术史特别是近现代学术史研究中，音频、视频也是应充分注意的新型数字文献。其三，新知识。以数字化古籍为基础，利用古文分词技术将文本粒度化，通过词汇语义和文本语义建立的语义关联，可实现知识聚合和重组，由此发现新知识。

　　三是数字人文技术。以数字文献、数据意识、大数据思维为基础，结合数字技术，未来唐宋文学研究可朝以下方向拓进。其一，文学空间。例如，利用 GIS 技术进行唐宋诗路研究。严耕望曾将江南岭南区列入《唐代交通图考》第七卷，但因故未能完成。提取唐诗中的历史地理信息，结合 GIS 可还原唐代江南和岭南交通图，由此可推进江南和岭南诗路研究。其二，文学话语体系。将整首诗或整篇文章粒度化，可从语义上建立更深层次的词汇语义和文本语义关系。利用数据标引和提取技术，可从整体上把握文学话语体系的形成及其演化过程。据此可了解某一时段共同关注的事件以及表达方式，也可以了解某一区域与其他地区所关注事物有何不同。通过对作家和作品评价数据的提取分析，可推知文学话语共同体的形成过程和一般特点。其三，文本计算与人文情感。利用自然语言处理（NLP）、深度神经网络（DL）等人工智能（AI）技术，提取文本中蕴含的情感属性并分类，可剖析"文如其人"背后的机理、方法或逻辑。其原理是通过计算机深度学习文学情感分析样本，形成"情感词典"，以此为基础对大规模文学语料库进行分析和归类，形成情感数据库。由此可探究情感特征及空间分布、情感与社会现实及文本的对应关系等。其四，人物关系。知识图谱是结合图形学、计量学、信息可视化等方法，通过数据挖掘、知识计量、信息处理和图形绘制，以揭示某一知识领域内在规律的理论和技术。利用知识图谱方法，可重勘唐宋时期的人物关系。从语义上看，人物关系不只表现在社会关系层面，而具多样性。例如，从诗学源头看，某一群体具有共同的学诗旨趣，表现为语义上的同义关系。再如从诗歌评价看，不同群体可能会形成同义或反义关系。借助知识图谱，不仅可实现诗人社会关系的可视化研究，而且还可揭示诗人在诗学等方面的新型关联。其五，文本关系。从语源关系讲，诗歌与其他文本的关系，在"前文本"，亦即诗歌写作所利用的文本之外，还包括后人以其为材料形成的新文本。这种新文本不仅是从诗歌到诗歌的过程，而且也包括以诗歌为史料形成的史传及笔记小说等。因此，通过诗句相似性分析，不仅可对诗学方法有更深入的理解，而且还可以进一步分析诗歌与史传等文体之间的关系，由此构建始源性文献与衍生文本及再衍生文本之间的关系链条，发现文本生成与变异、文本生产与文体变迁之间的深层次关联。

［作者单位：上海师范大学人文学院］

《文学遗产》七十年与元明清诗文研究*

何诗海

　　《文学遗产》自 1954 年创刊迄今，已走过 70 年的风雨历程。70 年来，《文学遗产》通过刊发最新研究成果，组织学术活动，培养学术新人，一直活跃在古典文学研究前沿，推动着学术风气转换，被海内外视为中国古典文学研究的水平仪和风向标，对推进中国文学研究的发展，起着不可替代的作用。这种作用，在元明清诗文研究中表现得尤为显著。如果没有《文学

　　* 本文为国家社会科学基金重大项目"历代别集编纂及其文学观念研究"（项目编号 21&ZD254）阶段性成果。

遗产》的组织、引导、推动，很难想象长期被冷落和边缘化的元明清诗文研究能呈现出当下的繁盛局面。

一　七十年的三个阶段

《文学遗产》刊发的元明清诗文研究成果，范围包括金元、明清至近代（新文化运动之前）的诗文和诗文评研究论文，总量约 750 篇。根据新中国成立后的学术发展趋势和《文学遗产》的办刊历程，70 年来的元明清诗文研究大致可分为既有明显阶段性特征，又兼具继承性和发展内驱力的三个历史阶段。

（一）1954—1963 年为第一阶段，发文 48 篇。新中国成立，标志着中国学术开启了新的时代。运用马克思主义理论研究中国文学，成为新中国学者的努力方向。1953 年 9 月第二次文代会后，研究和继承古典文学艺术的重要性成为学界共识。《光明日报》学术副刊《文学遗产》应运而生，于 1954 年 3 月 1 日出版创刊号，每两周一期，同年 7 月改为每周一期。截止至 1963 年 6 月 9 日，《文学遗产》共出版 463 期，刊文约 1400 多篇。作者多是晚清或民国时期接受教育并走向学界的学人，兼具旧学功底和新学修养，是《文学遗产》第一代作者。其中郭沫若、郭绍虞、朱东润、游国恩、俞平伯、夏承焘、陈友琴、赵景深、刘大杰、余冠英、王季思、隋树森、程千帆等大批名家成果的刊发，构成了新中国古典文学研究的第一个"黄金十年"，奠定了《文学遗产》高起点、高水平的办刊基础。

然而，"黄金十年"的发展繁荣，具体到元明清诗文研究，却不免令人失望。在463期1400多篇文章中，元明清文学以戏曲、小说为主，诗文仅48篇，约占总数的3%；如按期数统计，约每10期1篇，年均不到5篇，可见元明清诗文在当时处于学术边缘地位。如再具体到这48篇的时代分布，其失衡更加显而易见，元、明两代仅有4篇相关论文。其中刘世德《元明清文学分期问题琐谈》（1962年3月18日总第406期）因文学史编纂中的分期问题而略及元、明诗文，傅庚生《试再申论"饭山"和"闲骨"——兼答戴鸿森先生》（1962年9月23日总第433期）探讨元好问《论诗三十首》之"笔底银河落九天"一诗的主旨；安民《明、清作家论民歌》（1960年4月10日总第308期）综论明、清作家关于民歌的论述，章椊秋《方以智论"奇"和"平"》（1962年4月8日总第409期）以札记形式解读方以智《通雅》中关于"奇""平"关系的一条论述。以上四文，相较于1400多篇的总量，可谓九牛一毛。元、明诗文几乎成为被遗忘的角落。

清代情况稍为乐观，有44篇文章得以刊发。其中部分读书札记，如袁世硕《读贾凫西〈澹圃诗草〉》（1959年10月4日总第281期）、李绍广《黄遵宪的集外诗》（1959年12月20日总第292期）、汪蔚林《〈孔尚任诗文集〉后记》（1960年1月10日总第295期）等，选题都相对较小。当然，也有一些文章探讨重要作家或重大问题，如霍松林《叶燮的反复古主义的诗

歌理论》（1960 年 5 月 15 日总第 313 期）、曹思彬《郑板桥论》
（1960 年 12 月 25 日总第 344 期）、王瑶《论晚清的新派诗》
（1955 年 11 月 27 日总第 81 期）、舒芜《开展自鸦片战争到"五
四"时期文学史的研究》（1956 年 1 月 15 日总第 88 期）、梅英
超《鸦片战争时期的进步诗人龚自珍》（1957 年 6 月 16 日总第
161 期）、李茂肃《黄遵宪的爱国主义精神》（1959 年 11 月 8 日
总第 286 期）、陈友琴《略谈林则徐的诗及其文学活动的影响》
（1960 年 3 月 20 日总第 305 期）等。这些文章或因论题重要，
或因研究对象属于所谓"进步作家"如龚自珍、黄遵宪、林则
徐等，一经刊发，即引起广泛关注，为清代诗文研究的后续发
展，打下了较好的基础。

这个阶段的元明清诗文研究，努力把马克思主义基本原理
同中国社会历史、文学发展进程相结合，注重从经济基础和上
层建筑的关系中考察文学思想内容和历史变迁，对古代文学艺
术规律及特征关注较少，研究方法和评判标准也较为单一。但
就总体而言，《文学遗产》始终坚持学术标准，既强调用新观
点、新思想对古代作家作品进行深入评论，又注重文献基础，
刊发了一些考据文章；鼓励学术争鸣，允许发表不同意见。尤
其是中央明确提出"双百"方针后，《文学遗产》于 1956 年 7
月连续发表几组《笔谈"百家争鸣"》，鼓励学者放下包袱，自
由探讨和表达学术观点，并刊发了一系列争鸣文章，如程千帆、
侯镜昶等关于《唐诗三百首》编者的考据，李鸿翱等关于桐城
派在社会主义社会有无作用的讨论，陈咏、叶秀山等关于王国

维"境界说"的争论,傅璇琮对李何林《从鸦片战争到"五四"的社会背景和文学概况》一文的商榷等,都产生了良好的学术影响。这些文章的刊发,体现了《文学遗产》矫正文学研究过度强调思想性而忽视艺术性、审美性的努力。而文献和理论并重、鼓励学术争鸣、强调普及和提高的结合以及文学研究的现实意义等,逐渐沉淀为《文学遗产》的办刊传统,初步塑造了新中国古典文学研究的基本品格。

(二)1980—1999年为第二阶段,发文约200篇。停刊10多年的《文学遗产》,于1980年6月以学术期刊形式复刊,不再依附于《光明日报》。《文学遗产》复刊,预示着古代文学研究走出严冬的萧瑟,在解放思想、拨乱反正和改革开放的号角中迎来春天。据中国知网统计,这个阶段的20年中,《文学遗产》刊文约2400篇,其中元明清诗文近200篇,约占8%,相较于第一阶段的约3%,有了显著的增长。本阶段研究的主要特点是:摆脱对政治的简单依附,回归文学本位,重视从文体形态、艺术审美角度考察作家作品和文学发展演变;重视宏观研究,关注古代文学的民族性和现代性;高扬人性视角,努力挖掘古代文学的人性精神和人学内涵;具有方法论自觉,努力借鉴新理论新方法,如接受美学、传播学、原型批评、英美新批评、结构主义、叙事学等。需要特别指出的是,1985年,《文学遗产》组织了"当前古典文学研究与方法论问题笔谈",倡导文学史的宏观研究,并在几年内连续刊发了数十篇宏观研究的成果,涉及元明清的有李正民《元好问诗论的民族特色》(1986

年第 2 期）、庄严《试论桐城派文论的历史特点和美学特征》（1986 年第 4 期）、陆草《佛学与中国近代诗坛》（1989 年第 2 期）等。这些论文，努力调整研究格局，在更为广阔的社会思想文化背景下对文学进行多层面、多角度的综合考察，以更完整地把握文学作为人类复杂精神现象的丰富内涵，推动了古典文学研究的转型。

思想的解放，新理念、新方法的探索，体现了改革开放初期理性意识觉醒、建立多元文化品格的要求。这些探索虽未必完全成功，却为元明清诗文研究带来淋漓生气和开拓学术新境的契机。李宪昭《元代作家李孝光》（1982 年第 2 期）、杨镰《贯云石集考实》（1983 年第 2 期）、门岿《元代蒙古族及色目诗人考辨》（1988 年第 5 期）等专题论文的刊发，昭示着元代诗文研究已突破冰封，开始生长。1985 年召开全国首届元好问学术研讨会，部分论文刊于《文学遗产》1986 年第 2 期，如卢兴基《元遗山和范宽的〈秦川图〉——为元遗山〈论诗三十首〉之一索解》、邓昭祺《试论元遗山〈论诗绝句〉第十五首》等。1990 年召开纪念元好问八百诞辰学术讨论会，卢兴基《在唐宋诗歌成就面前的元遗山》、蔡厚示《论元好问诗风的衍变》、刘泽《元好问晚年诗歌创作论略述》等刊于《文学遗产》1990 年第 4 期。这些会议和论文不但推进了元好问研究，也激发了学界对金元诗文的重视。此后许结《元赋风格论》（1993 年第 1 期）、么书仪《略论杨维桢多变的生活道路》（1993 年第 2 期）、黄天骥等《元明词平议》（1994 年第 4 期）、王琦珍《金元散文平议》（1994 年第 6 期）等论文的刊发，标志着历来被轻视的金元诗、词、赋、散文和文论研究，已得到关注，开始蓬勃发展。明代诗文研究，也打破了此前戏曲、小说占绝对优势的格局，产生了许多重要成果，如徐朔方《徐渭笔下的西方传教士》（1988 年第 5 期）、王英志《明人绝句风格纵论》（1990 年第 3 期）、廖可斌《唐宋派与阳明心学》（1996 年第 3 期）、吴承学等《晚明心态与晚明习气》（1997 年第 6 期）等。

当然，更引人瞩目的还是清代诗文研究的崛起。在《文学遗产》复刊号上，郭绍虞撰文呼吁尽快组织力量编辑全清诗、全清文、全清词、全清曲等以保存一代文献①。1981 年，江苏师范学院成立明清诗文研究室，编辑出版"明清诗文研究丛刊"，标志着明清诗文研究开始受到重视。1983 年，《文学遗产》编辑部与苏州大学合办全国首次清诗研讨会，讨论最集中、最热烈的话题是清诗的文学史地位。尽管有些观点针锋相对，但也普遍认为，清诗作家之众多和作品之丰富，远超唐宋，且有不少超过前代的新成就，应当还清诗以中国古典诗歌终结阶段的较高历史地位。《文学遗产》1984 年第 2 期开设"清诗讨论专辑"，刊发钱仲联《三百年来浙江的古典诗歌》、严迪昌《清诗平议》、赵伯陶《清代初期至中期诗论刍议》、王飙《鸦片战争前后的"志士之诗"及其诗风新变》等 10 篇论文，就是苏州会议的成果，在学界产生了广泛影响。此后越来越多学者投入

---

① 参见郭绍虞《从悼念到建议》，《文学遗产》1980 年第 1 期。

清代诗文研究，相关成果的产出，渐超元、明两代，研究领域也不断拓展。有社团研究，如沈潜《侯方域与雪苑社考略》（1989 年第 1 期）；文体研究，如黄强《八股文与明清戏曲》（1990 年第 2 期）；作家生平和思想研究，如何法周等《侯方域生平思想考辨——论侯方域的"变节"问题》（1992 年第 1 期）。更多的是作家创作研究，有张宏生《朱彝尊的咏物词及其对清词中兴的开创作用》（1994 年第 6 期）、王英志《论屈大均的山水诗》（1996 年第 6 期）、蒋寅《王渔洋与清初宋诗风之兴替》（1999 年第 3 期）等。清代诗文理论和批评研究也是这个阶段的学术热点，从束忱《朱彝尊"扬唐抑宋"说》（1995 年第 2 期）、陈居渊《论孙原湘的性灵说》（1995 年第 6 期）、钱竞《曾国藩、王夫之文论思想异同》（1996 年第 1 期）、曹保合《谈陈廷焯的本原论》（1996 年第 4 期）等可窥一斑。

（三）2000—2023 年为第三阶段，发文约 500 篇。至 20 世纪末，元明清诗文研究有了长足发展，但相较于唐宋诗文及元明清戏曲、小说研究的成熟和繁荣，仍不可同日而语。有鉴于此，《文学遗产》在"世纪学科回顾"专栏组织"明清诗文研究三人谈"。吴承学、曹虹、蒋寅总结了 20 世纪明清诗文研究的现状，认为明清诗文研究还非常薄弱，仍是一个期待关注的领域，并就 21 世纪这一研究领域进行前瞻性讨论①，产生了良

---

① 参见吴承学、曹虹、蒋寅《一个期待关注的学术领域——明清诗文研究三人谈》，《文学遗产》1999 年第 4 期。

好学术效果。进入 21 世纪的 20 多年来，元明清诗文研究无论成果数量及质量、课题立项还是学术人才培养，都可谓突飞猛进，已发展为古代文学研究中最具活力的领域。这种活力，同样可从《文学遗产》刊文窥其一斑。据知网统计，从 2000 年至 2023 年，《文学遗产》144 期发文约 3200 篇，其中元明清诗文约 500 篇，占比 15.6%，总量比上个阶段增长一倍多，是第一阶段的 10 倍多。元明清诗文发文总量的激增，足可以窥见学术发展的趋势。而学术队伍的代际传承，也在元明清诗文研究的高速发展中大体完成。除少数是新中国成立以前出生的前辈学者外，本阶段《文学遗产》作者主要有两大群体。一是 20 世纪 50—60 年代出生，改革开放后较早进入学界的领军学者；二是改革开放前后甚至 20 世纪 90 年代出生，21 世纪进入学界的青年学者。从辈分看，这些青年学者多为前一群体的学生辈，接受过系统的学术训练，外语基础好，学术交流活跃，在知识结构、学术眼光、研究方法上都表现出鲜明的特色，已成为目前元明清诗文研究的主力军。

元明清诗文研究的突飞猛进，除了元明清诗文蕴含的广阔学术空间、学者的学术判断与抉择外，《文学遗产》的引导和组织功不可没。1991 年邓绍基主编的《元代文学史》出版，对元代诗文的新变特征和文学史意义给予较高评价。次年《文学遗产》编辑部就该书出版召开专题座谈会，充分肯定此书对元代诗文研究的贡献。自 2004 年开始，《文学遗产》编辑部与中山大学中文系、中山大学中国文体学研究中心合作，连续举办了

7届文体学研讨会，元明清诗文都是重要议题。2007年"桐城派与明清学术文化研讨会"、2014年"越界与融合：清代文学国际学术研讨会"、2019年"返本开新：明清诗文国际学术研讨会"、2022年"《文学遗产》明清诗文研究论坛"、2023年"《文学遗产》辽金元诗文研究论坛"等会议，都是在《文学遗产》编辑部的组织、参与下召开的，对于整合学术队伍、推进元明清诗文研究，发挥了重要作用。需要特别指出的是，自2016年开始，《文学遗产》编辑部发起组织了"清代文学研究青年学者读书会"；自2017年开始，发起组织了"明代文学研究青年学者论坛"。读书会和论坛的持续举办，不仅激发了学界对明清诗文研究的重视，推进了研究成果的产出，更培养了一支充满锐气和创造力的明清诗文研究青年学者队伍。此外，《文学遗产》于2011年组织"明清诗文研究笔谈"，总结明清诗文研究所取得的成绩，反思存在的问题，对进一步拓展、深化明清诗文研究产生了积极影响。

这个阶段的元明清诗文研究，沿着"如何再出发"的道路探求，呈现出向多元化、纵深化发展的态势。学者们进一步突破过去从作家到作品的单向研究模式和平面化描述，拓宽视野，更新观念，重视对经典文本的深入挖掘，将文学还原到具体的历史文化语境中，从文体、文本、文心、地域、家族、性别、科举、宗教、民俗、出版、阅读史、知识学、经典化等视域全方位、多角度探讨元明清文学的内在特质和发展规律；在张扬人性的基础上，进一步向人类灵魂深处发掘，从心态史、心灵史切入文学研究，深入考察作家的情感世界、心灵体验、审美追求；有方法论自觉而不迷信新理论新方法，注重挖掘理论内涵与中国文学原始语境的内在契合点，通过新理论更为有效地解决本土文学问题，显示出元明清诗文研究不断走向理性和成熟。

二　元明清诗文研究的主要进展与成就

《文学遗产》所刊文章，虽不能呈现古典文学研究的全貌，但大致与新中国古典文学研究的发展同步，体现了学界主流的学术理念、价值判断和关注热点，代表着 70 年来古典文学研究的水平和成就。其中元明清诗文研究发展尤其迅猛，成果千汇万状，主要进展可以概括为六个方面。

其一是史料挖掘、整理与考辨。元明清诗文存世作品之浩瀚、史料之纷繁，超过此前所有时段的总和。史料搜集、整理、辨析、辑佚任务的繁重迫切也无与伦比。《文学遗产》自创刊始，一直重视刊发这方面的成果。程千帆《〈唐诗三百首〉的编者》（1956 年 9 月 23 日总第 123 期）认为，以"蘅塘退士"为《唐诗三百首》编者孙洙的别号，证据不足。侯镜昶、熊起渭等多位作者通过挖掘、考辨《锡金游庠同人自述》《梁溪诗钞》《孙氏宗谱图咏》等史料，证明"蘅塘退士"即孙洙，《唐诗三百首》乃孙洙与其夫人徐兰英共同编选①。陈汝衡《吴敬梓文木山房集外遗文的发现》（1957年6月9日总第160期）从焦循《扬州足征录》收录吴敬梓为扬州士人江昱作的《尚书私学序》，考见吴敬梓与扬州士人的密切交往。新时期以来，史料考辨成果更为丰硕。有考证作家生平的，如陈卫民等《张岱字号、籍里、卒年辨》（1982年第2期）对张岱字号、籍里、卒年等颇多争议的问题提出了新看法；门岿《元代蒙古族及色目诗人考辨》（1988年第5期）考证出阿鲁威、童童、燕不花等14位元代蒙古及色目诗人的生平和创作概况；李庆立《谢榛生卒年代考辨》（1996年第6期）驳斥了关于谢榛生卒年的几种常见说法，考知其生于1499年，卒年很可能是1579年。有考证文集或作品的，如杨镰《〈贯云石集〉考实》（1983年第2期）考辨明中叶后完全散佚，不见于海内外公私藏书目录的《贯云石集》的基本情况。张伯伟《元代诗学伪书考》（1997年第3期）考订《诗法源流》《木天禁语》《诗学禁脔》等元代诗学伪作。王英志《陈子龙著作与作品考述》（2007年第6期）根据各种单行本、合刻本考证出陈子龙著作与作品的传世及散佚情况。值得注意的是，新时期以来的元明清文学史料考辨，不满足于具体史实的辨析、修正或文献的钩沉、辑佚，而

---

① 参见侯镜昶、熊起渭、张觉泉、史树青、陈嘉《谁是〈唐诗三百首〉的编者》，《光明日报·文学遗产》1956年10月14日总第126期。

注重挖掘学术内涵丰富，可拓展学术空间或修正文学史认知的
史料，追求"有思想的考据"。如罗时进《明清钓鱼岛诗歌及
其相关文献考述》（2014 年第 1 期）通过勾稽、考证明清钓鱼
岛诗歌及相关文献，为钓鱼岛的主权归属等国家历史和社会现
实问题提供了丰富的佐证材料，是一篇既考据严谨，又充满现
实关怀的研究成果。

其二是作家创作研究。这里所谓作家创作研究，不是指实
证性的史料考辨，而是在史实基本清晰的前提下，对作家履历、
思想、创作特色、成就及文学史地位等作出分析评价，是一种
富有理论深度和思想锋芒的探讨。这种探讨，是文学史研究的
基本内容。梅英超《鸦片战争时期的进步诗人龚自珍》（1957
年 6 月 16 日总第 161 期）通过解读龚自珍某些诗作，评价他对
于近代思想启蒙的贡献。曹思彬《郑板桥论》（1960 年 12 月 25
日总第 344 期）考察了郑板桥的主要经历、诗文作品的思想特
点以及风趣、通俗的艺术特色。尹恭弘《王思任散文的创作风
格》（1985 年第 4 期）认为王思任散文的主要特色是诙谐幽默的
喜剧风格，这是对中国散文美学的重要贡献，却因不符合"载
道"宗旨而长期被忽视，呼吁学界重视对喜剧传统的研究。此
文选题和论述，都受到 20 世纪 80 年代美学大讨论的影响。钱仲
联等《袁枚新论》（1994 年第 2 期）从诗坛盟主影响一代诗风
的角度，分析袁枚倡导的新诗风对当时诗坛产生的影响。卢兴
基《近古诗歌的精神与元好问》（1999 年第 3 期）认为，元好
问"集大成"的诗歌创作成就及其理论主张，切合了时代需要，

也提供了丰富的创作经验，影响及于整个近古时期。查洪德《刘将孙的诗文成就》（2004 年第 2 期）指出，刘将孙诗文敢于直截了当地表达对社会的失望与不满，敢于蔑视权威与神圣，使其创作具有鲜明的个性特征和主体意识。潘务正《王士禛进入翰林院的诗史意义》（2008 年第 2 期）探讨王士禛的诗风转变历程，认为由宋返唐的节点，约在康熙十八年进入翰林院之际。此外，么书仪《略论杨维桢多变的生活道路》（1993 年第 2 期）、易闻晓《郑珍"学人诗"的学韩路向》（2012 年第 1 期）、王萌筱《晚明文人屠隆的佛道修行与写作转型》（2022 年第 2 期）等，都能打破文学研究中的庸俗社会学阐释模式，从历史、文化、人性、心灵等更为开放、多元的视角探讨作家创作。其中，心态史或心灵史研究路径，是新时期古代文学研究的重要开拓。覃召文《寻根的心迹——论屈大均》（1995 年第 6 期）认为，明清易代使屈大均的心灵始终寻觅着宗族与民族之根，这种寻根心态驱动他对岭南诗歌文化的创造。严迪昌《查慎行论》（1996 年第 5 期）考察查慎行诗文化心态的构成、《敬业堂诗》的诗史意义及其诗歌创作"重意、重气、求淡宕、求空灵"的审美追求。二文通过心态史、心灵史考察挖掘古代文学的人文精神和审美内涵，体现了新时期以来文学研究的新走向。饶龙隼《元末明初浙东文人择主心态之变衍及思想根源》（2008 年第 5 期）的心态研究视角也值得关注。

其三是诗文理论与批评研究。元明清时期，尤其是明清时期，文学思潮纷涌，观念迭变，理论争鸣和文学批评空前兴盛。

面对前代文学高峰造成的压力，明清文人在试图超越秦汉、唐宋的过程中不断进行总结、反思，留下极其丰富的文学理论遗产，为当代学界所重视。如新中国成立之初兴起的关于形象思维的讨论，风骨、意境、神韵等传统审美范畴成为学术热点。陈咏《略谈"境界"说》（1957 年 12 月 22 日总第 188 期）考察王国维"境界"说的内涵及其积极意义。叶秀山《也谈王国维的"境界"说》（1958 年 3 月 16 日总第 200 期）认为"境界"说固然有积极意义，但其理论基础是唯心论，很大程度上否定了陈咏的结论。詹福瑞《王尧衢〈古唐诗合解〉的宗唐倾向及选诗标准》（2001 年第 1 期）从选本批评角度指出，《古唐诗合解》受叶燮《原诗》源流正变论影响，但有浓厚的宗唐色彩，论诗以自然、神化为极致，选诗喜词意悠长者。左东岭《良知说与王阳明的诗学观念》（2010 年第 4 期）探讨王阳明性灵诗学观念的内涵及其对明后期诗歌创作的影响。此外，沙先一《选本批评与清代词史之建构——论谭献〈箧中词〉的选词学意义》（2009 年第 2 期）、张德建《"真诗乃在民间"论的再认识》（2017 年第 1 期）、龚宗杰《古代堪舆术与明清文学批评》（2019 年第 6 期）、何宗美《〈四库全书总目〉"明人"观与明诗文批评》（2021 年第 1 期）等，都能打破理论预设的禁锢，结合创作实践，还原历史现场，考察文学观念和理论发生、发展的来龙去脉及种种表现形态。其中特别引人注目的是蒋寅关于明清诗文理论研究的系列成果，如《叶燮的文学史观》（2001 年第 6 期）、《王夫之对诗歌本质特征的独特诠释》（2011 年第 4

期)、《袁枚诗学的核心观念与批评实践》（2013 年第 4 期）、《洪亮吉的诗学观念与本朝诗歌批评》（2015 年第 3 期）、《肌理：翁方纲的批评话语及其实践》（2019 年第 1 期）等，以丰富的文献为基础，系统考察了明清时期具有代表性的文论家的核心诗学观念和理论贡献，不仅推进了明清诗文理论研究，对于理解整个中国文学批评传统，也有重要意义。

其四是文体和文体学研究。20 世纪 80 年代以来，文体学复兴，标志着古代文学研究向文学本体的回归。元明清文体创作的全面繁荣和文体批评风气之盛，为这个时期的文体学研究提供了广袤的学术空间，成为最引人注目的学术生长点。就文体类型而言，除传统诗文外，元明清时期新生或复兴的文体，如辞赋、小品、八股、骈文、词以及晚清报刊文体等，都得到高度关注。而文体学研究的视角也趋于丰富多样，有文体形态或文体发展史的探讨，如王镇远《同光体初探》（1985 年第 2 期）、陈文新等《从状元文风看明代台阁体的兴衰演变》（2010 年第 6 期）、李光摩《八股文的定型及其相关问题》（2011 年第 6 期）、刘尊举《真我·破体·摆落姿态：徐渭散文的文体创格》（2019 年第 1 期）、杨波《从〈民报〉到〈甲寅〉——政论报刊与清末民初政论文体的嬗变》（2020 年第 2 期）等。有文体观念和辨体批评研究，如查清华《明代"唐人七律第一"之争》（2001 年第 2 期）、何诗海《明清时期诗文难易之辨》（2017 年第 3 期）、朱崇才《论张綖"婉约——豪放"二体说的形成及理论贡献》（2007 年第 1 期）、彭玉平《民国时

期的词体观念》（2007 年第 5 期）、吕双伟《清代骈文理论中
的风格论》（2007 年第 4 期）等。其中影响最大的，是吴承学
的系列研究，相关论文如《中国古代文体学学科论纲》《明代
文章总集与文体学——以〈文章辨体〉等三部总集为中心》
等，既有文体史的多元考察，又有文体学的理论建构，"鉴之
以西学，助之以科技，考之以制度，证之以实物"①，深具研究
视野的开拓性和理论方法的示范性，对明清文体学和中国古代
文学研究产生了广泛影响。

其五是文学流派与社团研究。流派纷呈、社团林立是元明
清文学的重要特征。相关研究一直受重视，新时期以来成果尤
为丰富，重要文学流派或社团的名称、盟主、统绪、成员、文
学主张、创作风格及其历时演变等，都得到深入考察。就《文
学遗产》刊文来看，桐城派是流派研究最大热点。早在 1961 年
5 月 7 日、5 月 14 日，《文学遗产》连载李鸿翱《桐城派在社会
主义社会有无作用?》《桐城派在社会主义社会有无作用?
（续）》，考察桐城派的发展情况、特点，肯定其在社会主义社
会的作用。文章刊出后，引发激烈讨论。讨论情况以《关于桐
城派在今天有无作用的学术讨论》为题，刊于《文学遗产》
1961 年 5 月 14 日总第 363 期，署名"大材"。改革开放后，桐
城派继续吸引着学者的热情，王凯符、任访秋、关爱和、王镇
远、严迪昌、徐雁平、漆永祥、潘务正等多位学者的成果刊于

---

① 吴承学:《中国古代文体学研究》，人民出版社，2011，第 4 页。

《文学遗产》，总计超 20 篇，高踞文学流派研究之首，研究视角和方法也多有创新。如徐雁平《批点本的内部流通与桐城派的发展》（2012 年第 1 期）借鉴知识社会学方法，认为桐城文家存在一个私密性的批点本书籍交流网络，并从中探求桐城派的形成机制和文学特质。七子派（复古派）也是流派研究的热点，有杨遇青《从"白云楼社"到"后七子"派——以嘉靖二三十年间京城文学话语之转移为中心》（2012 年第 3 期）、郑利华《王世贞与明代七子派诗学的调协与变向》（2016 年第 6 期）、孙学堂《康海落职与"前七子"的初步塑造——关于弘、正复古思潮的一个原发性问题》（2022 年第 2 期）等成果。此外，曹虹《论阳湖派的创作风格》（1986 年第 6 期）、陈文新《从台阁体到茶陵派——论山林诗的特征及其在明诗发展史上的意义》（2008 年第 3 期）、王炜《万历年间的文社及其影响——以黄汝亨为中心的考察》（2014 年第 4 期）、袁宪泼《公安派诗学新变中的书画因素》（2015 年第 6 期）考察了茶陵派、公安派、阳湖派以及明代文社。许多以地域命名的文学流派，如公安派、虞山派、云间派、阳湖派、湘乡派等，具有显著的地域文化特征，故相关研究也与地域文学密切相关。其中有些具有全国性影响，引领着时代思潮；更多则以地缘为纽带，活跃于基层社会，拥有数量庞大的基层写作队伍。可以说，地域性文学社团及基层写作是明清文学的显著特征，近年罗时进《地域社群：明清诗文研究的一个重要维度》（2011 年第 3 期）、《清代江南村夫子的文化底基作用与诗歌形象》（2023 年第 6 期）等对此作了深入考察。

其六是家族文学与女性文学研究。家族和女性视角在改革开放以后逐渐成为明清文学研究的热点。家族是中国文化的主要柱石，许多世家大族经过长期繁衍、积累，获得政治、经济、文化、教育上的优势地位。文学教育和诗文创作融入宗亲血统及家族组织，催生了一门数代、风雅赓续的家族文学共同体。这种文学家族，在明清时期的江南地区尤为兴盛，如长洲文氏、太仓王氏、吴兴沈氏、海宁查氏、桐城方氏、姚氏等，皆其卓著者。李真瑜《明清吴江沈氏文学世家略论》（1992 年第 2 期）探究吴江沈氏家族与明清古文、戏曲以及复社、惊隐诗社的密切关系。罗时进《清代江南文化家族雅集与文学创作》（2009 年第 2 期）考察清代江南文化家族的文会雅集对文学发展的推动。查清华《无锡华氏家族与嘉靖文坛》（2015 年第 2 期）从家世传统、地方经验以及与"唐宋派""后七子"领袖人物的交谊等方面，探讨嘉靖年间无锡华氏家族的文学影响力。随着家族文学的兴盛，明清时期出现了大量汇刊一代或数代家族成员作品的家集。徐雁平《清代家集总序的构造及其文化意蕴》（2011 年第 3 期）探讨清代家集总序的形成机制、文体特色及文化意蕴。除了家族视域，明清文学又一显著特色是，越来越多女性作为读者、作者或评论者，活跃于文坛。明清女性文学研究成为新时期学术热点之一。王英志《随园"闺中三大知己"论略——性灵派研究之一》（1995 年第 4 期）考察随园最著名的三位女弟子席佩兰、金逸、严蕊的创作特色、成就及女性诗史地位。郭延礼《明清女性文学的繁荣及其主要特征》（2002年第6期）初步梳理了明清女性文学遗产，揭示明清女性文学的主要特征。宋清秀《清代闺秀诗学观念论析》（2014年第5期）考察清代闺秀的诗学观念，认为闺秀对诗学理论的关注和建构，使女性文学具有了独立性和学术性。乔玉钰《性别语境下的家国书写——明清之际女遗民创作的精神特质论析》（2015年第6期）考量明清之际女性遗民群体文学创作的精神特质。叶晔《女性词的早期阅读及其历史认识的形成》（2022年第1期）从阅读史和知识学切入，探讨崇祯至康熙前期女性读者普遍形成的对女性词的历史认识，认为这种认识标志着女性词文学传统的真正成立。

元明清诗文研究内容包罗万象，除以上所列，还有思想、学术与文学思潮研究，如张晶《元代正统文学思想与理学的因缘》（1999年第6期）、刘毓庆《从经学到文学——论明代"〈诗经〉学"的历史贡献》（2002年第5期）、陆胤《清末西洋修辞学的引进与近代文章学的翻新》（2015年第3期）、郭英德《明末六朝文的流播与文风丕变》（2020年第1期）；文学生态研究，如蒋寅《科举阴影中的明清文学生态》（2004年第1期）；文学接受、传播及经典化研究，如尚永亮《元遗山与白乐天的诗学关联及其接受背景》（2009年第4期）、陈广宏《从〈诗法要标〉看晚明诗法著作的生产与传播》（2016年第4期）、吕双伟《陈维崧骈文经典地位的形成与消解》（2018年第1期）等。此外，还有探讨明清诗文在东亚文化圈的接受、传播及互相建构，如张伯伟《汉文学史上的 1764 年》（2008 年第 1 期）、刘学军《东亚文学交流视野中的许兰雪轩与朱之蕃——〈列朝诗集小传〉"许妹氏"条发微》（2015 年第 4 期）等。多维度、多层面的探讨，充分显示出元明清诗文学术内涵的丰富性、复杂性。有些维度，如地域、流派、家族、性别等，往往彼此渗透，难以截然划界。限于篇幅，不一一列举。

三　元明清诗文研究的问题与思考

从《文学遗产》创刊以来所刊发的文章可以看出，70 年来元明清诗文研究取得了令人振奋的成就，尤其是复刊以来的 40 年中，更呈现出万壑争流、云蒸霞蔚的气象。然而，在学术队伍不断壮大和热点问题深耕熟耘的同时，也暴露出一些较为严重的问题，对此，学界已多有反思①。兹仅就感受最深的几点略

① 参见杨镰《元诗研究与新世纪的元代文学研究》，《殷都学刊》2002 年第 3 期；查洪德《元代文学史研究再审视》，《陕西师范大学学报》2010 年第 5 期；周明初《走出冷落的明清诗文研究——近十年来明清诗文研究述评》，《文学遗产》2011 年第 6 期；张晖《元明清近代诗文研究的现状及其可能性》，《文学遗产》2013 年第 4 期；吴承学《明清诗文研究七十年》，《文学遗产》2019 年第 5 期；左东岭《2016 至 2020 年元明清文学研究趋势、存在问题及前景展望》，《复旦学报》2020 年第 6 期；李桂奎《元明清文学研究》，《学术月刊》2023 年第 11 期等。

作说明。首先，是学术生产力格局失衡。从时代言，清代诗文研究的学术投入和成果产出胜过明代，而元代又不及明代，最为薄弱。就明代论，晚明最热，明初次之，中期最弱。清代情况类似，晚清最热，清初次之，清中期相对冷清。就文类或文体言，元明清诗研究盛于文研究。一些元明清时期新生或复兴的文体，如辞赋、八股、骈文、小品、词等，先后成为热点。从作家群体言，一流作家或文论家如元好问、杨维桢、宋濂、高启、袁宏道、归有光、张岱、王夫之、屈大均、王士禛、龚自珍、王国维、桐城派等少数作家成为热点，而大量普通作家罕有问津。近些年来，有的学者为了所谓"创新"或"填补空白"，又走向另一极端，热衷于鲜有人问津的作家，而不顾其文学史意义和学术价值，遂使研究流于生僻、狭隘、肤浅、琐碎。其次，是大量简单化、同质化研究。这个问题的产生，其实与研究格局失衡相关。众多学者竞相拥簇于热点时段或一流作家，必然催生大量选题重复、观点雷同、方法陈旧单一、流于表面现象描述的论著，而较少富有学术创见、理论锋芒和思想深度的成果。至于为了所谓"创新"刻意选取历来罕人问津的作家，但研究思路、方法都是从时代到作家再到作品的套路，其实也是一种同质化研究。因为研究结果并未改变、丰富或深化对文学生态、文学思潮、文学发展进程和规律的基本认知，只是增加了一些同质化的知识或信息而已。最后，随着学术规范建设的推进、学术评价量化标准的加强和数字人文的发展，文学研究中的技术化倾向越来越严重，人文关怀淡漠，审美判断缺失①。许多文章在技术规范上中规中矩，从数据库大量下载和堆砌文献资料，但提不出真正有价值的问题，甚至连细读文本、准确断句都做不到，更遑论深入研究。

以上问题，有些在古代文学研究中普遍存在，如同质化研究、技术化倾向等；有些是元明清诗文研究中特有或特别突出的问题，如对学术蕴含贫瘠的二三流甚至不入流作家的过度热衷等。如何克服这些问题，使元明清诗文研究尽快突破瓶颈，开辟新境，兹综括前修时贤之论，略陈数端尤迫切者，以就正于方家同好。

（一）对元明清诗文的总体把握和价值重估

文学史研究当对各个历史时期文学创作和批评的整体风貌、主要特征、文学史地位及贡献等有一个基本把握。然而，晚近以来，对元明清诗文的认知和评价，往往判若霄壤。其主要原因在于，评论家或研究者往往从自己的文学立场、观念和闻见出发，所论虽不乏高见，但多隙隙之照，缺乏宏观、整体的把握。以元代文学为例，晚清林传甲编《中国文学史》，对元诗文、戏曲一概否定；王国维、胡适等以戏曲成就盛赞元人创造文学史之辉煌，但对元代诗文不屑一顾；而钱基博著《中国元代文学史》却只论诗文。新中国成立后编纂的几部重要文学史，

---

① 参见左东岭《中国古代文学研究转型期的技术化倾向及其缺失》，《文学遗产》2008 年第 1 期。

如游国恩主编以及中国社会科学院文学研究所编写的《中国文学史》，都认为元代诗文或宗宋或宗唐，大都走模拟因袭之路，没有杰出作家、杰出作品。新时期以来，随着《全元文》《全元诗》《全元词》等项目的推进和出版，对元代诗文评价不断提高。李梦生认为，元代诗歌鼎盛，其名家之众、水平之接近、风格之多样，历史上除唐以外，恐很少有及元代者①。这些大相径庭的论断，显示出学界对元诗文的认知存在重大分歧。此外，明嘉靖以后，以说唱、戏曲、小说为代表的俗文学蓬勃发展，推动了以诗文为代表的雅文学的通俗化。李梦阳、徐渭、袁宏道、张岱等，都创作了一大批通俗浅易、自由活泼的诗文作品，构成明代文学的显著特征。然而，明代文学的主流与核心到底是小说戏曲还是传统诗文？中国文学的"近世化"究竟是从明代开始，还是更早或更晚？五四以来的学者奉公安三袁、晚明小品等为明代文学鼎峰和五四新文学的源头，甚至以嘉靖年间作为"文学正在有力地向着近代化变革"② 的界标，究竟是文学史发展的实际还是现代学者的有意误读？晚清民国文学革命的鼓吹者，其创作或观念是否打上传统烙印？而以遗老自居，文化立场极端保守的同光体诗人等，是否沾染了西学？此类问题，学界仍未达成共识。而相关回答，涉及对元明清文学的整体把

---

① 参见李梦生《元代诗歌概论》，《北京师范大学学报》1991 年增刊。

② 袁行霈主编《中国文学史》，高等教育出版社，2005，第 4 卷，第 3 页。

握和价值判断，直接影响到学术资源的投入、学术领域的拓展和学术格局的建构。每一位元明清文学研究者都应摆脱一隅之见和固有认知模式，在纵向的文学史运动和横向的文学史背景研究中，尽可能客观地把握元明清诗文的总体面貌和独特性质，并对其文学史价值作出既不背离历史语境，又富有现代学术眼光的阐释和重估。

（二）文本细读与元明清诗文的经典化

文本细读作为一种以作品为中心的文学研究和批评方法，对于重估元明清诗文的独特价值、促进元明清诗文的经典化至关重要。文学经典是植根于民族文化深处，具有普遍性和永恒性，经得起反复阅读和无尽阐释的文本。挖掘、阐释、弘扬经典，是每一位文学研究者的文化使命。而要肩负起这一使命，文本细读是必不可少的基础性工作。从古代文学发展史看，元代以前的诗文作品，经唐宋元明清作家和批评家的努力，已基本完成经典化过程。元明清小说、戏曲在西学东渐和新文化浪潮的冲击下，也大体完成了经典化。而元明清诗文虽各在本朝即局部开启了经典化历程，先后产生《元文类》《明文衡》《明诗综》《列朝诗集》《国朝三家文钞》《国朝诗别裁集》《箧中词》等重要选本，但相较于元明清诗文的体量，可谓沧海一粟。就学术研究而言，吴梅、钱仲联、任访秋、钱锺书等学者对元明清诗文经典作家、作品都有精辟抉发，但一来所涉数量有限，二来影响主要在学界，尚未产生广泛的社会效应。主要原因在于，元明清诗文处于古典文学的最后阶段，距离当下不远，未经历史浪潮的充分淘洗，其价值长期为学界轻视，严重阻碍了经典化进程。一个基本事实是，元明清作家作品浩如烟海，大部分未经整理，其基本面貌尚未认清，故其经典化只能说尚处在极小范围、筚路蓝缕的草创阶段，任务异常繁重艰巨，非两三代人能竟其功。每一位元明清诗文研究者，都应有集腋成裘的使命担当，在自己有限的研究领域和短暂的学术生涯中，尽可能多读文集，撷取菁英，删汰繁芜，编纂元明清诗文选本以传播优秀作品。对筛选出来的作品，通过细读文本，感悟、挖掘隐藏在文字深处的精髓，并以笺注、评点等方式激活、阐释蕴涵其中的，能穿越时空的精神气质、情感魅力和审美品格，使这些作品不断走向经典化，揭示文学经典创造的根本途径，坚持文学研究与经典普及互为依存、互相促进，为国家、民族的现在和未来提供生生不息的血脉支撑与精神滋养，从而克服文学研究因技术化而丧失人文关怀与审美判断的弊端。这是一条漫长、艰辛而又充满无限发展前景的道路。

（三）挖掘元明清诗文的文学史新质

作为古代文学发展的最后阶段，元明清诗文在创作和观念上吸收了历代养分，具有新开拓与集大成并举的特色。研究者在宏观把握每个时代文学的整体面貌时，自然应了解继承传统的一面，但更应重视其新开拓的一面，关注元明清诗文相较其他时代，究竟为文学发展提供了哪些异质，与同时代的其他文体如小说、戏曲等相比，具有哪些独特的审美内涵和文化品质。挖掘出这些新质，也就把握了元明清诗文的根本特征，同时也为创新性研究开拓了道路。如随着蒙古族入主中原，内亚文明为传统文化注入哪些新质素、新活力，并影响到诗文创作？元代的民族歧视和取消科举，使士人丧失了优越文化地位和政治前途，也摆脱了对权力的依附，增强了个体独立性，这对元代士人的人生观念、精神风貌、审美情趣产生了怎样的积极作用或消极影响？明代庶吉士作为科举制度的发展和延伸，对文学发展利弊如何，与明代台阁体有无内在关系？明代雕版印刷技术进步，使大规模知识生产、传播和应用成为可能，并对明万历以后白话小说、戏曲等通俗文学的生产方式、规模和消费产生了巨大影响，这种知识急剧扩张，对明清诗文创作有无产生类似冲击？受科举风气影响，明清八股可能是白话小说、戏曲外，出版量最大、最畅销的文章读物。考官意志与举子趋尚，通过大规模商业出版得到及时、快速交流，从而不断推动八股文体的新变，甚至影响到古文、诗歌创作。这些问题，学界还很少关注。又如，明清时期产生了许多活跃于民间的俗文体，如上梁文、帖子词、对联，特别是清代兴起的曲艺类说唱文体，局限于传统观念，长期被排除在文学史视野之外。晚清以来，随着西学传入、报刊兴起和白话文运动的开展，引发了知识革命的狂飙，文学创作、文艺思想、文体观念都发生了颠覆性变革。对此数千年未有之变局，学界虽有所勾勒，但传统诗文究竟如何走向近现代，如何以知识、观念形态融汇于现代文学和学术中，并未提供清晰图景。此外，还应重视大量沉埋于历史尘埃中的元明清普通诗文作家，他们虽非高峰矗立，却构成了溪谷、平地、丘陵甚至高原等文学生态，是产生文学高潮、伟大作家的土壤。当然，研究普通作家，如果信马由缰，随意抓取未被学界关注的对象，最多只是无谓的"填补空白"或同质化的"文学知识"堆砌，学术价值非常有限。有价值的研究，当站在学术史高度，挖掘与一流作家、主流思潮关系密切，有助于发现文学史运动深层结构、内在规律的研究对象或具有群体意义的对象。

（四）立足文集而融通四部

文集是古代文学研究最基本的史料。文集的产生，源于诗赋创作的兴盛。六朝隋唐时期确立了文集仅收单篇辞章，不录经、史、子著述的编纂体例，体现了文学独立、自觉以及与学术分离的进程。文学研究因此被视为集部之学。宋代以后，尤其是明清时期，这种编纂体例不断被打破，产生了大量收录经、史、子著述的别集，以及从经、史、子著作中截取片段文字的总集，并伴随着打破四部藩篱、融通经史子集的观念自觉。从刘因"古无经史之分"① 到章学诚"六经皆史也"②，再到袁枚

---

① 刘因：《静修先生文集》卷一《叙学》，中华书局，1985，第 1 册，第 4 页。

② 章学诚著，叶瑛校注《文史通义校注》卷一《易教上》，中华书局，1994，上册，第 1 页。

"六经者，亦圣人之文章耳"①，经、史、文的疆界逐渐被打破。
章学诚又认为，文集源于子部，是专家之学衰落的结果，要提
高文集品位，必须"以诸子家数行于文集之中"②，可见集部与
子部关系密切。这些观念的盛行，体现了整合、融通传统学术
的强烈要求。而古人的知识结构，大多学兼四部，难以截然分
疆，是元明清论家努力融通四部之学的前提。解悟于此，不但
可以拓展元明清诗文研究的史料来源，更能挖掘出有重要学术
价值的新问题。如郝经《续后汉书》卷六六上《文艺·文章总
叙》把历代文体归入《易》《书》《诗》《春秋》四部，每部各
有序题，阐发其文体观念。这种分类法，既受"文体原于五经"
说传统的影响，又融入了郝经本人经、史一体的理念，学术蕴
含极为丰富。又，孙维祺辑评，收入《四库禁毁书丛刊》"经
部"而长期无人问津的《明文得》，专录明代八股，包括"元
墨""会墨""乡墨""程""拟程"之作近 500 篇，分初、盛、
中、晚四集，每集各有序题，论述相应阶段八股创作的特点；
每篇作品都有圈有点，有旁批、总评和段落标志。在八股文献
大量亡佚的情况下，此书对于研究明代八股创作和文体观念的
价值不言而喻。至于明清选家编纂文集时，努力从文章观念和

---

① 袁枚著，周本淳标校《小仓山房诗文集·文集》卷一八《答惠
　　定宇书》，上海古籍出版社，1988，第 3 册，第 1528 页。

② 章学诚著，仓修良编注《文史通义新编新注·与朱少白书》，浙
　　江古籍出版社，2005，第 785 页。

文集体例两方面突破子书与文集的界限，已成为近年古代文学研究的热点。凡此种种都说明，立足文集而融通四部，可为元明清诗文研究不断开拓新境。

（五）理论、方法借鉴的原则与效度

中国学者在晚清民国以来 100 多年的探索实践中，对域外新说经历了从盲目崇拜、生搬硬套到合理吸收、平等对话的曲折过程。元明清文学，尤其是明清文学，既是中国古典文学的终结，又是新文学的酝酿与发轫，已沾染过欧风美雨，与域外新学多有契合处。因此，借鉴西学研究元明清诗文，比研究元代之前的诗文更具优势。然而，借鉴中始终存在以中国文学作为西方理论注脚的现象，体现了近代西学东渐根深蒂固的影响。当前我国综合国力、国际地位不断提升，我们有足够的底气摆脱这种强势文化的影响，恪守中华文化本位，坚持长期以来行之有效的传统方法，如知人论世、以意逆志、文史结合、文献考据与文艺理论结合，等等，同时适当借鉴西学，真正做到古为今用、洋为中用、辩证取舍、推陈出新。借鉴的目的，是在国际文化视域中更深刻地阐释中国古代文学特有的形式、内涵、文化品位和审美趣尚，建构新时代中国特色文学理论话语体系，而不能以西方文学观念作为研究问题的出发点和价值评判标准。西方文学理论毕竟产生、发展于另一种文化传统，理论家在创立学说时，很少把中国传统纳入思考范围，因此，并非所有理论都可移植到中国文学研究中。有些理论，虽有阐释功效，但仅限于一定范围内。如西方文本学所推崇的文本细读法，强调以作品为中心，这是文学研究的本然之义，也与中国传统的章句、评点之学声气相通，故为国内学界所重视。然而，早期文本理论认为文本自身是封闭自足的系统，不倚赖对作家经历、时代背景等文学外部环境的探求。这种孤立的"内部研究"与儒家传统的文学起源说、社会功用说及"知人论世"的批评原则格格不入，机械照搬，必然水土不服。

关于新方法，最令人瞩目的莫过于自 20 世纪 90 年代开始，随着计算机和互联网技术日新月异而兴起的"大数据""云计算"理论及相关应用。中国知网、中华基本古籍库、鼎秀古籍全文检索平台、瀚堂典藏数据库等大数据平台彻底革新了知识生产、信息检索和获得方式，对传统人文科学研究产生了巨大冲击，对明清诗文研究影响尤为显著。因为明清诗文浩瀚无涯，任何学者穷其一生，都不可能读完所有文献。而大数据、云计算、ChatGPT 使海量文献的获取和分析、处理轻而易举。凡作家出生地、家族背景、求学、科举、仕宦、交游、作品数量、文体构成、后世评价、选本收录情况等纷繁复杂的信息，都可用大数据方法瞬间呈现出来，进而发掘数据背后隐藏的意义①。

----

① 参见郑永晓《加快"数字化"向"数据化"转变——"大数据"、"云计算"理论与古典文学研究》，《文学遗产》2014 年第 6 期；王兆鹏、邵大为《数字人文在古代文学研究中的初步实践及学术意义》，《中国社会科学》2020 年第 8 期；诸雨辰《自然语言处理与古代文学研究》，《文学遗产》2022 年第 6 期等。

然而，文学研究中许多更深层的问题，如情感表达的隐微曲折、审美感受的别有会心，尤其是挖掘、提炼有价值的论题等，皆非云计算所能奏效，不可奉为万能宝典。总之，理论或方法只是工具，不是目的。借鉴新理论、新方法，当知其长短，有所扬弃，以便更好地解决我们自己的问题，构建中国文学自主知识体系。

综观《文学遗产》创刊 70 年所刊文章，元明清诗文研究取得了丰硕的成果，已从被遗忘的学术荒原发展为最富活力的学术热土，并培养了一支年龄结构合理、专业基础扎实、立足中国土壤而兼具世界眼光的学术队伍。尽管还存在思想深度、理论建构和开拓创新能力不足等缺陷，但只要遵循学术发展规律，营造良好的学术生态，历经风雨洗礼的元明清诗文研究，一定能迈向更为辽阔而高远的世界。

[作者单位：浙江大学文学院]

中国古代白话小说、
戏曲研究的检视与思考[*]

——以《文学遗产》七十年来刊发文章为样本

李小龙

检视是一种校正手段，在学术研究上尤应有自觉回顾、校正的意识。因为不同的时代有不同的研究，也需要不同的研究，如果不时刻反省校正，就有可能沿着错误的方向越走越远。中

———————

* 本文为高校人文社会科学重点研究基地重大项目"从训诂到叙事：中国古代小说人物命名研究"（项目编号 22JJD750010）、教育部哲学社会科学研究重大专项项目"基于文献重塑意义的中国文献传承研究"（项目编号 2024JZDZ044）阶段性成果。

国古代白话小说和戏曲有着较为近似的叙事性成分，在研究上也有相近的学术逻辑，故可放在一个框架下检视。70年来，二者的研究大起大落数次，也已有众多检点的成果，但有时样本量太大反而众声喧哗，淹没了主线。若想抛开枝节，凸显主脉，则以《文学遗产》70年来发表论文为主较为合适。

《文学遗产》1954年3月1日创刊，初以《光明日报》学术专刊形式出刊①，每期占一版（10000多字）。从创刊至1963年6月9日的十年间，可称为"前期"，共出版463期，约1000篇文章；1980年复刊后至2023年底，可称为"后期"，共出版247期，发表文章4828篇（中国知网显示发表文献6075篇，与笔者统计不同，笔者将会议简讯、会议综述、动态、论文摘编、补白、书讯等均不计入，以其主要功能在于信息发布，具有时效性，在较长时间范围的检视中可忽略）。前期白话小说及戏曲论文共有247篇，后期共726篇，本文即对此近千篇样本进行论列。需要说明的是，任何论列框架都是对已有事实的限制，都有限制带来的优点与盲区，以往检视类的文章多从研究思路、研究方法、研究范围等角度切入，好处是可以综览全局，但缺点则是线索不够清晰。因此，本文以经典作品为基本框架，以期突出主脉。

①　为避免繁琐，本文引用《文学遗产》作为《光明日报》学术专刊时期的论文，仅括注期数；引用1980年复刊以后的论文，则括注年份与期数。

一　小说六大名著研究

前期白话小说论文共 143 篇，其中明代四大奇书与《儒林外史》《红楼梦》六大名著合计 98 篇。后期白话小说论文共 396 篇，其中六大名著 177 篇。

《三国志演义》的研究在前期共 9 篇，有个别文章涉及考证内容或艺术评赏，前者如陆联星（本文为节省篇幅，在综述部分均略去"先生"尊称）《李贽批评〈三国演义〉辨伪》（1963 年 4 月 7 日总第 458 期），后者如项鲁天《〈三国演义〉表现艺术一斑——"温酒斩华雄"具体分析》（1963 年 4 月 28 日总第 460 期）。

后期的研究相对偏向实证，在 25 篇文章中，4 篇考证罗贯中生平，6 篇考证作品版本，5 篇考证作品渊源，这三类文章占据大半。

其中，刘世德发文 6 篇，全在考证板块。除 1992 年发表《罗贯中籍贯考辨》一文清理罗氏籍贯诸说之外，有 5 篇均为版本详考之作。《谈〈三分事略〉——它和〈三国志平话〉的异同和先后》（1984 年第 4 期）细考学界至今仍多以为与《三国志平话》相同的《三分事略》（以其与《三国志演义》的关系而置于此），并证明此本当早于《三国志平话》，其中最精彩的证据是元杂剧《襄阳会》中"荆王手下家将"王孙，作者指出此奇怪的人名实来自对《三分事略》引唐人胡曾咏史诗的误读而增创。其余4篇文章则考证了周曰校刊本四种（2002年第5期）、嘉庆七年刊本（2007年第1期）、朝鲜翻刻本（2010年第1期）、朝鲜铜活字残本（2011年第1期）。第一篇文章首次提出周曰校刊本不是一种，而有四种之多，并进一步试论甲本刊刻时代在万历十年至十三年（1582—1585）之间；第三篇文章指出朝鲜翻刻本当翻自周曰校甲本（此本中国残存三卷），且据翻刻本提供的信息进一步指出甲本当刊于嘉靖三十一年（1552）。第四篇文章（与夏薇合作）进一步从书名、作者及出版者署名、分卷、行款、正文、有无静轩诗、避讳等七个方面论证了朝鲜铜活字本的底本不是嘉靖壬午本或周曰校甲本，而是某个更早的版本。这些研究大大推进了学界对《三国志演义》早期刊本的认识。

由于《三国志演义》与历史、说书、民间故事的复杂关系，故对其故事源流的考证也是重要方向。周兆新《〈三国演义〉与〈十七史详节〉的关系》（1987年第5期）从嘉靖本一条注释出发，发现其论、赞、评并非径出正史，而可能引自《十七史详节》。这一发现不仅可以更清晰地把握《三国志演义》的史料来源，还可重新思考其版本流变。同样，沈伯俊《〈三国志宗僚〉考辨》（1999年第5期）对明刊本前附《三国志宗僚》进行考辨，指出其并非原本所有，而为后人所加，此发现可为版本研究提供坐标。

关于《三国志演义》人物形象研究有5篇。较有代表性的有刘敬圻《刘备性格的深隐特质》（1989 年第 3 期），文章指出刘备具有一种深隐的精神特征，即在宽仁长厚、谦卑柔逊风貌掩映下的顽强坚忍、弘毅进取的内质，这种认识不但超越了简单的类型化与个性化之争，而且丰富了对古代小说人物塑造的理解。关于《三国志演义》主题研究方面有 3 篇论文，其中张锦池《论〈三国志通俗演义〉的"三本"思想》（1992 年第 2 期）指出《三国志演义》的重点不仅在忠义，更在"三本"，即"民心为立国之本，人才为兴邦之本，战略为成败之本"。

此外，王燕《汤姆斯与〈三国演义〉的首次英译》（2017 年第 3 期）一文将《三国志演义》英译史向前追溯到了 1820 年；李小龙《文本原貌与经典演化——以〈三国志演义〉毛本研究为中心》（2022 年第 4 期）呼应了此前日本学者上田望《〈三国志演义〉毛评本的传播》（2000 年第 4 期）对毛本的介绍，并进一步讨论毛本在《三国志演义》一书经典化过程中的位置。

《水浒传》研究在前期共 13 篇，较为丰富。如聂绀弩《论宋江三十六人名单的形成——〈水浒故事的发展〉的一节》（1954 年 4 月 26 日总第 5 期）博征文献，做细密的探考；王利器《谈施耐庵是怎样创造梁山泊的》（1954 年 8 月 15 日总第 16 期）细考真实的梁山泊与艺术创造的梁山泊之不同，多有价值。

在后期有 35 篇，其中版本及源流考证文章 24 篇。有简要介绍《京本忠义传》、黎光堂本与刘兴我本者，有详论吴读本（侯会《再论吴读本〈水浒传〉》，1988 年第 3 期）及《水浒传》

祖本与"郭武定本"者（竺青、李永祜《〈水浒传〉祖本及"郭武定本"问题新议》，1997 年第 5 期）。然而在版本研究上成果最富者仍属刘世德，他的《〈水浒传〉无穷会藏本初论——〈水浒传〉版本探索之一》（2000 年第 1 期）对无穷会所藏"三大寇"本进行细致考辨，指出此本在《水浒传》版本系统中的传承关系。此外，又有 2 篇《〈水浒传〉简本异同考》（2013 年第 1、3 期），分别对藜光堂本与双峰堂本、刘兴我本与藜光堂本进行深研，厘清了这几种简本之间的复杂关系。在源流研究方面，侯会分别发表了《〈水浒〉源流管窥》（1986 年第 4 期）与《〈水浒〉源流新探》（1992 年第 6 期）。前文从出场诗与人物形象塑造着眼，认为《水浒传》前 13 回甚至再加"武十回"都是由后人在原本的基础上增写的；后文又深入讨论了晁盖的形象，认为当以南宋起义军首领锺相为原型，都颇有启发性。程毅中《〈水浒传〉与宋元话本》（2019 年第 3 期）从内证入手，指出《水浒传》"保存了许多宋元话本的元素，本身基本上就是一部话本小说……从中还是可以探索到中国长篇白话小说传承、演化、发展一点线索"；《忠义军与〈忠义水浒传〉》（2020 年第 6 期）又指出"《水浒传》里屡称'大金'而不涉金虏、金贼等文字，不谈宋金联合灭辽的史实，不提太行山的首领而只谈梁山泊的聚义，当是元朝人回避和删改的结果"。

石昌渝《从朴刀杆棒到子母炮——〈水浒传〉成书研究之一》（1999 年第 2 期）以朴刀与子母炮这类在《水浒传》中或极常见或极重要的器物为切入点，指出"《水浒传》保留着朴刀作为江湖上的武器的位置，说明《水浒传》上承宋代，含有宋代的历史遗存；而小说对朴刀描写的偏差，则又说明《水浒传》作者与朴刀流行的时代相去甚远"，再以"子母炮出现在正德末，开始制造和装备军队在嘉靖初，这个时间非常确凿，如此便铁定了《水浒传》写它的时间，其上限不可能早于正德末年"。此文的意义在于提出了有关《水浒传》成书的复杂命题，把相关问题引向深入。其《〈水浒传〉成书于嘉靖初年续考——答张培锋先生》（2005 年第 1 期）则因张氏的商榷文章而作，系统阐述了"土兵""碎银子""腰刀""子母炮"的内证。此后，有学者赞同，有学者基本赞同，并部分修正，也有学者反对，但经过往复辩难，都有力推动了《水浒传》的成书研究。

《西游记》研究在前期有 11 篇，有一些是读《西游记》或相关著述的体会，可不论。较有价值的是陈毓罴《从〈过火焰山〉看吴承恩对情节的处理》（1963 年 5 月 12 日总第 461 期、1963 年 5 月 19 日总 462 期），该文围绕吴承恩对火焰山情节改造与匠心的分析非常深入精辟。

在后期有 35 篇，其中版本考辨 10 篇，情节与人物形象溯源 8 篇，与宗教的关系 9 篇。

程毅中、程有庆《〈西游记〉版本探索》（1997 年第 3 期）是一篇全面梳理《西游记》版本源流的文章。文章指出，在世德堂本之前，有过许多种西游故事的古本，"也可能另有一本《西游记词话》"，世德堂本"还保存着一些旧本《西游记》的痕迹"。日本学者上原究一《世德堂刊本〈西游记〉传本考述》

（2010 年第 4 期）介绍了世德堂四部传本（三部存日本，一部存台北"故宫"）的流播与收藏过程，并进行了文献叙录。世本之外，最重要的是李卓吾评本，潘建国《新见巴黎藏明刊〈新刻全像批评西游记〉考》（2014 年第 1 期）考察了藏于法国国家图书馆的残卷，指出其底本属李丙本系统，又当参照世本而定。胡胜《〈西游记〉"李卓吾评本出自世德堂本"说质疑》（2023 年第 6 期）认为"李评本和现存世德堂本同源，二者是并列关系，不是嬗递关系。二者应源于同一底本"，此文把百回繁本的上限又向前作了推进。以上是对《西游记》已知刊本的深入研究，而侯会《从"乌鸡国"的增插看〈西游记〉早期刊本的演变》（1996 年第 4 期）则从乌鸡国故事与全书节奏的不协调入手，推测为后人所插增，并将之与江流僧故事的刊落和题署中"荣寿堂"的出现联系起来，从而对世德堂本产生之前的版本流传情况进行推论。

关于《西游记》人物研究方面也颇有创获。张锦池《论沙和尚形象的演化》（1996 年第 3 期）对过往学界有所忽略的沙僧形象进行考察，指出其由沙漠恶煞演化为弱水水怪、由唐僧二弟子演化为三弟子的线索，又更进一步论述其为"一个品位不高的循吏的典型"，是《西游记》人物形象研究的创获。若说张文主要从"无中生有"的角度讨论沙僧形象的诞生的话，那么胡胜《叠加的影像——从宾头卢看玄奘在"西游"世界的变身》（2020 年第 5 期）则在尽力回答历史上的玄奘是如何演化为《西游记》中的唐僧这一复杂的学术命题。作者从泉州傀儡戏《三藏取经》中唐僧证果宾头卢罗汉尊者入手，指出玄奘本人的罗汉信仰及自己也被民间列入十八罗汉中，并与原来的宾头卢重叠，从而完成了历史人物玄奘的圣化。

《西游记》与佛道二教的关系或许是六大名著中最独特的。陈洪《从须菩提看〈西游记〉的创作思路》（1993 年第 1 期）讨论了须菩提这一形象源自佛教，但经过巧妙的设计，也指出其中有三教合一的策略。多年后，作者紧接此文脉络，发表多篇文章，其中与陈宏合作的《论〈西游记〉与全真教之缘》（2003 年第 6 期）指出《西游记》一方面有贬抑道教的倾向，另一方面却又有大量全真教术语、诗词，这一矛盾表明在其成书过程中"曾经有过一个'全真化'的阶段"，这一判断对《西游记》的早期演化研究极有启发；《论〈西游记〉与全真教之缘新证》（2015 年第 5 期）又指出《西游记》中《心经》与偈语实出于明初全真道人何道全之《般若心经注解》，且何氏著述中也多有可与《西游记》印合之处，此文不但以新文献确证《西游记》与全真教的关系，又因何道全的时代大体可知，从而可较为确定地判断"全真化"的时限。吴光正《〈西游记〉全真化若干史实考辨》（2022 年第 3 期）根据《西游记》对全真教文学总集《鸣鹤余音》的大量袭用进一步指出，此"全真化""与元代以来全真教南下并和内丹南宗融汇、极力宣扬仙佛同源理论密切相关"。

在其他研究方面，陈洪《"弼马温"再考辨》（2014 年第 5期）看似在解答"弼马温"的来历，其实是以一词的考释来为

《西游记》"全真化"举例。李小龙《"义激猴王"的校勘、义理与小说史语境》（2020年第5期）通过一个字的考辨，指出明清版本嬗变的痕迹，并进一步认为这一改变背后隐藏着《西游记》校勘者希望以《三国志演义》经典情境为《西游记》经典化张本的考量，体现了将文本考辨与小说史语境结合的努力。胡胜《去百回本"中心化"——新时期〈西游记〉研究的新方向》（2022年第4期）指出，以百回本为中心的研究虽然也取得了不小的成绩，但这一预定的认识对于《西游记》流播的复杂性其实是一种过度简化，因此主张"去百回本'中心化'"。赵毓龙《地方性知识与"西游故事"的多民族地域叙述》（2023年第4期）一文即在其专著《西游记故事跨文本研究》之外再辟新径，引入地方性知识这一概念，以便认识"'西游故事'多民族地域叙述的历史真相"。

《金瓶梅》研究在前期有2篇，可不论；在后期共有23篇论文，版本考证与成书时代考辨约各占一半。刘辉《论〈新刻绣像批评金瓶梅〉》（1987年第3期）认为此本为李渔写定、批评本，虽不能定谳，但有启发性。黄霖《关于〈金瓶梅〉词话本的几个问题》（2015年第3期）对现存三部词话本一一在目验基础上加以详录，指出发现于山西的台藏本刊印最良，保存亦优，且有不少朱墨批改文字，多有价值；《张评〈金瓶梅〉大连本是原刊吗》（2020年第4期）从卷首附论《寓意说》末多出227字、《凡例》《第一奇书非淫书论》两篇文字真伪、正文大量正体字被改成俗体字以及对卷首图像、评点等的详细比勘，认为此本并非原刊本，且刷印时间较晚。周兴陆《〈金瓶梅〉词话本与崇祯本关系之内证》（2021 年第 1 期）则关注词话本与崇祯本关系这个传统难题，但作者超越了传统的文字比勘，把表象的文本还原到多维度的传播层面，所论极细。

许建平《〈金瓶梅〉流通货币质态与成书年代补证》（2006年第 5 期）当受石昌渝以白银使用为视角判定《水浒传》成书年代的影响，将此法移用于《金瓶梅》，将其成书定于万历九年至十八年（1581—1590）间。陈大康《〈金瓶梅〉成书之争与模糊判断》（2020 年第 4 期）看似讨论《金瓶梅》独创与改编的争论，其实是以作者独特的数学思维为小说研究辟一新路。石昌渝《〈金瓶梅〉小说文体的创新》（1990 年第 4 期）承认《金瓶梅》确处于由世代累积到独创的中间点上，但作者以对中国小说史源流的宏观把握与会心指出，那些看似世代累积的粗糙的部分其实是《金瓶梅》的表层，而其叙事内核已发生了质的转变：在叙事立场上向客观叙述转变；在结构上由联缀式转变为单体式，由线性结构转变为网状结构。

《儒林外史》研究在前期有 13 篇，其中 7 篇发表于 1954 年，均为纪念吴敬梓逝世二百周年的文章。在后期有 24 篇，其中版本研究只有李汉秋《〈儒林外史〉版本源流考》（1982 年第 4期）1 篇。此文至今仍是《儒林外史》版本研究的重要文献，其最大价值是细勘了卧闲草堂本在文字上的阙、漏、倒之例，再持以衡量其余各本，为原著版本梳理出一个谱系。

与其他小说大为不同的是，《儒林外史》研究有很大比重在对其成书与人物原型的考辨上。这一学术命题本是传统话题，但已沉寂良久，直到郑志良《〈儒林外史〉新证——宁楷的〈儒林外史题辞〉及其意义》（2015 年第 3 期）一文发表，才又重回学界的关注之中。这一新文献在两个方面为研究带来新动力，即据其文句证明第五十六回非后人伪撰，同时也指出武书原型不是金和跋中提及的程文，而是宁楷。此后，作者又发表《新见吴敬梓〈后新乐府〉探析》（2017 年第 4 期），从严长明《八表停云录》中发现吴氏佚诗《后新乐府》六首，与《儒林外史》有确凿的对应关系。作者最新的论文《碑刻、历史档案与吴敬梓家世生平辨析》（2023 年第 6 期）深入考察吴敬梓祖母墓志铭，解决了前云《八表停云录》中言及的吴敬梓字仪张的疑问。在《〈儒林外史〉题辞》发现后，学界沿着作品原貌与原型人物两条线索展开丰富讨论，产生了一批扎实的成果。如在郑氏第一篇文章发表半年后，叶楚炎《〈修洁堂初稿〉及〈儒林外史题辞〉考论》（2015 年第 6 期）便进一步讨论《修洁堂初稿》的成书时间当在郑文推考的 10 年之后，也即吴敬梓去世以后，并敏锐地发现《〈儒林外史〉题辞》集中于小说的下半部，以宁楷为原型的武书在书中也有种种超乎寻常的表现，从而大胆推测宁楷很有可能便是《儒林外史》中"幽榜"一回的增补者。此后，叶楚炎连续发表十数篇有关《儒林外史》原型人物考辨的文章，把相关学术议题推向新的高度。在此基础上，他的《〈儒林外史〉原型人物研究的方法、路径及其意义》（2021 年第 6 期）从理论上进行总结，指出《儒林外史》原型人物研究的数条规则，并探讨吴敬梓如何在原型人物的基础上生成小说人物。井玉贵《〈儒林外史〉艺术形象之生成探微——以人物原型研究的反思为中心》（2021 年第 6 期）也从理论上对原型人物考证进行思考，指出此类研究要合理把握原型人物与小说人物之间的界限。

《儒林外史》的结构也是学界关注的重点。张锦池《论〈儒林外史〉的纪传性结构形态》（1998 年第 5 期）评述了学界对作品结构的多种说法，并提出"纪传性结构"的新说，这一提法既符合《儒林外史》的文体事实，也有启发意义。商伟《〈儒林外史〉叙述形态考论》（2014 年第 5 期）从作品叙事时间的参差入手，指出这些错误往往来自人物原型时间与小说叙事时间的纠缠，由此即可透过原型时间来反证小说写作时间，同时又从写作时间的考察发现吴敬梓的开放性写作；《〈儒林外史〉的副文本与叙述时间》（2021 年第 6 期）又对人物原型研究的局限进行反思，将与人物原型有关的隐藏文献均归入副文本中，使《儒林外史》的阅读与研究"可以在副文本中延伸下去"，从而无限扩展作品的边界。姜荣刚《因袭与独创：〈儒林外史〉叙事艺术新论——基于文本结构与叙事时间的考察》（2021 年第 6 期）把《儒林外史》的文本结构从张锦池"纪传性结构"提升为编年、纪传、纪事本末体的融合，从而在避免有过度阐释之虞的结构形态后，寻找出更有阐释力与包容性的新模型。

《红楼梦》研究在前期共有 50 篇，数量极丰，亦颇有创获，如有关曹雪芹卒年的探讨，此一时期就发表了 9 篇，经俞平伯、吴恩裕、陈毓罴、周汝昌等反复辩难，相关观点已为红学界熟知，此不赘列。

在后期有 35 篇。《红楼梦》版本问题虽甚复杂，但前期成果较多，基本框架亦较明了，所以文章不多。曹立波《"东观阁原本"与程刻本的关系考辨》（2003 年第 4 期）将《红楼梦》版本研究从最为人所熟知的脂、程本拓展到清代翻刻程本的木刻本；夏薇《〈红楼梦〉春草堂藏本》（2007 年第 2 期）公布了一个新发现的钞本；刘世德《从〈红楼梦〉前十回看程乙本对程甲本的修改》（2009 年第 4 期）经过详勘，确证程乙本对程甲本的修改是失败的。潘承玉《〈绣像红楼梦〉藤花榭刊本系统及其书坊主探考》（2021 年第 6 期）通过大量查访与细致对比，认定藤花榭刊本的主事者并非学界认定的额勒布，而是汪昌序。

《红楼梦》的叙事向为学界关注与称道。舒芜《〈红楼梦〉里的穿插》（1981 年第 4 期）便指出一种特殊的叙事技法，《红楼梦》叙事的许多妙处正在其善于穿插。王蒙《〈搜检大观园〉评说》（1990 年第 2 期）以作家的敏锐洞察剖析抄检大观园的叙事脉络与人物逻辑，触处生春。周汝昌《〈红楼梦〉笔法结构新思议》（1995 年第 2 期）于作品结构别有新解。刘世德《移花接木：从柳湘莲上坟说起——〈红楼梦〉创作过程研究一例》（2014 年第 4 期）心细如发，梳理出《红楼梦》叙事中的 4 处"漏洞"，再综合比勘，认为二尤、柳湘莲故事或许在初稿中位于现今的第十四回与第十六回之间。李鹏飞《神奇的来历——

〈石头记〉"成书故事"的来龙去脉》（2020 年第 4 期）指出
《红楼梦》开篇当源于古老的"河洛故事"。

二　其他小说研究

其他小说研究方面，在前期共有 45 篇论文，由于各种原因，
此处不再列述。

在后期共有 219 篇，数量甚多，可以暂分话本、其他单篇小
说及综合三类来论述。

先看话本，共 42 篇，一半以上为考辨类文章。其中有新材
料的发现，如韩国学者朴在渊《韩国所见奎章阁藏本〈型世
言〉》（1993 年第 3 期）介绍了国内已佚的孤本珍贵话本集。
也有对老问题的新考证，如冯保善《〈今古奇观〉辑者抱瓮老人
考》（1988 年第 5 期）认为辑者当为明遗民、选家、诗人顾有
孝；杨晓东《〈古今小说〉序作者考辨》（1991 年第 2 期）认为
序作者是与冯氏交往颇密的绿天馆主人叶有声；徐永斌《凌濛
初出任上海县丞考》（2005 年第 1 期）综合文献考证凌氏任上海
县丞至少为崇祯八年（1635）；大塚秀高《〈警世通言〉版本新
考》（2014 年第 1 期）对《警世通言》的版本进行了系统梳理。

公案小说研究也有数篇文章，如石昌渝《明代公案小说：
类型与源流》（2006 年第 3 期）不但对公案小说"以清官决狱
断案为主题，以状词、诉词和判词为叙事结构骨干"的文体类

型作了界定，并指出其当源于法家"珥笔书"，更重要的是，本文对研究对象的清晰界定带有方法论的启示。潘建国《明代公案小说的文本抽毁与版本流播——以余象斗〈皇明诸司廉明奇判公案〉为例》（2020 年第 4 期）通过自藏金陵大业堂刊本，发现他本抽毁的一篇，从而依此为版本标记物，梳理出其书的版本系统，并指出此书在东亚的环流也是东亚书籍流播史的佳例。涂秀虹《余象斗及余氏书坊之于公案小说类型发展的意义》（2023 年第 6 期）认为，公案小说类型的形成，主要得益于余象斗出身儒业和书坊世家的双重学养与禀赋，在余象斗之后，随着余氏后人能力或身份地位的变化，以建阳书坊为编创中心甚至主要依赖余氏书坊的公案小说类型走向了终结。

更重要的收获是对话本体制的探究，如陈大康《拟话本二论》（1991 年第 2 期）用详尽的数字展示了拟话本的形式特征与编创方式。叶楚炎《论宋元话本小说中的分回》（2018 年第 3 期）从话本小说中析出分回的残存痕迹，并以之为标志物，从而考察话本小说文本变迁的过程；《韵文表演和文本吸纳：宋元话本小说的文体融合与建构》（2023 年第 5 期）以话本中的韵文为切入点，指出这些来自于其他民间技艺的韵文表演最终被话本小说吸纳和消化，而话本小说在韵文叙述方面更为细致的文体特征也在这一过程中得以逐步建立。

其他单篇小说研究方面共有 73 篇，考证性文章约占一半。朱姗《新见马廉旧藏本〈歧路灯〉及其文献价值》（2019 年第 5 期）介绍了清华大学图书馆所藏旧钞本。鉴于《歧路灯》的流

传多为钞本，因此校订困难，流传受限，故作者对各本的察访
尤有价值。傅承洲《〈西游补〉作者董斯张考》（1989年第3
期）认为《西游补》作者并非学界认定的董说，而为其父董斯
张。崔小敬《〈东游记〉十九回蓝采和歌词考源》（2010年第2
期）指出蓝采和歌词当来自寒山诗。姜荣刚《〈樵史通俗演义〉
成书及相关问题考论》（2013年第6期）据康熙四年（1665）
十月御史顾如华奏疏考定其成书于顺治十六年至康熙四年
（1659—1665）之间。周明初《李云翔生平事迹辑考及〈封神演
义〉诸问题的新认识》（2014年第6期）详考李云翔的生平，
并据此认为《封神演义》成书与刊刻当在崇祯间。朱雯《稀见
清代小说〈锦疑团〉叙论》（2020年第6期）对学界难得一见
的《锦疑团》做了详尽叙录。在小说版本发现与考辨上，潘建
国贡献尤多，他的《新发现〈野叟曝言〉同治抄本考述》（2005
年第3期）细考存世最早的同治抄本，将其作为衡量汇珍本与
申报馆本的依据；《海内孤本明刊〈新刻全像五鼠闹东京〉小说
考——兼论明代以降"五鼠闹东京"故事的历史流变》（2008
年第5期）披露作者自藏之明刊《五鼠闹东京》一书，非但为
海内孤本，且为《五鼠闹东京》小说填补了关键的版本一环；
《新见清初章回小说〈莽男儿〉考论——兼谈其与〈獭镜缘〉
〈绣衣郎〉传奇之关系》（2017年第1期）据作者访得于韩国的
清初章回小说《莽男儿》深入考辨，确定其为目前所知东亚
"老獭稚"故事母题存世最早之本，且与清初《獭镜缘》《绣衣
郎》传奇存在亲密的文本承继关系。

在小说思想与艺术的研究中，《野叟曝言》这部被长期忽略的作品得到了展现的机会。黄燕梅《文明时代新的英雄神话——〈野叟曝言〉神话意象及思维研究》（1997 年第 2 期）指出《野叟曝言》是一个梦幻型作品，其主人公文白与太阳和水这两个最具神话品格的意象有着复杂的关系。商伟《小说戏演：〈野叟曝言〉与万寿庆典和帝国想像》（2017 年第 3 期）指出作品结尾处写水氏百岁寿典挪用了乾隆皇帝为其母崇庆皇太后举办的万寿庆典，这一安排将文素臣一生功业提升到了儒教全球帝国的宏大想像高度来加以呈现。宋莉华《传统与现代之间：从〈孽海花〉看晚清小说中的异域书写》（2008 年第 1 期）指出，作品的海外书写体现了晚清文人对异域空间的想象，并通过建构"他者"来反观自身的交错互动。

在小说综合研究方面成果数量较丰，有百篇之多，也可以分为几大类。

首先是文献学意义上的成果。潘建国《古代通俗小说目录学论略》（2000 年第 6 期）对小说目录学进行宏观梳理，细致考察通俗小说逐步建立、完善其专科目录系统的历程，清晰勾画出数百年来通俗小说文体独立的历史轨迹。郭英德《中国古代通俗小说版本研究刍议》（2005 年第 2 期）是中国古典小说版本研究史上的一篇重要文献，文章指出在通俗小说版本领域存在"一书各本"现象，创设出"主要作者"与"次要作者"的概念，我们几乎不可能恢复一部通俗小说的文本"原貌"，只能力图恢复一部通俗小说的不同版本或不同版本系统的"原貌"，因为"一部通俗小说不同版本或不同版本系统对正文文字内容的不同处理，不仅有其各自的合理性，而且也有其各自的价值"。

在小说本体的研究方面，也涌现了一批颇具影响的成果。刘勇强《西湖小说：城市个性和小说场景》（2001 年第 5 期）关注到自成系列的西湖小说群体，指出西湖作为小说场景的运用，不但给人以真实感，且能营造出一种特殊的地域文化氛围，为小说的情节安排提供具有叙事学意义的环境。《一僧一道一术士——明清小说超情节人物的叙事学意义》（2009 年第 2 期）提出超情节人物的概念，认为其间隐含着明清小说的某些重要的叙事特点和观念，这种理论的思考具有鲜明的范式意义。李鹏飞《试论古代小说中的"功能性物象"》（2011 年第 5 期）提出了"功能性物象"的概念，指在小说的叙事、结构与情节等层面上起贯穿性连缀作用的具体物品，它可以加强小说内部结构，辅助人物塑造与主题表达。叶晔《中国古代文学中虚构人物的历史重塑》（2012 年第 4 期）指出，一些虚构人物在演义小说、坊间话本、民间演剧中被塑造出来，又可能通过后世不断的心理认同和历史书写，再被塑造成一个真实的形象。彭利芝《元代"开国题材"小说缺失考论》（2015 年第 3 期）发现了一个意味深长的"无"，即元代开国小说的缺失，并从史学与小说传统两个方面来解释缺失的深层原因。

小说的传播也是研究的重点，在这一专题下，陈大康的研究尤为丰富。他的《熊大木现象：古代通俗小说传播模式及其意义》（2000 年第 2 期）在全面考察明代通俗小说传播模式后，指出负责传播的书坊主干预创作成为一种规律，并将之命名为"熊大木现象"，这一概念的提出不但可以解释小说史上的诸多难题，且凸显了传播环节对创作的反作用力；《打破旧平衡的初始环节——论申报馆在近代小说史上的地位》（2009 年第 2 期）将眼光投向清末，认为申报馆以先进的印刷设备与技术出版传统的旧小说，为近代小说崛起在物质生产层面做好了准备，也为"小说界革命"的到来做好了铺垫；《论近代小说传播中的盗版问题》（2015 年第 1 期）和《论近代小说的转载现象》（2017 年第 4 期）分别讨论了近代小说传播过程中的盗版与转载，也展示了近代小说传播秩序建立的过程。潘建国《清末上海地区书局与晚清小说》（2004 年第 2 期）全面考察了清末上海的书局与晚清小说编撰、出版和传播诸环节之间的学术联系，指出晚清小说在短时间内形成的繁盛之势与物质技术因素有很大关系；《铅石印刷术与明清通俗小说的近代传播——以上海（1874—1911）为考察中心》（2006 年第 6 期）详析大量文献，指出以铅石印刷为主的近代出版文化从翻印、续书、图像三个方面对明清通俗小说近代传播有巨大影响。石昌渝《从〈精忠录〉到〈大宋中兴通俗演义〉——小说商品生产之一例》（2012 年第 1 期）详论《大宋中兴通俗演义》编撰的历史背景，表明它的问世在一定程度上满足了当时的社会精神需求，并深入考辨其书与《精忠录》及《通鉴纲目》的关系，在趋时与速成两大小说商品生产特征的加持下，赢得了巨大市场，成为书商策划、创作小说的典型案例。宋莉华《插图与明清小说的阅读及传播》

（2000 年第 4 期）指出明清小说的插图不仅可提高阅读的兴趣，逐渐具有独立的艺术欣赏价值，且进一步推动了明清小说的传播。

在小说综合研究中，收获最大，同时也仍需要更多努力的领域是对小说概念及文体的探讨。石昌渝《"小说"界说》（1994 年第 1 期）与董乃斌《现代小说观念与中国古典小说》（1994 年第 2 期）都细致梳理中国历代小说观念，提出了对小说文体的一些思考。在这方面卓有贡献的两位学者：一是刘勇强，他更多着力于宏观建构，如《一种小说观及小说史观的形成与影响——20 世纪"以西例律我国小说"现象分析》（2003 年第 3 期）是一篇检讨过往、指明方向的宏文，作者指出"以西例律我国小说"（实际上也是 20 世纪对中华文明评价与诠释的一个缩影）源于学者在中西小说及小说理论方面存在着知识结构上的双重欠缺，这种角度偏差直接影响了中国传统小说观的科学性与小说史观的准确性；《"小说知识学"的艺术基础与批评实践——以明清小说评点为中心看"知识"维度在小说研究中的运用》（2022 年第 4 期）同样是一篇理论建构的大作，作者曾提出小说知识学的概念，在学界产生了强烈的学术影响力，此文则从明清小说评点入手进行小说知识学研究的实践。二是谭帆，他更多从微观角度入手，其《"演义"考》（2002 年第 2 期）为"演义"这一小说文体命名正本清源；与杨志平合作的《中国古典小说文法术语考论》（2011 年第 3 期）以梳理古典小说文法术语的方式来为小说文体研究筑基；《"叙事"语义源流考——兼论中国古代小说的叙事传统》（2018 年第 3 期）对"叙事"一词的语义源流进行详考，指出此词与当下使用的不同。

三　戏曲六家研究

在戏曲研究中，也可以六家为一个系列，即传统意义上的四大名剧加《琵琶记》与李渔戏曲。

《西厢记》研究在前期有 7 篇，但有 4 篇都陷入"关著王续"之类说法而探讨作者问题，故可不论。

在后期有 16 篇，首先是关于《西厢记》版本的考辨。周续赓《谈〈新编校正西厢记〉残页的价值》（1984 年第 1 期）对当时新发现的残页本原貌进行推测，经比勘来确定其在版本史上的价值，认为它当是弘治本的底本。孙崇涛《南戏〈西厢记〉考》（2001 年第 3 期）指出元代"南""北"《西厢》并行不悖，入明后戏文《西厢记》匿迹，被"李西厢"所取代，这是南戏声腔代有更替，戏曲生存环境变化所使然。此外还有数篇对《西厢记》注释或文本进行考辨的文字（如吴真《晚明〈西厢记〉刊本对〈调笑〉体式的误解》［2016 年第 3 期］一文指出大部分刊本将诗词合体的《调笑令》分署之误），对相关文献的解读也有积累意义。

《西厢记》艺术研究向为重点，如黄天骥《〈张生跳墙〉的再认识——〈王西厢〉创作艺术探索之一》（2010 年第 1 期）

选择"张生跳墙"的角度，论述《王西厢》改动了《会真记》《董西厢》中的规定情景，使张生跳墙呈现全新的意趣。乔光辉《唱与图合：金台岳本〈西厢记〉插图的文学批评解读》（2022年第1期）不仅将弘治本中的插图当作作品的"副文本"，而且认为它"成为书坊主干预文本的重要手段"，即干扰读者阅读，服务于"唱与图合"的目标，制约戏曲文本的阅读节奏。陈维昭《〈西厢〉制艺·情禅·戏曲体验主义》（2022年第2期）指出成功的《西厢》制艺都是充分利用制艺之代言体式，以体验主义戏曲表演的第一人称心理独白的方式，对"情为何物"进行深度体验。

《琵琶记》虽非四大名剧之一，但在前期也有5篇文章；在后期有7篇，其中与作者及版本考证相关者5篇。朱建明、彭飞《论〈琵琶记〉非高明作》（1981年第4期）指出，钮少雅、徐于室《南曲九宫正始》引元人《九宫十三调词谱》所录《琵琶记》若干支曲文与今本《琵琶记》大致相同，而《九宫正始》冯旭序云元人《九宫十三调词谱》为元天历（1328—1330）间谱，学界认为高明撰《琵琶记》在至元十六年（1356）后，知在高明之前《琵琶记》已流传。黄文实（即黄仕忠）《"元谱"与〈琵琶记〉的关系》（1985年第2期）反对这一观点，认为冯旭序所云之"大元天历"不足据，《九宫十三调词谱》是否为元人曲谱也存疑，故不可为证。俞为民《南戏〈琵琶记〉版本及其流变考述》（1994年第6期）不仅统计了全本流传的32种，还统计收录于戏曲选集中的25种等。这些考辨，多少均涉及高明生平，而徐永明《高则诚生平行实新证》（2006 年第 2 期）则据罕见之元释来复所辑《澹游集》，部分还原高明生平行实。

汤显祖及《牡丹亭》研究在前期有 5 篇。谭正璧《传奇〈牡丹亭〉和话本〈杜丽娘记〉——釜底治曲记之三》（1958 年 4 月 27 日总第 206 期）第一次指出《牡丹亭》的蓝本是话本《杜丽娘记》。

在后期有 20 篇，在戏曲中是最多的。霍建瑜《〈牡丹亭〉成书年代新考》（2010 年第 4 期）依《牡丹亭·题辞》署年有"万历戊子"与"万历戊戌"两种，指出有两种版本系统。但这一看法很快就被驳正，吴书荫《〈牡丹亭〉不可能成书于万历十六年——与〈牡丹亭成书年代新考〉作者商榷》（2011 年第 5 期）从汤显祖生平、剧作创作历程和流传版本归类以及对历史文献的理解、诠释和运用等方面对前文进行驳议，不过此文大体上还是同意徐朔方的看法，即"戊子"当为"戊戌"之误。黄仕忠《"玉茗堂四梦"各剧题词的写作时间考》（2011 年第 5 期）将考辨范围扩大到四梦，通过系统性考述，指出臧懋循刻本中的"戊子"并非偶误，而为臧氏所改，不足为据，从而在反复辩难中推进了对《牡丹亭》版本与创作过程的认识。

贾百卿《〈牡丹亭〉的一个漏洞》（1985 年第 2 期）虽只指出原作中杜宝究竟有无儿子的一个小漏洞，但却为《牡丹亭》题材溯源提供了隐秘却坚实的证据。赵山林《"临川四梦"文学渊源探讨》（2006 年第 3 期）从总体上对"临川四梦"的文学渊源进行追溯；程芸《〈临川四梦〉与元杂剧的文体因缘》

（2006 年第 6 期）关注"四梦"与元杂剧的关系，指出"四梦"中多"以北词法填南曲"，从而折射出晚明南北曲交流与互动的复杂性。黄天骥《闹热的〈牡丹亭〉——论明代传奇的"俗"和"杂"》（2004 年第 2 期）一反学界对《牡丹亭》"雅戏"的刻板印象，梳理其"闹热"之处，并指出这种设计反映了当时传奇创作从单纯热闹世俗和案头雅化的倾向转变为"雅俗兼收""化俗为雅"的经验积累过程。廖可斌《汤显祖的文学史观与文体选择》（2016 年第 3 期）另辟蹊径，指出汤显祖长时间沉浸于诗文创作之后，清醒地认识到不仅"自己的诗、古文创作基本失败"，并且进一步怀疑古典诗文文体的价值，因此以《牡丹亭》为核心的戏曲创作不是偶然的，而是他基于自己的文学史观，主动作出的文体选择。

汤显祖戏曲的后世接受与传播也是学界关注的学术命题。杜桂萍《从"临川四梦"到〈临川梦〉——汤显祖与蒋士铨的精神映照和戏曲追求》（2016 年第 4 期）选择蒋士铨《临川梦》切入，重新回到汤显祖"词人"形象的生成史中，指出汤、蒋二人均有去词人化的身份焦虑，因此蒋氏将《牡丹亭》定位为一部"自写情怀"之作。程芸《汤显祖〈牡丹亭〉东传朝鲜王朝考述》（2016 年第 4 期）指出《牡丹亭》东传朝鲜既是一次偶然的"文学史事件"，也具有重要的样本分析价值。

《桃花扇》研究在前期有 4 篇文章，如刘辉《灯下偶得——〈桃花扇〉和〈小忽雷〉的创作过程及其相互关系》（1962 年 8 月 12 日总第 427 期）细考了《桃花扇》的创作时间，并将其与

《小忽雷》联系起来查考，颇有所得。

在后期有 10 篇作品，如王宁《"桃花扇"小考》（2023 年第 1 期）考辨"桃花扇"这一物象的真实性；孙敏强《试论孔尚任"曲珠"说与〈桃花扇〉之中心意象结构法》（2006 年第 5 期）以"曲珠"之说试探孔尚任以"桃花扇"结构全剧的方法；潘建国《孔尚任艺术鉴藏与文学创作之关系考论——以新见孔氏题陈洪绶〈饮酒读书图〉跋文为缘起》（2011 年第 6 期）由孔尚任跋文论及其博古特点与《桃花扇》创作之关系。其余文章均探讨作品的思想。

《长生殿》研究在前期有 6 篇文章，有一半讨论作者的生年与生平。

在后期仅有 5 篇，其中黄天骥《〈长生殿〉的意境》（1993 年第 3 期）、《〈长生殿〉艺术构思的道教内涵》（2009 年第 2 期）分别论述剧作不同层面的意境之美以及与道教文化的密切关系；康保成《杨贵妃的被误解与杨贵妃形象的被理解》（1998 年第 4 期）探讨了历史形象与孔氏笔下艺术化了的形象；张哲俊《论〈梧桐雨〉和〈长生殿〉——两种悲剧形式》（1997 年第 2 期）则以《梧桐雨》为参照，指出《长生殿》是一种特殊的悲剧形式。

李渔在戏曲史上并不能与前几位并立，在前期也只有 1 篇文章，即聂石樵《读曲札记——关于李渔》（1960 年 6 月 12 日总第 317 期），但在后期有 8 篇文章，可见在李渔身上确实聚集着一些复杂或有趣的学术命题。如黄强《李渔曲目的"前后八种"

与"内外八种"》（1987 年第 1 期）考证了李渔所谓"前后八
种"即十种曲的前八种，而"内外八种"中有两种为十种曲的
后两种，余六种未及刊行；《李渔移家金陵考》（1989 年第 2
期）重新考订其时当在顺治十八年（1661），从而重新认定李渔
的一些作品系年。刘致中《〈铁冠图〉为李渔所作考》（1989 年
第 2 期）据郑达《野史无文》等史料综合考察，认为传奇《铁
冠图》为李渔受李国桢子李公藩及张缙彦之贿而作。郭英德
《稗官为传奇蓝本——论李渔小说戏曲的叙事技巧》（1996 年第
5 期）指出李渔多将自己的小说改为戏曲，而没有相反之例，并
选取四种小说改为戏曲之例，详论二者叙事技巧的同异；《论剧
作家李渔的文学教育》（2010 年第 3 期）则梳理李渔写作旨趣与
文学教育之间关系的蛛丝马迹。高小康《论李渔戏曲理论的美
学与文化意义》（1997 年第 3 期）指出李渔以叙事为中心的戏曲
文学观是中国戏曲理论的一大进展，如其所谓"主脑"不同于
一般人所说的"主题"，而是统系全局使之不至于成为"断线之
珠"的中心情节。傅谨《李渔"立主脑"小识》（2019 年第 5
期）进一步明确论述李渔所谓"主脑"实指使剧情发生重大逆
转，向着原本不可能的方向发展的关键性的转捩点。

四 其他戏曲研究

其他戏曲研究方面，前期数量较多，共有 75 篇，因各种原

因，不再详论。

在后期有 262 篇，数量还是很可观。此处大体以杜桂萍《古典戏曲研究四十年："让思想冲破牢笼"》（2019 年第 2 期）的划分，分别论述文献、文本、戏曲理论三个部分。

先看文献。苗怀明《戏曲文献学刍议》（2006 年第 4 期）提出要建构单独的戏曲文献学，戏曲文献具有不完整、不确定和多元性等特点，这决定了戏曲文献学的研究特色和方法。郭英德《论戏曲文献学的学理内涵》（2022 年第 5 期）指出，戏曲文献学的基本原则是求真、可靠和适用，"求真"关乎戏曲文献的本体认知，"可靠"关乎戏曲文献的价值指向，"适用"关乎戏曲文献的功能旨趣。

作者考辨是文献研究中成果最多的领域，如吴书荫《〈桃花影〉传奇作者考辨》（1990 年第 3 期）通过诗文集、方志等多方资料相互印证，确定《桃花影》传奇的作者是范鹤年，并勾稽作者的生平；《〈再生缘〉杂剧作者考辨》（2004 年第 1 期）通过发掘新的文献材料证明《再生缘》杂剧作者为吴仁仲。黄仕忠《〈香囊记〉作者新考》（2022 年第 5 期）据《成化五年进士登科录》、清光绪间《永定邵氏世谱》对作者生卒年及剧作创作时间予以新考。杜桂萍《叶奕苞〈经锄堂乐府〉相关史实考》（2008 年第 3 期）因叶氏杂剧历来著录不确，故据目验细为叙录；《清代戏曲〈离骚影〉作者考》（2010 年第 5 期）从戏曲序跋入手，按图索骥地查检了《常德府志》《武陵县志》，初步断定作者为杨宗岱，再据《大庾县志》《井研县志》论定，并据之论列杨氏生平与交游，又细密地考定了剧作的刊刻地点与具体时间。左怡兵《〈晋春秋传奇〉的版本与作者探考——兼论周大榜及其剧作的戏曲史意义》（2021 年第 2 期）据新见作品稿本署名周大榜，与刊本署名迥异，通过二本文本细勘，证明刊本篡改自原本，此剧作者当为周大榜，并据此重新评定周氏的戏曲史地位。

当然，文献考辨因文献发现的先后亦或有反复，故也多有反复辩难的文章。如朱迎平《康海作〈中山狼〉杂剧斟疑》（1989 年第 6 期）对作者问题提出质疑，刘致中《关于〈中山狼〉杂剧的作者问题》（1990 年第 4 期）对朱文提出的两点问题进行了驳论。刘致中《〈千忠录〉作者考》（2003 年第 4 期）认为《千忠录》的作者不是李玉，也非徐子超，而是清代康熙年间太仓诗人王吉武。郑志良《〈千忠录〉作者考辨——兼与刘致中先生商榷》（2007 年第 4 期）指出，李玉说之所以被质疑，原因是没有将《千忠会》与《千忠录》联系起来的文献，而作者发掘出清人严遂成《明史杂咏》，不但提及《千忠会》的情节，可知所言即《千忠录》，而且戏文内容与其祖先有关，因此可以重新确定李玉的作者地位。

相较而言，关于戏曲文本研究的数量较少，大致可分两类：一是有关元杂剧的，大多发表于前期，如么书仪《谈元杂剧的大团圆结局》（1983 年第 2 期）、周寅宾《论古代戏曲心理过程的描写》（举例以元杂剧为主）（1985 年第 3 期）、么书仪《从元代的吏员出职制度看元人杂剧中"吏"的形象》（1986 年第 5

期）、黄天骥《元剧的"杂"及其审美特征》（1998 年第 3 期）、杜桂萍《色艺观念、名角意识及文人情怀——论〈青楼集〉所体现的元曲时尚》（2003 年第 5 期）等。之所以前多后少，或与元杂剧研究的状况有关。另一类则为明清作品，如李玫《明清戏曲中"小戏"和"大戏"概念刍议》（2010 年第 6 期）从风格而非体制角度探索了小戏与大戏的概念；《明清小戏的演出格局探源——兼及宋代"小杂剧"研究》（2012 年第 6 期）又将明清小戏的演出与宋代小杂剧进行比较研探。郭英德《〈海烈妇传奇〉与清初江南士人的生活与思想》（2011 年第 6 期）考察海烈妇故事的文人叙事所彰显的清初江南士人的贫困境遇、生存智慧和道德自赎。韩国学者吴秀卿《再谈〈五伦全备记〉——从创作、改编到传播接受》（2017 年第 3 期）根据新发现的两个版本保留的序跋及凡例，尤其是"岁在庚午""再世迂愚叟"的序，可证该剧作在景泰元年（1450）已完成，确认了丘濬的著作权及其"自创新意"在明初戏剧史上的意义。赵山林《论〈五伦书〉与〈五伦全备记〉》（2021 年第 1 期）指出剧作总体构思和具体情节设计均受《五伦书》很大影响。廖可斌《晚明戏曲的"戏剧化"倾向——以部分稀见剧本为例》（2018 年第 4 期）从更多样本来观察晚明戏曲，指出其曲文减少，对白增加，曲、白更加情景化，更具表演性，更重视科诨等特点，即有显著的"戏剧化"倾向。杜桂萍《遗民心态与遗民杂剧创作》（2006 年第 3 期）指出清初杂剧表现了对历史事实的重写，"托体稍卑"的杂剧文体因之拥有了"经国之大业"的地位和价值；《抒情原则之确立与明清杂剧的文体嬗变》（2014年第6期）以明清杂剧为观察对象，指出作者在力求回归雅文化与难以改变俗文学地位的夹缝中生存，并开始了从"代人立言"到"自我写心"的转变，即一种抒情原则的确立。么书仪《明清剧坛上的男旦》（1999年第2期）从男旦的几度盛衰来彰显戏剧表演与社会风气间错综的关系；《晚清宫廷演剧的变革》（2001年第5期）指出，晚清时宫廷演剧与民间演剧的界限渐趋模糊，到西太后时代，宫廷演剧中的昆乱易位已经实现。

至于戏曲理论的研究，则成果既多，选题亦杂，此仅作概述。先看曲学方面，有关诸宫调者约有4篇。如翁敏华《试论诸宫调的音乐体制》（1982年第4期）对诸宫调中"套"的概念做了新的解析；洛地《诸宫调的"尾"——向翁敏华同志请教》（1984年第1期）对翁文未能展开的"尾"进行详论。宋克夫《诸宫调体制源流考辨》（1989年第6期）又对诸宫调进行系统考辨，并对前两文未能解决的问题作深入研究。有关沈璟的研究亦有较多学者关注，叶长海《沈璟曲学辩争录》（1981年第3期）试图重新评价沈氏戏曲活动的历史功过；周维培《沈璟曲谱及其裔派制作》（1994年第6期）主要对《南词全谱》及《南词新谱》作全面论述；程芸《沈璟"合律依腔"理论述评》（2000年第5期）认为对沈璟"合律依腔"理论应跳出"汤沈之争"叙述范型，纳入明中叶以来南、北曲隆衰兴替的文化史背景中解读。在曲谱与体制方面也大有收获，如康保成《〈骷髅格〉的真伪与渊源新探》（2003年第2期）认为《骷骸格》非伪，应与佛教、道教的仪式有关，对曲谱的创立产生过重大影响；《"务头"新说》（2004 年第 4 期）认为"务头"的语源是禅宗术语"悟头"，具有法门、技巧、谜语、隐语的意义，其基本原则是揭示度曲与歌唱的双向互动关系，是歌唱家容易唱出"转音"效果之处。廖奔《唱赚新论》（2018 年第 2 期）通过对历史文献的重新梳理，建立观察和把握唱赚的新视角，明晰唱赚与缠令缠达既有继承关系又有各自发展路径的特点。黄天骥《"旦"、"末"与外来文化》（1986 年第 5 期）认为旦与末均源于梵语音译词；《"爨弄"辨析——兼谈戏曲文化渊源的多元性问题》（2001 年第 1 期）指出宋代爨弄具有歌舞、浑闹、幻术、化装等属性，是戏曲发展的转捩点，也是使戏曲具有唱、做、念、打结合的艺术特征的催化剂；《论"丑"和"副净"——兼谈南戏形态发展的一条轨迹》（2005 年第 6 期）指出"丑"源于"副净"，较早出现于南戏，而鲜见于元杂剧，是"净"的分蘖，又有其独特的表演形态。刘晓明《"入末"新解与戏剧末脚的起源》（2000 年第 3 期）据《江南野史》材料，论定"入末"产生当可前溯到嗣主李璟时期，且"末"最初并非脚色名，而是化装扮演的代称。康保成《戏曲术语"科"、"介"与北剧、南戏之仪式渊源》（2001 年第 1 期）指出"科""介"来源不同，杂剧中的"科"来自道教仪式，"介"最早是上古礼仪中助宾行礼、在主宾之间通传的角色，傀儡戏用作赞导式的提示，被早期南戏直接继承。

此外，戏曲与小说的综合研究也当关注，前文引述时即有一些成果属于小说与戏曲的互相援证，另有一些成果将二者融通并论，如吴真《晚明"庄子叹骷髅"主题文学流变考》（2019年第 2 期）与《王道士变形记：俗文学经典人物形象的代名化》（2023 年第 2 期）即别出心裁，以主题及人物形象为线，还原一个特定主题的全貌。亦有 2 篇专论两种文体关系的文章，郭英德《叙事性：古代小说与戏曲的双向渗透》（1995 年第 3 期）从"求同存异"的角度指出，古代小说与戏曲共同的内核是叙事性，并分别从叙事时间的直线式与立体式、叙事视角的全知与限知、叙事话语的叙事体与代言体、叙事性的审美内涵及其文化基因等角度深入阐述；谭帆《稗戏相异论——古典小说戏曲"叙事性"与"通俗性"辨析》（2006 年第 3 期）则从"辨同求异"的角度指出，二者的精神实质分别是"诗心"与"史性"，在本体观念上是"词余"与"史余"，有着深刻的差异。虽然两文着重点不同，结论亦异，但在不同层次上对两种文体均有深入的析论，对相关研究也有指导意义。

余　论

本文将经典名著与其他作品分开论述，这种设置希望能凸显这一趋势——名著与其他作品研究的比重问题。以下以小说为例略作说明。1999 年，郭英德发表《悬置名著——明清小说史思辨录》（《文学评论》1999 年第 2 期）一文，此后一段时间，《文学遗产》刊载名著的研究文章显著减少：1980—1999年，发表六大名著论文 100 篇，年均 5 篇；此后 2000—2019 年发表论文 50 篇，较前一时期腰斩；再辅之以其他小说研究的数量，前期 93 篇，后期 106 篇，不但没有同比例腰斩，反而还稍有上升，更可证明这种现象的存在。这或许与前述的呼吁有关，当然也可以说"悬置名著"的呼吁恰恰顺应了学界的趋势：因为此前所统计的倾向其实从 1994 年就开始了：1994—1999 年发表量为 19 篇，年均勉强过 3 篇。

具体到六大名著，一一细论，又各有不同。

在这 40 年中，《三国演义》共 24 篇文章，前期 14 篇，后期10 篇，尚较均衡，但实际上有偶然因素影响，如后期刘世德的版本考辨文章依次发表，这只是作者长期研究水到渠成的结果，若减去这几篇，就会与总体的减半比例相合。《儒林外史》前期11 篇，后期 8 篇，看上去也算均衡，其实与 2015 年郑志良发现《儒林外史题辞》有关，此后便几乎每年均有揭载，由此亦可见有价值的新材料对研究的推动之力。至于《红楼梦》，前期 24篇，后期只有 6 篇，其比例之低与《金瓶梅》不相上下，或许"悬置名著"中的"名著"，最易对号入座的就是《红楼梦》了。其他作品比例也都较为相似。

不过，不得不说，许多人或许对前引郭文有误解，郭文已预感到这种误解，便非常明确地提出"悬置决不等于'消解'……只不过暂时把这种历史现象悬挂、搁置起来，不让它过分地遮蔽研究的视野，或不把它孤立地纳入研究的范围"

（《悬置名著——明清小说史思辨录》）。也就是说，悬置只是为了让被名著的高山巨碑遮挡的文学史脉络展现出来，而这只是"暂时"的，因为名著之所以是名著，"不仅是一种历史事实，而且也是一种历史必然"。事实上，前文统计了前后各 20 年，只到 2019 年，这不只是为了比较时方便折算，更重要的是，从 2020—2023 年的 4 年间，六大名著论文发表 28 篇，年均回升到 7 篇，这是否意味着学界开始对名著研究的重新回归呢？或许还不敢断言，但至少展示出了某种倾向。

既然言及发表数量，就有必要与传统诗文研究作一个横向对比。自复刊以来，白话小说与戏曲研究的发文量占总量的 15%，应该说相对而言比例不高。诗文研究中，粗略统计一下，在相同时段中，杜甫 90 篇，李白 80 篇，苏轼 70 篇，韩愈 50 篇，陶渊明 40 篇，显然都远高于六大名著的发文量，仅杜甫一人就接近四大奇书的总量；再以作品为统计范围，《文选》65 篇，《诗经》55 篇，《文心雕龙》45 篇，《楚辞》40 篇，也都明显高于六大名著的数量。当然，对这一现象可以有不同的解读，并且不同角度也都有合理的解释，但无论如何，这一现象确实应引起对当下白话小说、戏曲研究的反思。

仅从《文学遗产》70 年来的发表看，显然复刊前文章在本文中述及者少，不是因为检阅匪易，更不是因为后来居上，而是彼时的研究多陷入一些外加的命题之中，随着生成这些命题的背景改易便无从附丽。因此，研究还是要面对作品，提出真问题，挖掘新材料，提供新思路。另外，小说与戏曲都带有叙事性的成分，研究也便易流入"讲故事"的层面，从而稀释了研究的浓度与深度，这一点在小说研究层面尤其明显，导致了不少研究在较低水平重复的现状。

总之，70 年，于人而言已至古稀，对于学术研究来说，却可能尚在风华正茂的少年时代。此前已有无数前辈学人的丰厚积累与境界昭示，近年的不少研究也显示出精微、深透且纵横捭阖的气象。我们有理由相信，小说、戏曲的研究在此 70 年来丰富"遗产"的加持下，一定不辜负中华民族伟大的叙事传统，建立具有中国气派的研究格局。

[作者单位：北京师范大学文学院]

图书在版编目（CIP）数据

《文学遗产》刊庆七十周年纪念文集 / 中国社会科
学院文学研究所《文学遗产》编辑部编. --北京：社会
科学文献出版社，2024.12. --ISBN 978-7-5228-4778
-8

Ⅰ. I206.2-53

中国国家版本馆 CIP 数据核字第 2024QU5008 号

《文学遗产》刊庆七十周年纪念文集

编　　者 / 中国社会科学院文学研究所《文学遗产》编辑部

出 版 人 / 冀祥德
责任编辑 / 张倩郢
责任印制 / 岳　阳

出　　版 / 社会科学文献出版社·人文分社（010）59367215
　　　　　 地址：北京市北三环中路甲 29 号院华龙大厦　邮编：100029
　　　　　 网址：www.ssap.com.cn
发　　行 / 社会科学文献出版社（010）59367028
印　　装 / 北京盛通印刷股份有限公司

规　　格 / 开　本：787mm×1092mm　1/16
　　　　　 印　张：21.25　插　页：1.25　字　数：211 千字
版　　次 / 2024 年 12 月第 1 版　2024 年 12 月第 1 次印刷
书　　号 / ISBN 978-7-5228-4778-8
定　　价 / 128.00 元

读者服务电话：4008918866